濒死之眼

ダイイング・アイ

东野圭吾

东野圭吾作品

〔日〕东野圭吾——著　张凌虚——译

人民文学出版社
PEOPLE'S LITERATURE PUBLISHING HOUSE

著作权合同登记号　图字 01-2019-5142

图书在版编目(CIP)数据

濒死之眼 /(日)东野圭吾著;张凌虚译. —北京:
人民文学出版社,2020(2023.1 重印)
(东野圭吾作品)
ISBN 978-7-02-015383-1

Ⅰ. ①濒…　Ⅱ. ①东…　②张…　Ⅲ. ①长篇小说-日
本-现代　Ⅳ. ①I313.45

中国版本图书馆 CIP 数据核字(2019)第 148138 号

责任编辑　**卜艳冰　陶媛媛**
装帧设计　**钱　珺**

出版发行　**人民文学出版社**
社　　址　**北京市朝内大街 166 号**
邮政编码　**100705**

印　　制　**凸版艺彩(东莞)印刷有限公司**
经　　销　**全国新华书店等**

字　　数　**140 千字**
开　　本　**890 毫米×1240 毫米　1/32**
印　　张　**6.5**
版　　次　**2020 年 1 月北京第 1 版**
印　　次　**2023 年 1 月第 4 次印刷**

书　　号　**978-7-02-015383-1**
定　　价　**69.00 元**

如有印装质量问题,请与本社图书销售中心调换。电话:010-65233595

序　章

才感觉脖子上有水滴滑落的凉意，顷刻间就化作细雨纷纷。

岸中美莱绘奋力踩着自行车脚蹬。还有一公里多到家。

将近凌晨三点。她出门前，做梦也没想到居然会拖到这么晚。

和往常一样，深见家的钢琴课在十点整结束。但是之后，深见夫人邀她喝茶，二人在客厅里的豪华沙发上聊到十一点。原本这也没什么大碍，但正当她准备离开时，夫人的独生女，也就是她的学生，突然提出了一个要命的请求。她竟然要求临时更换即将在发表会上演奏的曲目，原因好像是她的竞争对手选了相同的曲目。

美莱绘原本以为做母亲的会好好管教这个任性女孩，没想到她反倒和女儿一起拜托自己。无奈之下，美莱绘只好陪着她们选曲，追加练习。当一切终于结束时已过凌晨两点。如果这栋房子没有加装隔音设备，邻居们早就在门外抗议了吧！

因此美莱绘不得不在大半夜拼命骑着自行车回家。爱操心的玲二现在大概正板着一张臭脸紧盯着时钟。当然，美莱绘已经告知他了。

“说不定会下雨，还是早点回来吧。”

电话中，丈夫的声音很明显地掺杂了一丝不悦。玲二一直不太赞成美莱绘夜间外出。反对的理由并不是因为晚上接活会妨碍妻子做家务。深见家的钢琴课从八点开始，即便美莱绘吃完晚餐、收拾好碗盘再出门也还来得及。玲二只是单纯地担心一个女人晚上骑自行车往返很危险，醋劲大的他似乎认为全天下的男人都在觊觎自己二十九岁的娇妻。美莱绘对此哭笑不得。他甚至相信世界上的男人只要遇上天时地利人和，就都会变身大野狼。

即便如此，玲二还是妥协了，原因是他理解美莱绘想要减轻家庭负担的一片苦心。

玲二只提出一个条件：去深见家时绝对不能穿裙子。据他的说法，在某些男人的眼里，女人穿裙子骑自行车的画面极具挑逗性。

虽然美莱绘认为他想太多，但并非不能理解丈夫的忧虑。他们的公寓和深见家之间的那条路人烟稀少，且途经一座大公园，经常有流浪汉在附近游走徘徊，占地为家。美莱绘每次经过那段路，心里都会发怵。

今晚，美莱绘通过公园时也加速踩脚蹬。幸好路上不见半个人影。

随着雨势逐渐增强，打在美莱绘脖子上的雨点逐渐密集。美莱绘平时会将长发放下，骑自行车时则将长发束起，以发夹固定碎发。冷风吹过被雨打湿的脖颈，她不禁打了个冷战。已经是十二月了。

汽车的引擎声从美莱绘后方传来，车灯也向她追来。她并没有回头，只是将自行车靠左边行驶。这附近的街道上都有路灯，她认为汽车驾驶员不至于看不到她。

汽车疾驰至她身后，缓缓减速，直至完全超越她的自行车，才再度加速。那是一辆黑色轿车。前方数十米开外的交通信号亮起绿灯，驾驶员大概想抢在信号灯变为红灯之前急速通过十字路口。

在美莱绘的注视下，黑色轿车顺利地在绿灯状态下驶过了交叉路口。随后黄灯闪起，转为红灯。

美莱绘一路骑到了右拐弯的下坡路段。她不再踩动脚蹬，而是利用刹车保持自行车速度，谨慎地操纵着车把手。

接近路口时，她握紧了刹车。可能是被雨水淋湿的缘故，刹车并不是很灵光。这时，后方似乎驶来了另一辆轿车，车灯追来。美莱绘依然没回头，依然靠左让行。不过这次她感觉不太对劲。前方路口此时是红灯，这辆车行驶的速度会不会太快了？下一秒，她发觉自己已经被车灯完全笼罩，而她正把自行车停稳。

一回头，美莱绘浑身受到撞击。一瞬间，她感觉自己飘浮在半空中，紧接而来的是一次又一次的剧烈撞击。眼前的一切天旋地转，美莱绘完全搞不清楚究竟发生了什么事。

耳边传来杂乱刺耳的撞击声和紧急刹车声。神经接收到散乱的头发拂过肌肤的痛感。

美莱绘睁开双眼，想亲眼看看究竟发生了什么事。

那个东西就在她眼前。

是汽车的保险杠。眼前的保险杠正要从她身上碾过，是一辆低底盘、红色轿车的保险杠。

保险杠无声地碾过她的身体。肋骨一根根断裂，逐渐压迫胃囊乃至心脏。这一切都像慢动作行进般缓慢而又清楚。

美菜绘知道自己正被汽车碾压。她的背后似乎有一堵墙，而她就被夹在车身和墙之间，像一块三明治。

她想放声大叫，却叫不出声。她想抵抗，却无能为力。脊椎和腰椎正一一碎裂。

她知道自己要死了。现在的她正濒临死亡。

这时，她的脑海里浮现出许多画面。她想起小时候曾和母亲手牵着手去参拜附近的神社。母亲那时还很年轻，有一头乌黑的秀发。当时的美菜绘穿着和服，半路上还因为被草鞋磨破了脚而号啕大哭，爸爸因此买了双凉鞋给她。父亲那时也很年轻，虽然只是一家小电器行的老板，但靠着价格公道和细心服务，在客人之中颇受好评。

小学好友小成现在不知道过得怎么样？在那段时期，她和小成形影不离。二人一同上钢琴课。为了参加发表会，二人还挑战了四手联弹。但最快乐的时光莫过于二人一起追星的日子。小成的家里有许多明星杂志，二人还曾经剪贴、收集过自己最欣赏的明星的照片。她们也曾写过联名信，寄给某位明星。

车子持续从她身上碾过，内脏逐一破裂。混合了血液、体液和未消化物的液体从仅存的食道内逆流而上，最后从美菜绘的口中涌出。

大脑回路几近瘫痪，美菜绘的脑功能只够她看见最后一幕影像。

画面切至高中时代。她从小的志愿是成为一名钢琴家，但升入高中后，她发觉自己在琴艺方面天赋有限，也找到了新目标——演戏。受友人之邀看了某个剧团的彩排后，她觉得这才是她命中注定的工作。而且她爱上了剧团中的一位青年——他从大学辍学，一面打工一面以职业演员为目标而努力。

圣诞节当晚，在他那间连像样的暖气设备都没有的公寓里，美菜绘将第一次献给了他。初次性经验并没有带给她快感，只有感动。她有生以来第一次听到男人对她说“我爱你”。

但是，美菜绘和他的感情只维持了数月，分手原因是他突然放弃了演戏。他没向美菜绘多做解释，只丢下一句“这个世界不好混”，从此不再出现在美菜绘面前。

那时的她甚至想一死了之。她每天都在烦恼要怎么死、用什么方法死。不过，挺过这些烦恼的美菜绘终于重新站了起来。

此后，美菜绘再没有认真思考过死。当时她以为死已经和她无缘。

但是——

死并未离她而去，而是虎视眈眈地在她身旁伺机而动。

内脏完全破裂，腹腔的肌肉紧贴背部，像被压烂的番茄。肉块和残破的内脏从被撕裂的皮肤中迸出，血浆四溅。

美菜绘知道一切即将结束。再过一亿分之一秒，她的精神就将和肉体同步死去。非预期的死。不受欢迎的死。毫无意义的死。

从失恋的打击中重新振作起来的美菜绘去某间乐器厂商旗下的钢琴教室担任讲师，一个月内必须参加好几次比赛。穿上华服在众人面前弹奏乐器，对她来说其实是一件很愉快的事。

她与岸中玲二就是在赛场相遇的。他在人形模特儿公司担任设计师，为了准备下一次的活动，来到赛场勘查。

见了几次面，偶尔聊聊天，因而逐渐熟识。有一天，玲二约她吃饭。他虽然不是个能言善道的人，但谈吐间散发出独特的魅力。一些日常琐事在他天真口吻的描述下，让美菜绘觉得新奇、有趣。二人在相识后的第三年春天结婚了。那时，美菜绘二十六岁，玲二三十岁。

三年过去了。她对生活现状始终没有不满或不安。虽然因为没有孩子而经常被指指点点，但他俩对此毫不在意。美菜绘觉得，只要有玲二的爱，便足够了。他依然像三年前那般爱着她。当然，美菜绘也爱着玲二。

虽然这份爱无法天长地久，但她诚心期盼着这份幸福能一直持续到他俩中的一个离开这个世界为止。

对呀，我要回家——

模糊的意识变为强烈的恨意，那是幸福人生被扼杀而生的恨意。

这份幸福原本应该再持续十数年，为什么现在就被夺走？我不甘心……美菜绘直视前方，瞪视那名碾过她身体的驾驶员。

绝不原谅！即使我的肉体被消灭，我也要恨你——

直至燃尽憎恨的火焰，美菜绘依然瞪视对方。

唉，我还不想死。玲二，救我。

我不想死。

我不想——

1

那位客人在打烊前三十分钟，也就是凌晨一点半进入店里。店内没有其他客人，两名女店员也离开了。妈妈桑千都子因为感冒休息，店内只剩下雨村慎介一个人，他正盘算着早早收工打烊。

那位男性客人进来后不断环视店内，黑色圆框眼镜的镜片反射着天花板的灯光。他问慎介："还没打烊吧？"语调像朗读课本般毫无起伏。

慎介回答："是的。"虽然觉得很麻烦，但如果一个不小心被妈妈桑知道他提前关店赶客，他包准吃不了兜着走。

客人缓缓地坐在皮椅上，继续环视店内。

慎介送上了擦手巾，快速地确认了那男人的衣着。深灰色上衣看起来虽然不像便宜货，但怎么看都像是两年前的旧款；里头的衬衫似乎没用熨斗好好熨平，而且没系领带；手表是国产货；头发没有梳理，杂乱的胡须也不像为了时髦刻意而蓄。

"您要点什么？"慎介问。

客人看了一眼慎介身后的酒柜，问："你们有什么？"

"只要不是太奇特、罕见的酒，我们都有。"

"我不太清楚酒的名字。"

"这样啊。啤酒如何？"

"不，那个，你们有那个吗？以前我在飞机上喝过的酒。"

"飞机？"

"飞往夏威夷的飞机……不对，是回程的时候，有奶油味的甜酒。"

"啊，"慎介像是想到什么，从酒柜的最下层拿出一瓶酒，"应该是爱尔兰奶油威士忌吧？"

客人脸上的严肃表情缓和了下来："好像是这名字，没错。"

"不妨喝一点试试吧？"

慎介把酒倒进古典酒杯约三厘米高，递到客人面前。客人拿起酒杯转动着，凝视着象牙色的液体。过了一会儿，他像下定决心般啜了一小口。随后，他像要确定酒的风味，用舌头在口中翻搅品尝。

客人点了点头，露出微笑，看着慎介。

"是这个，没错。"

"真是太好了。"

"它叫什么名字？"

"爱尔兰奶油威士忌。"

"我会记住的。"客人说完，又品了一口。

慎介心想，真是风格奇特的客人呢，看起来不像是会出入酒吧的人。为什么一个人独自来到这里？

还有一件事让慎介十分在意。他仿佛在哪里见过这个男人，不过究竟是在哪里呢？

标准体型的他，看上去大概奔四十岁。慎介今年步入三十岁大关，身边有不少同龄朋友，但那男人并不像是那些朋友中的某一个。

慎介抽出一根烟，拿起印有店名的打火机点了火。

"客人，您是第一次来本店吧？"

"嗯。"客人仍旧望着酒杯回答。

"您是从谁的口中得知本店呢？"

"没有谁，我自己找上门的。我在路上走着走着，就进来了……"

"这样啊。"

二人的谈话就此中断。慎介心想，真是个奇怪的家伙，快回去吧。慎介暗自后悔，早知道就不让他进来了。

"唉呀，好怀念啊，果然就是这个味道。"客人喝了半杯爱尔兰奶油威士忌后说。

"您是什么时候去夏威夷的呢？"慎介问。

其实慎介并不是真的对这件事特别感兴趣，只是不太能忍受二人之间沉默的尴尬。

"大概是四年前。"客人回答，"蜜月旅行时去的。"

"啊，原来如此。"

蜜月旅行——慎介心想，这又是一个与自己无关的词汇。

他瞥了一眼料理台旁的时钟，上面指向一点四十五分。他心里盘算着再过十五分钟，就要设法打发这位客人离店。

"结婚四年的话，还在蜜月期吧？"慎介说。

慎介原本想接着说，如果您太晚回去，夫人就太可怜了。

"你真的这么想？"客人一脸严肃地反问。

"难道不是这样吗？我还是单身，所以不是很清楚。"

"四年里可以发生很多事。"客人把酒杯举到眼前，表情像在回忆什么，然后将酒杯放下，直视慎介，"真的会发生很多意料之外的事。"

"这样啊。"慎介不想继续这个话题，因为一个不小心，或许还要听对方的满腹牢骚。

在沉默中，时间一分一秒地流逝。慎介甚至希望能出现一位新的客人来解救自己，但是救星并没有出现。

"你做这份工作很久了吗？"客人开口问道。慎介正打算收拾后厨。

"我在酒吧工作过很长时间，差不多十年了。"

"做十年就可以拥有这样的店呀。"

客人的这番话让慎介不禁苦笑了一下。

"这不是我的店，我只是打工的。"

"啊，这样啊。你一直在这里工作吗？"

"不，我去年才来这里，之前在银座。"

"银座啊。"客人喝着爱尔兰奶油威士忌，微微点头，"我从没去过。"

我猜也是，慎介心想。

"偶尔去那边也不错哦。"

时钟已经指向一点五十五分。慎介开始清洗杯子，一心期待客人能看懂眼色，打道回府。

"做这种工作快乐吗？"客人又开口问。

"这是我的兴趣。"慎介回答，"不过还是会遇到一些不愉快的事。"

"不愉快的事？例如说呢？应付难搞的客人吗？"

“对呀。还有很多其他的事。”

薪水太少，妈妈桑又很爱使唤人——

“那种情况下，你会怎么做？都会怎么处理负面情绪？”

“什么都不做啊。早早忘了让人心烦的事，就这样而已。”慎介一边擦着平底杯一边回答。

“要怎样才能忘了那些事？”客人继续追问。

“也没有标准的方法，就是尽量保持愉快的心情和乐观的想法。”

“例如？”

“例如……想象自己拥有一家店之类的。”

“哦，这样啊。那是你的梦想啊。”

“算是吧。”慎介擦拭碗盘的手不禁加大了力度。

虽说是梦想，但并非遥不可及，曾经近在咫尺，只差伸手触及。

客人把爱尔兰奶油威士忌一饮而尽，放下了空酒杯。慎介决定，如果客人还要再续杯，他就告诉对方要打烊了。

“其实我有一件想忘掉的事。”客人说。

对方突然改用非常严肃的口吻说话，慎介不禁停下手边的活儿看着他。客人也抬头注视着慎介。

“不！那件事我想忘也绝对忘不了，但我想让自己解脱。我思索着，在街上恍惚地走着，看到这家店的招牌。这家店叫茗荷①，对吧？”

“因为妈妈桑喜欢吃茗荷。”

“听说吃太多茗荷让人变得健忘。我是被店名吸引进来的。”

“原来敝店奇怪的店名还能发挥作用啊。”

“总之，来到这里真是太好了。”

客人起身从上衣口袋里掏出钱包。慎介这才松了一口气。

两点过后，那位客人才离开店里。慎介做完清理工作，脱下调酒师背心，关上灯，走出大门，将门窗上锁。

他走到电梯前，感觉身后似乎有人。电梯门打开，他猛地回头。

只见身后有一道黑影向他袭来。

---

① 茗荷，姜科植物，通常用来做调味品。在日本有吃了茗荷容易忘事的典故。

随后，他感觉头部遭到猛烈的撞击，但他没有余力去管这个感觉，似乎有什么事要发生在自己身上而自己又将会失去些什么——他所知道的只有这些，意识随即坠入了无边的黑暗。

在即将飘散的意识里，他仍在思索着刚才所见的最后一幕。

那道黑影是刚才店里的那个客人。

2

如苍蝇振翅般的耳鸣久久不退。模糊的视野中飘浮着一根白色棒子。过了一会儿，渐渐对焦，他才知道白色棒子是天花板上的日光灯。

有人握着他的右手。接着，眼前出现一张白皙的面孔，那是一个戴眼镜的女人。但女人的脸旋即消失在他的视线范围以外。

雨村慎介心想，这里是哪里？自己究竟在干吗？

好几张脸孔出现在他面前，所有人都俯瞰着他。他这才注意到自己是躺着的。刺鼻的消毒水气味蹿进他的鼻腔。

耳鸣的状况仍旧没有改善。他试着转了转脖子，结果感到一阵剧烈的头痛，全身的血液流向头部，疼痛如打拍子般阵阵传来。

仿佛做了无数噩梦，心情相当不快，却记不起任何梦境的内容。

“醒了？”盯着慎介的一张脸惊恐地问道，是个脸型瘦削的中年男子。

慎介微微点头。仅仅如此已令他头痛欲裂。

他皱着脸发问：“这里是？”

“医院。”

“医院？”

“你最好不要说太多话。”男人说。此时，慎介才注意到对方身上穿着白色上衣。在场的其他人也是如此，女人则穿着护士服。

之后，慎介在半睡半醒之间任由时间流逝。医生和护士忙碌地做着事，慎介却全然不明白他们在做些什么。

慎介试图回想自己究竟为什么被送到这里来。然而，他不记得自己如何被送到这里，对接受了什么治疗也毫无印象。只不过，现在他看到自己正在注射点滴，头部似乎包裹着绷带。从这些状况分析，自己应该受了什么严重的伤或生了什么严重的病。

“雨村先生，雨村先生。”

听到有人在呼唤他，慎介睁开眼睛。

“现在感觉如何？”医生俯视着他。

“头很痛。”慎介说。

“还有呢？有想吐的感觉吗？”

“应该还好。现在反而比较舒服了。”

医生点了点头，对身旁的护士轻声耳语。

“那个，”慎介说，“到底发生什么事情了？”

“你完全不记得了？”医生问。

“不记得，总觉得有些莫名其妙。”

医生又点了点头。他的表情仿佛在说慎介当然会感到莫名其妙。

“发生了很多事。”医生说，这种说法昭示他是局外人，“不过大致的情况，还是问你的家人好了。”

“家人？”慎介重问了一次。他的家人只有住在石川县的双亲和兄长，难道他们来东京了？

医生很快注意到自己犯了个小错误。

“你应该有妻子吧？”

“妻子？”慎介并没有妻子，但他理解医生指谁，“是成美来了？”

“她一直在等你醒来。”医生对护士使了个眼色，护士便离开了房间。

敲门声随即响起。医生应门后，门被推开，村上成美跟在刚才的护士身后走了进来。成美身上穿着蓝色T恤，外面披了件白色连帽大衣。她在住家附近买东西时常做这样子的打扮。

他和成美大约两年前开始同居。慎介在银座的酒吧工作时，成美是酒吧客人带来的酒店小姐之一。她以前是专科学校的学生，目标是成为设计师。他今年二十九岁，而她从二十四岁起就在酒店上班。

“小慎！”成美跑近床边，“你还好吧？”

慎介略微摇了摇头。

“我完全不记得究竟发生了什么事。”

“雨村先生似乎对那次事故没有记忆。”护士说道。

“啊，这样啊……”成美蹙眉看着慎介。

医生和护士大概想让他们独处，都离开了房间。关门前，护士叮嘱了一句：“请不要突然从病床上起身哦！”

只剩下二人，成美凝视着慎介，双眼宛如被风吹拂的水面般湿润。

“太好了。”成美脱口而出。

她没有涂口红，所以嘴唇的颜色感觉起来不怎么健康。

“我还担心小慎会不会就这样一睡不醒呢。”

“喂，”慎介看着成美近乎素颜的脸说道，“究竟发生什么事？刚才护士说的那个事故又是什么？为什么我会在医院里？”

成美又蹙起双眉。那道眉毛算是唯一上妆的部位，她如果完全素颜，就几乎看不到眉毛。

“你真的什么都不记得了？”

“嗯，不记得了。”

“你啊，”成美咽了咽口水，润润嘴唇后继续说，“差点被杀死。”

“咦？”

慎介不由得屏住了呼吸，后脑勺同时感到一阵抽痛。

“两天前，当你从店里回家的时候……”

“店？”

“就是茗荷啊，那家店的外立面不是有一台电梯吗？别家店的人发现你倒在电梯旁边。”

“电梯……”

他的脑海里浮现出模糊的影像，却无法看清，像戴了一副度数不适合的眼镜般令人难以忍耐。

“听说如果再晚三十分钟被发现，你就会有生命危险了！还好你运气不错。”

“我的头……被打了吗？”

“好像是被坚硬的物体击中。你不记得了吗？听发现你的人说，你流了好多好多的血，都流到楼梯那边了，像番茄汁一样。”

慎介想象那幅画面，但仍然无法立刻相信这种事情会发生在自己的身上。

不过，慎介隐约觉得，头被硬物殴打是记忆里的一块碎片。他隐约记得有一道黑影从背后袭过来。对了！确实是在电梯前。那道黑影究竟是谁呢？

“我觉得有点累。”慎介皱眉。

“别太勉强自己比较好。”

成美把盖在慎介身体上的毯子拉好。

隔天，两名男子来到慎介的病房，是警视厅西麻布警局的刑警。他们表示有事情想问慎介，只需要十分钟。成美正好提着水果进来，刑警们并没有要求她回避。

“你的身体状况如何？”姓小冢的刑警问道。小冢刑警的脸庞虽然消瘦，穿宽肩衬衫却十分合身，浑身散发着中小企业的科长般精干的气息。另一位是年轻的榎木刑警，不管是严肃的表情还是剃得短短的头发，怎么看都像是性格严谨的人。

“还是觉得头有点痛。不过大致上好了很多。”慎介躺在床上回答。

“真是伤得很惨呢。”小冢皱着眉，缓缓摇着头说。他或许想表示同情心，但看在慎介的眼里，只觉得在演戏。

“看上去像是动了大手术。”小冢轮流望着慎介和成美问道。

“似乎如此。”慎介说。

“他的头骨断裂了。”成美回答，她把椅子摆在离刑警们有一些距离的地方坐了下来，“据说有血块压迫到大脑。”

“这么严重啊。”刑警扭了扭嘴角，“你捡回了一条命呢。”

“可我完全不记得发生了什么，也没有感觉捡回了一条命。”

“你是说你不记得遭袭时的情形？”

“是。”

“那么，你也没看见袭击你的人？”

“看得并不是很清楚……”

慎介暧昧的说法让刑警来了兴趣。

“你说看得并不是很清楚，那就表示你看到了什么？”

“说不定是我看错了，也有可能只是我的错觉。”

“这些都交由我们判断，你只需要说出主观想法就可以了。一旦确认是你的错觉或者只是你看错了，我们立刻不再过问。”小冢刑警此时的口吻特别温柔。

慎介于是讲述那天夜里茗荷来了一位风格奇特的客人，那位客人第一次到茗荷来，点了奇怪的爱尔兰奶油威士忌。最后，慎介补充了一句：“我觉得攻击我的人大概就是那位客人。”

刑警闻言，变了脸色。

“你说他是第一次来的客人？从没见过这个人？”小冢向慎介确认。

慎介点头承认。虽然总觉得曾经在哪里见过，但怕搞错，于是没有说出口。

“你能再说一下那位客人的特征吗？尽可能详细一点。”

“特征啊……”

那个男人并没有特别显眼的地方，不但衣着朴素、长相平凡，连讲话的语调都缺乏起伏。唯一能称为特征的大概只有戴着圆框眼镜。

“圆框眼镜……吗？”听完慎介的话，小冢用小手指挠着鼻侧，“如果你再看到那个男人，有把握认得出来吗？”

“我想应该可以。”

对慎介的回答，刑警心满意足似的点了点头。

“其实，当我们接到通报时，为了确认你的身份，调查了你随身携带的物品……说起来，是哪些东西啊？”

“钱包、一把钥匙，还有……”回答的是榎木，他看着笔记本说，“一条格子手帕、一包用过的面纸。总共就是这些。”

“钱包里面呢？”小冢问。

“有现金三万两千九百十三日元、两张信用卡、一张现金卡、驾照、录像带出租店的会员卡、荞麦面店与便利店的收据以及三张名片。”

小冢转向慎介。

“除了刚刚听到的东西，那天夜里，你身上还带了什么东西吗？”

这句话等同于询问慎介是否被窃。

“我想应该没有。现金的总数记不太清楚，但我想大概是那么多。”

小冢点点头，像在表示这样回答就可以了。然后他又跷起脚。

“那么，犯人为什么要攻击你？如果他不是偶然经过，而是以抢钱为目标？”

“他应该是想抢店里的钱吧。”慎介说，“拿我身上带着的钥匙打开店门……之类的。”

“我们调查过你们店里的情形，没有发生任何异常情况。更何况你们店里本来就没放那么多现金。”

在茗荷进出的客人多半是熟客，他们通常会赊账。

“如果不是想抢店里的钱，”慎介摇了摇头，“那我就不知道了。毕竟那位客人是第一次来。”

“最近你身边有没有发生什么怪事？例如接到奇怪的电话或是收到可疑的包裹信件之类的。”

“我想应该没有。”慎介转头问在旁边聆听谈话的成美，“有吗？”

成美默默地摇摇头。

“那天夜里，店里只剩下雨村先生一个人？这种情形时常发生？”小冢问。

“偶尔。如果妈妈桑和客人去喝酒，就会由我负责收拾清理。那天晚上，妈妈桑因为感冒休息了。”

“从你们的店外看得出来只有你一个人在吗？”

“这个嘛，如果一直监视我，或许看得出来吧。”

慎介说完，连他自己都感到有点害怕。那个男人究竟是待在哪里监视自己呢？

随后，小冢又问了两三个问题，都与茗荷过去发生过的纠纷有关。接着他便从椅子上起身。

“之后会派负责画嫌疑犯肖像的人来，可以请您协助吗？”

“好的。”

小冢说“请多保重”，于是两名刑警离开了。

“希望可以早点抓到犯人。”成美说。

“是啊，可是这种案件通常抓不到犯人。”

“你觉得自己有可能被谁怨恨吗？”

“没有吧。”

应该没有吧，慎介自我确认了一下。

3

慎介恢复意识的第二天，他的朋友与店里的女店员前来探病。其中有个叫爱梨的女孩曾经和慎介发生过一次性关系。某次，慎介把喝得烂醉如泥的爱梨送回家时，她主动挑逗。慎介觉得自己只是回应了对方的需求而已。在此之前，慎介对爱梨没有特别的好感，即使现在也依然没有。爱梨也没打算因此与慎介发展成为男女关系，原本她就是个感觉对了就能跟任何男人发生关系的女人。尽管如此，当爱梨在病房里的时候，慎介还是担心成美会突然出现，心里局促不安。在嗅出自己的男人是否拈花惹草这方面，成美可以说拥有野兽般的直觉。

迄今为止，除了爱梨，慎介和好几名女性都发生过性关系。他从未仔细计算过，甚至连有些人的名字都忘记了。慎介也曾想过，莫非其中一名女性和这次的事件有关？然而无论他如何思考，都毫无头绪，毕竟他和每个对象分手都分得干净利落，不，应该说他根本不会对难以痛快分手的对象出手。再者，自从和成美同居，他只和爱梨发生过关系，而且是将近半年前发生的事了。

女孩们回去后，大约过了三十分钟，茗荷的妈妈桑小野千都子出现了。她穿着黑色香奈儿套装，戴着香奈儿太阳眼镜。除了她，江岛光一也从她身后出现。江岛是慎介以前打工的天狼星酒吧的老板，与千都子认识很久了。他穿着面料散发光泽的灰色西装，看起来很适合他。

“真是一场灾难啊。你的身体没什么大碍了吧？”千都子弯下身子，画得轮廓分明的眉毛皱了起来。

“总之还活着。”

“还好你的伤不是那么严重。不过，听说还不知道犯人是谁？警方都在做些什么啊？”

“我也不清楚。对了，妈妈桑，你是不是瞒着我在外面放高利贷啊？我总觉得自己很可能被卷入了这类的麻烦。”

“你在说什么？我怎么可能做那种事？”千都子夸张地挥挥手。

“昨天刑警也到店里问话了。”江岛说，“他们问我你在店里的风评如何。我很严肃地对他们说，我从来不会雇用素行不端的人。暂时让你待在茗荷，是为了让你好好学手艺。”

“真是的，到底是谁干的？小慎，你是不是对有夫之妇出手了？所以被对方的老公怨恨？”

“别开玩笑了。我慎介的‘慎’字可是慎重的‘慎’呢。”

当二人因为慎介的话而大笑时，传来敲门的声音。慎介认为大概是成美，便应了声“请进”。

然而，开门进来的人并不是成美，而是刑警小冢与榎木。小冢见到千都子他们，略微感到惊讶，随即看向慎介。

“现在方便吗？”小冢问慎介。

“嗯，没关系。”慎介回答后，望着千都子与江岛，“是警察。”

“那我们先告辞了。”江岛拿起千都子的手提包递给她。

“好啊。小慎，你多保重，不必担心店里的事。”

“谢谢。”

二人离开病房。待二人的脚步声完全远去，小冢将手伸进上衣口袋，掏出一个东西。

“你能看看这个吗？”刑警的口吻比上次和缓。

那是一张照片，应该是放大的证件照，照片中的男人面对正前方。

“你曾经见过这个人吗？”

慎介拿着照片凝视男人的脸。他立刻得出结论。

“他是那天晚上的客人。”

“没错吗？”

“我想没错。不，绝对不会错！是这个男人！”

慎介再看了一次照片。发型稍微不同，但的确是那个男人，没错。无精打采的表情、空洞的目光和散发出来的气息都与那天夜里他所见到的一样。更何况照片上的脸也跟那天晚上那男人的脸一模一样，下巴也蓄着杂乱的胡须。慎介的脑中清晰地浮现男人蜷着身子啜饮爱尔兰奶油威士忌的模样。

“这样吗？果然没错。”小冢叹着气，拿回慎介手上的照片，慎重地放回口袋。

“找到犯人了？这家伙是谁？”慎介问。

小冢看着慎介，略微皱了一下眉头，转头望着榎木。明明找到了犯人，小冢的表情却十分阴沉。发生了什么令他迷惘的事？

不久，小冢打开了自己的笔记本。

“他叫岸中玲二，住在江东区木场 × 丁目 × 番 × 号，阳光公寓 202 室……”小冢念到这里，把笔记本拿给慎介看，上面写着：岸中玲二。“你对这个人有印象吗？”

岸中玲二，慎介在口中反复念念有词。印象中，他不认识叫这个名字的人，不过这个名字确实刺激到他脑中的某个记忆。慎介拼命回想这个名字到底藏在他记忆中的哪个抽屉里，却百思不得其解。看样子，这个名字是被塞进贴着“杂物”标签的抽屉深处了。

“我好像听过，却想不起来。”慎介最后放弃了。

刑警点了点头，表情依旧严肃。刑警们为什么表情如此凝重？慎介对此耿耿于怀。

“大约两小时前，”小冢望着手表，“我们发现了这男人的尸体。”

“咦？”出人意表的答案使慎介霎时忘记该说什么。

“他死在位于木场的家中，死亡时间推估已经超过四十八小时。”

“为什么死了？被谁杀了？”

“不是没有这种可能。”小冢摸了摸下巴，“从现在这个时点看来，自杀的可能性较大。岸中死在自己家里的床上，手里还紧握着一张照片。到场的搜查员对岸中的穿着打扮感到诧异。他整齐地穿好衬衫，甚至打上了领带。身旁的桌子上留下了写给同事和家人的遗书。”

“死因是什么？”

“详细死因要等解剖结果出来才知道，不过我想大概是服毒自杀。”

“毒？”

“毒药的名称是什么？”小冢询问榎木。

“对苯二胺①。”

---

① 对苯二胺，一种用于制取偶氮染料的高分子聚合物。

“没听说过。”慎介低声说道。

“那是一种用来让彩色照片显影的药物，染发剂内也含有这种成分。在岸中的房间里找到装有 PPD① 的瓶子。他因为工作的关系，似乎可以轻易地拿到这种东西。”

“他从事什么工作？”

“岸中在制作人形模特儿的工厂上班，生产过程中会用到染发剂。”

“制作人形模特儿啊……”

慎介体认到这世上原来也有这种稀奇的工作存在。要是没有人从事这项工作，商品橱窗就没办法装饰得那么华丽了。

“可是，警方既然判断这个死去的男人就是攻击我的凶手……是找到了什么线索吗？”

慎介语毕，小冢仔细地端详他的脸。

“并不是先发现尸体才这样判断。情况正好相反，有刑警认为那个人可能是袭击你的犯人，于是去岸中家调查，结果发现了他的尸体。”

“咦？”慎介也回视刑警，“警方为什么会对那个人起疑？”

小冢发出一声微弱的呻吟，询问慎介：“难道你真的不记得岸中玲二这个名字吗？”

“不记得……他是谁？”

小冢把双臂环抱在胸前。

“那么岸中美菜绘这个名字呢？你也没有印象吗？”

“岸中美菜绘……”仿佛有某种东西拉扯着他的记忆。

“一年半以前，你开车撞死过人吧？”小冢的口吻变得有些粗鲁，“在江东区的清澄庭园附近。当时车祸身亡的被害人姓岸中。”

“车祸？一年半以前？”

慎介忽然想起来了。对了，我在一年半以前曾经发生车祸，在清澄庭园附近撞到某个女人——

“怎么，你忘了那件事吗？”小冢以轻蔑的语气说道。

---

① PPD 是苯二胺的简称，重要的染料中间体，可用于制取偶氮染料的高分子聚合物，也是公认的致癌物质之一，通常添加于一部分染色剂中。目前，德国、法国、瑞典等国家已经禁止在染发剂中加入该物质。

我忘了——确实如此。直到此时此刻，他丝毫没有想到自己曾经引发过车祸。他刚刚才意识自己目前仍在缓刑期。

岸中美菜绘。美菜绘三个字的汉字是怎么写的呢？

慎介试图忆起车祸当时的情景。他回想着自己如何肇事、事情最后又如何解决。然而，不论慎介怎样搜索记忆深处，也寻不着任何有关这起事故的信息。慎介这时才留意到，有关一年半以前那场车祸的相关记忆早已从他的脑海里消失得无影无踪。

4

医生直视着一份文件，淡色的眉毛稍稍蹙起，有好一阵子没有开口说话。慎介特别在意医生双眉紧蹙的模样。他想从医生的表情来推测结果，但医生的金属框眼镜的镜片上反射了日光灯的光线，让慎介无法看清医生的眼神。

不久，医生把文件放在桌上，用手抓了抓掺杂了些许白发的头发。

“头已经不痛了吧？”

“是的，完全不痛了。”

“从检查结果来看，没有任何异状，基本上没什么好担心的。”

“那么，关于我的记忆……”

“嗯，”医生微微偏着头，“你的大脑没有受损，有没有可能是因为受到精神上的打击？大部分人发生记忆障碍，通常是精神原因。”

“过一段时间也治不好吗？”

“我无法保证。”医生环抱双臂，“你不要想得太多，照着平常的生活过下去就好了。尽管丧失了记忆，但只是丧失了一小部分而已吧？”

“没错。”

他丧失的记忆只有一年半以前所造成的那次车祸。虽然说不定也丧失了其他部分的记忆，但对现在的慎介来说，最重要的记忆是那场车祸。

“或许你可以问问身边的人，由此获取与那件事有关的信息。反正对你的日常生活暂且没有影响。总之，你要让心情放轻松一些，搞不好会有意外的机缘找回丧失的记忆。”

“我知道了。”

慎介离开脑外科诊疗室，走回病房。他已经住院一个星期。头上虽然还缠着绷带，行动却没有不便，似乎并未引发令人担心的后遗症。

慎介回到病房，看见成美放了只大手提袋在床上帮他收拾东西。

“医生怎么说？”

“他说没什么大碍。只是暂时最好别做激烈的运动。”

“那就是可以按照预定的日期出院了？”

“嗯。”

“太好了！”成美停下的手又动了起来，“小慎快点把衣服换上呀。”

“也是。”

成美已经准备好慎介出院后所穿的衣服。条纹衬衫和浅咖啡色休闲裤整齐地放在折叠椅上。

慎介边解开睡衣纽扣边走近窗户。这间病房位于三楼，他垂下目光，望着医院前方的道路。一边的双车道上拥堵着装有土石的卡车、带有脏污的白色厢型车及车顶放置着灯笼造型灯箱的出租车，都在等红灯。

车子吗——

几乎可以肯定攻击慎介的犯人就是岸中玲二。搜查员调查过岸中的房间，从岸中的上衣内侧口袋中找到沾血的活动扳手，上面的血和慎介的完全一致。除此之外，也在扳手上找到了岸中的指纹。

他是自杀死亡，这一点也毋庸置疑。经过确认，留在遗书上的是他的笔迹。他死前也曾通知停送报纸。根据接电话的报纸销售店女性店员的供词，岸中的说法是要出去旅行，故要求暂停送报纸。

上述信息都是慎介从西麻布警局的小冢刑警那边听来的。小冢为了完成调查文件而顺道来医院时对慎介说明了详情。慎介遭攻击的事件已经解决，岸中的自杀无可疑之处，小冢说话时态度从容。

慎介问，动机是否是报仇？小冢连连点头。

“应该是报仇。根据目前的调查来看，岸中深爱他的妻子。自从妻子过世，他整个人失魂落魄。根据岸中同事的说法，他以前的个性很开朗，人缘也很好，却在那件事之后变成了郁郁寡欢、沉默安静的男人，听说曾经有好几天没开口说话，甚至有老同事私下表示岸中给人的感觉很可怕。”

“他应该恨死我了。”

小冢没有否定慎介的话。

“根据和他比较亲近的人的说法，他曾在妻子过世后脱口说出想杀了你，还说会为了报仇不择手段之类的。”

“他想杀了我……吗？”

这句话沉入慎介的心底。

“只不过……”刑警补充说，“也有人说他这两三个月似乎比较有精神，甚至偶尔看起来兴高采烈。说这话的人还以为岸中走出了阴霾。”

“根本没有走出来吧？”

“是啊。与外表看起来很痛苦时相较，反倒是旁人看来表现得朝气蓬勃时，存在于本人内在的悲哀才更加深沉，这就是所谓的人类呐。”刑警凝视慎介，说出这种和刑警的身份不太相符的文学性台词，“问题在于，为什么他会选择在车祸发生一年半后的今日才决心复仇？这一点仍不得其解。或许他一直压抑着自己的情绪，忍无可忍，终致爆发，但应该会有什么契机才对吧？”

“比如妻子过世满一周年之类的。”慎介试着说出心中的想法。

“有可能。”

“他之所以会自杀，是以为自己复仇成功了吗？”

“应该是。从法医解剖的结果得知，岸中玲二企图自杀的时间正好是在攻击你的那天晚上。他看见你头上流出鲜血，确信自己心愿已了，所以才会服毒吧。”

“说不定他隔天傍晚又会反悔。”慎介说。

隔日的晚报以小幅报道刊载了慎介遭遇攻击的事件。

“要是知道我还活着，他在那个世界应该正后悔吧。”

“人死了，就一切都结束了，没什么后不后悔的。”刑警以冷冰冰的口吻说。

慎介正在回想着自己和小冢的对话，身后响起成美的声音。

“小慎，不快点换好衣服会感冒哟。”

慎介一转过头，看见成美站着，双手叉腰。

“你在发什么呆？”

“不，没什么。”慎介解开睡衣的所有纽扣，把睡衣脱掉。

缴完住院费，二人离开了医院。时间刚刚好，正好有一辆空的出租车经过，成美举起手拦下出租车。

“到门前仲町。”她说。

“走永代通可以吗？”中年司机边发动车子边问。

成美回答可以。

行驶了一会儿，司机询问：“你那个伤是因为交通事故吗？”

司机透过后视镜看着慎介头上的绷带。

“算是吧！”慎介说，“……骑自行车的时候被车撞了。”

“咦，还真是倒霉呢。缝了伤口吧？”

“缝了十针。”

“哇！”司机摇了摇头，“碰到交通意外最不值得。原本活蹦乱跳的人突然之间就到那个世界去了。如果是病故，本人跟身边的人至少还能做好心理准备，只有意外事故没办法事先预测，尤其是车祸，即使很谨慎，但对方如果硬要撞过来，那就想躲也躲不掉。可是又不能一直待在家里不出门，这个世界真恐怖。不过，出租车司机讲这种话也很奇怪。”

这个男人的话真多。

只不过是个闲聊的话题，成美却还是一副担心的样子，时时瞥眼看向慎介。过了一阵子，司机把话题转向抱怨政府。成美认为这个话题总比讨论车祸来得好，于是配合司机敷衍了几句。

慎介望向窗外，凝视着路上交错的车流。司机的话对他并没有太大影响。他听到交通意外这几个字并没有任何真实感受，反而困惑。

慎介的脑海里浮现出自己遇袭之前的情景。岸中在打烊前进入店里，喝着爱尔兰奶油威士忌，低声地说着话。

其实我有一件想忘掉的事，那件事我想忘也绝对忘不了，但是我想让自己从中解脱……慎介回想起岸中蜷着背喃喃自语的模样。当初听的时候，原以为他只是在抒发郁闷的心情。现在回想起来，那些话摆明了是对慎介说的。他想要忘掉的事，绝对是自己的妻子车祸身亡这件事。他为了让自己获得解脱，于是决定为妻子复仇。

出租车驶入永代通。经过东京车站，穿过高楼林立的商业区。不久，便可看见前方有一座桥，那便是横渡隅田川的永代桥。

“司机先生，不好意思，我们想改变目的地。你知道清澄庭园吗？”慎介说道。身旁的成美吃了一惊，目瞪口呆。

“清澄庭园？知道是知道……”司机吞吞吐吐地说，显然一时间想不出准确的方位。

“没关系，我来带路。总之，先通过永代桥，然后直接往左。对，直接往左边那条小路进去。”

成美一直盯着慎介。慎介刻意无视成美的视线。

他们在清澄庭园旁走下出租车。庭园里，可以看到主妇和孩子的寥落身影。樱花的花苞正在膨胀，大概再过两星期，假日里就会出现成群的赏花游客。

不过，慎介的脚步并没有迈向庭园，他沿着道路直行。

“小慎，等一下。”成美追了上来，“你要去哪里？”

“没什么特别的目的地，只是想在这附近走走。”慎介环顾四周后说道。春天的阳光在水泥路面上反射，十分刺眼，他下意识地眯起眼。

“到底是为什么？”成美问。她声音中隐含的不是焦躁，而是近乎愤怒的情绪。

“我出车祸的地方是在这附近吧？所以想在这附近绕绕。”

“为什么？”成美的眼神凶起来，“为什么非得做这种事不可？”

慎介双手插袋，耸了耸肩。

“我在想，来这里走一走，搞不好会想起什么。”

“想起车祸当时的情景吗？”

“是。”

成美深深地叹了一口气，摇了摇头。

“想不起来不好吗？这种不好的事，你不用勉强自己想起来。”

“不。只有某部分的记忆消失得一干二净，这种感觉反而更可怕。如果你不想跟着我，就先回家去。你差不多也该回店里做准备了吧？”慎介看着手表。现在是四点过一些。成美差不多该洗个澡，化个妆，然后出门上班。

“把小慎你一个人丢在这里自己回去，我做不到。万一不小心又出了意外，或许会受重伤，甚至死掉了也说不定。”

“我已经没有大碍了。啊，对了。让你拿行李真是不好意思，我来拿吧。”慎介向她伸出手。

“没关系，我来拿。”成美把装了换洗衣物的大手提包藏在身后。

慎介又把手插回口袋，转身背对她，向前走了出去。成美心想，怎么能就这样放弃呢？于是默默地跟在他身后。

这条单行道蜿蜒地朝南北向延伸。途中有一段路面跨越小河，比其他地方的地形要高一些。换句话说，路面呈现上下左右弯曲的状况。一旦天色变暗，视野当然会变差。慎介曾经开车经过这里好几次，却从来不曾觉得危险。他在想自己是不是太大意了。

前方有个红绿灯。单行道与高速公路合流道连接，形成十字路口。

或许当时是因为交通信号转成绿灯，为了快点转进十字路口，所以稍微踩了油门、加快速度也说不定——这样的想法忽然浮现在慎介的脑海里，他随即想起这是自己曾说过的话。

那是在什么时候、对谁说的？对象应该是警察。所以是现场取证的时候吗？还是在警局做笔录的时候？

慎介摇了摇头。他怎么都回想不起来。

再往前走，左方出现了一栋看似仓库的建筑物。看到建筑物的灰色墙壁，他停下脚步。

他知道就是这里。车祸就是在这栋建筑物前发生的。那个叫做岸中美菜绘的女人被这堵灰色墙壁与车子的保险杠夹死了。

慎介的脑海里朦朦胧胧地浮现出女性踩着自行车的姿态。他驾车从女人的身后逼近，紧接着听到哀号声、撞击声，然后鲜血四溅——

为什么？

女人踩着自行车的姿态——这幅画面虽然朦胧，却真实地存在于他的记忆中。也就是说，慎介明知前方有人骑着自行车却没有避让。为什么会这样？难道自己在赶时间？又是为了什么原因而赶时间？

慎介用手压着太阳穴。本该痊愈的头痛再度发作，他不由自主地皱起了脸。

“小慎！”

当慎介意识到成美呼唤自己的名字时，他的身体正靠在成美身上。他看到成美的手提包放在路上，大概是在慌乱中丢出去的。

“你还好吧？”她从下方仰视着慎介的脸。

“我还好，只不过有点累。”

“不要勉强自己嘛。你在这里稍等一下。”成美说完急忙跑出去。她跑到十字路口，随即用力举起了一只手，似乎想拦出租车。

从葛西桥道进去有一条路，慎介和成美居住的大楼正对着那条路。从大楼走到地铁站得花上十几分钟，路上会经过富冈八幡神社。他们住的房子是带厨卫的一居室，五十平方米，房租每月十三万日元，在这一带可说是破天荒的低价。但如果看到东京高速公路就经过建筑物的正上方，应该就能理解租金为什么这么便宜。

慎介打开房门，先走进去，立刻发觉屋内的样子不太对劲。首先是家具的摆设不同。再者，屋内原本乱七八糟得连下脚地都找不到，现在却是每个角落都整整齐齐。

慎介踏进屋内，环顾着屋内各处。

“这是怎么回事？怎么变得这么干净？”

“看起来不像自己的房子吗？”

“是啊。”他点点头，“我完全认不出来了。”

“那都是因为小慎不在家嘛。为了打发无聊的时间，人家才会改变房子里的摆设。真是够辛苦的。”

“我想也是。”

不光是打扫，成美对各种家务都不擅长。她应该也不喜欢做家务吧。慎介无法想象这样的她居然会耐着无聊把房子整理得如此干净，甚至连书架都整理过了。慎介一向不会扔掉自己喜欢的杂志，即使过期，也会全部留下来，可是他又懒得一一把杂志放进书架，于是所有的杂志全堆在地板上。没过多久，杂志就会堆成一座山。以前甚至出现过五六摞“杂志山”。然而，现在除了书架上的，地上连一本杂志都没有。

慎介以为成美是为了他才会这么做。当慎介出院回家时，如果家里脏乱不堪，一定会无法静下心来。成美或许怀着这种想法，才会拼了命打扫。想到这里，慎介觉得自己更爱成美了。

慎介坐在落地窗旁的双人沙发上，铺在玻璃桌下的地毯虽是便宜货，却是新的。桌上放了陶制的白色圆形烟灰缸，烟灰缸上放着未开封的沙龙牌薄荷烟和一次性打火机。

“你真贴心。”他对成美说。

“小慎居然能戒烟超过一个星期。”她说着笑了出来，“既然如此，干脆就这么戒掉吧？很多人都是因为住院才戒烟成功的。”

“是因为你自己想戒，才会说出这种话。”慎介把手伸向香烟，缓缓地拆封，从烟盒里取出一根。当他叼着烟点上火时，指尖有些颤抖。

他在焕然一新的屋内吐出白蒙蒙的烟雾。“真爽快。”

“我去洗个澡。”成美撩起衣服。

慎介一边吸着沙龙牌薄荷烟，一边注视着成美逐渐露出的肌肤。成美脱到一半时注意到慎介的视线，说着：“讨厌，你干吗色眯眯地盯着人家！”把手上的袜子朝慎介扔了过去。

慎介把香烟掐熄在烟灰缸里，起身抓住走向浴室的成美的手臂。成美有些惊讶，却没有抵抗，将自己的身体交付给他。慎介环抱着她玲珑有致的身躯，将手伸向乳房。成美虽然体形纤细，不过乳房还称得上丰满。他感受到自己的两腿之间逐渐膨胀，右手搓揉着成美的乳房，掌心内的乳头逐渐变硬。成美娇媚地笑起来，慎介的嘴唇贴在成美的唇瓣上。

突然，一幅景象在慎介的脑海里不经意地苏醒了。某个女人穿着衬衣站在他眼前，但那女人不是成美。成美是不穿衬衣的。那么她究竟是谁？慎介一把推开了成美的身子。或许是慎介的动作有些粗鲁，她露出了诧异的神情。

“啊，对了！我送由佳回家了。”

“咦？”

“那天晚上，我送由佳回家，回来的时候发生车祸。是这样吧？”

由佳是经常去天狼星的酒店小姐。那天夜里，由佳喝得烂醉，到了打烊时分仍叫她不醒。慎介只好跟江岛借车，送由佳回家。她住在森下，从银座出发时和慎介同一个方向。

“是啊。”成美点了点头，“我没看到，这件事情是小慎告诉我的。”

“我记得自己曾经讲述过这件事。”

“你想起那场车祸了?”成美担心地仰头看他。

“一点点。可是……”慎介按住眼角,看起来就像用食指和中指夹住鼻梁。他坐回沙发上,又开始感到轻微的头痛,“我不记得车祸发生时的具体情形。为什么我在那条路上开得那么快?我明明看到了骑着自行车的女人,却还是撞了上去,那么我一定是急着要去办什么事吧!当时我为什么那么焦急?我对这一切感到不解。”

“你真的想不起来吗?”成美问。

“嗯。”慎介仰头看她,“我有没有跟你说过为什么当时那么急?”

“我记得你好像说想快点回家之类的。”

“我会因为这种理由就开得飞快——快到出车祸?”

“这个嘛……我也不知道。我没有更仔细地追问下去,毕竟那时满脑子都是怎么和对方和解。”成美裸露着上半身环抱双臂。她的两条臂膀都起了鸡皮疙瘩。

“你这样会感冒的,快去洗澡吧。”

“啊,好!”成美摩擦着自己的手臂,匆忙走向浴室。

慎介又从沙龙牌薄荷烟的烟盒里拿出一根新的,点上火。此时,他的腿间已经完全恢复平时的状态。

5

慎介在出院后的第二天前往岸中玲二住的公寓。他出门的时候并没打算要去那里,本来只是去便利店买午餐便当,于是跨上了自行车。成美被客人邀去练歌房唱歌,在练歌房的包厢内狂欢到凌晨三点。慎介出门时,成美仍在床上睡觉。

慎介走进第一间便利店,里头的便当没有他喜欢的,于是骑到更远的地方。这个午后,阳光和煦,凉风徐徐,骑自行车让人感觉很惬意。只要是在江东区内,不管去任何地方,慎介多半骑自行车。他没有汽车。

慎介在第二间便利店买了便当和杂志,正当他打算回家而踏下脚蹬时,瞥见了某个东西,忽然停下动作。

便利店隔壁是房屋中介公司，整面玻璃窗上贴满了房型图，其中一张吸引了他的目光。他听说过“阳光公寓”的名字，是小冢告诉他的。岸中玲二的住址中应该出现过这间公寓的名字。

记得小冢说过是在木场——

慎介在记忆中搜索着。他不记得详细地址，但当他从小冢那听到的时候，曾经想象过岸中住的地方离自己家很近。贴在中介公司窗户上的房产广告单上也清楚地写着，公寓在江东区木场。广告单上还画着公寓周边的简单地图。慎介看着这张广告单，顿时兴起了过去看看的念头。骑自行车去那里不是很远。

慎介一时没想过自己去那里到底要做些什么，只是希望能多少了解那个憎恨到想杀掉自己的男人。除了知道岸中曾在人形模特儿公司任职，慎介对他一无所知。

他确认广告单上“带厨卫两居室，月租十二万五千日元”的介绍后，奋力踩下了脚踏板。

目的地公寓位于清洲桥道上的加油站后方。那是一栋四层楼的小型建筑物，现在看上去颜色黯淡的土黄色墙壁，以前也许是淡黄色的。加油站的招牌上写着“高速洗车打蜡”，招牌的四角形影子映在墙壁上。慎介把自行车停在公寓前，手里提着便利店的袋子，从正面大门走进公寓。左手边是管理员室的窗口，目前里面没有人。右手边是并排的邮箱。慎介站在邮箱前，逐一确认邮箱上的牌子。大部分的牌子上都插了白色的纸片。202 室的纸片上写着“岸中”，大概是管理员忘记取下。

慎介早已预料这栋公寓有四层楼。公寓没有电梯，于是他爬上位于管理员室旁的阴暗楼梯。

慎介心头涌现一个疑问：为什么岸中会住在这个地方？慎介虽然不记得车祸发生时的情形，但大致留有车祸过后的记忆。在他的记忆里，汽车意外险应该会付给岸中玲二高额赔偿金。

慎介走上二楼，站在 202 室门前。

那个男人曾住在这间房子里吗？

慎介回想起当时岸中玲二到店里来时的情形。他戴着黑色圆框眼镜，穿着旧西装，蓄了杂乱的胡须。在那个夜里，他就是在这间房子里整装，准备前去杀掉慎介。上衣口袋里还放着活动扳手。

房子里没有一丝活人的气息。慎介盯着灰色的门，联想到火葬炉的门。他一想到岸中在这间房子里自杀，就隐约觉得对方的恨意依然潜伏在这扇门的后方。慎介心想，这样就够了。这样就可以接受了。自己应该不会再到这里来了。

他正要迈开脚步，有个男人迎面走来。男人的下巴蓄着胡须，五十岁左右，头上戴着咖啡色贝雷帽，手中抱着一只纸袋。

不知为何，慎介心里有一种不祥的预感。他小心翼翼地不和那男人的目光交会，直接擦肩而过，飞快地朝楼梯口走去。

“啊，等一下。不好意思，请等一下！”男人对慎介说。

慎介停下脚步，转过头。男人停在岸中家门前。

“你是岸中的朋友吗？”男人问。

慎介瞬间犹豫着该不该装傻，但是这男人可能已经看到自己站在岸中家门前。“不，称不上是朋友……”

“认识的人？”

“大概算吧。”慎介心想，早知道就戴着毛线帽来了。没戴帽子，那男人看到他头上的绷带，应该会察觉到自己是什么人。

“我是岸中先生的……学弟。”

“学弟？那么你也是美术大学出身吗？”

“美术大学？不是……”

“啊，是高中学弟啊。”

“是。”

“这样呀。”男人露出亲切的笑容，朝慎介走近，“你有机会见到岸中的家属吗？”

“唔，我想应该没有。”

“这样啊。”男人的态度转为不知所措，目光落到他自己抱着的纸袋上，“那么，该怎么办呢？还真是棘手。”

显而易见地，那男人希望慎介能问问他什么事棘手，并以此展开，希望与慎介商量某事。因此，如果不想和那男人有所牵扯，默默离去是最好的选择。慎介当然不想惹麻烦与那男人一起陷入苦恼。然而，想更了解岸中玲二这个人的渴望却比自己意识到的逃避心情更强烈。

“怎么了？”慎介问道。

一如他所预期的，男人的脸上恢复亲切的笑容。

“事实上，我和岸中在同一间公司工作，他的东西留在了公司，我就帮他送过来了。原本打算请管理员保管，可是看样子管理员不常来。”

“这样啊。”

“真棘手，该怎么办才好？”男人抓了抓头，一会儿转头瞥向岸中的房门，一会儿又看了看手中的纸袋。

“你说的公司是制作人形模特儿的公司吗？”慎介想到小冢说过的话，便如此发问。

“对。你听岸中说过吗？”男人有点高兴，“我和他都负责画脸。”

“脸？”

“人形模特儿的脸。”男人从纸袋中拿出一本小册子，封面朝上地递给慎介，“这是我画的。”

小册子的封面上只画着人形模特儿的头。雪白的肌肤上画了眉毛、嘴唇和瞳孔，笔触非常细腻。或许是以日本人为模型的缘故，头发是黑色的，眼睛也画得有些细长。

“真漂亮。”慎介说道。这是他的真心话。

“这是我的得意之作呢。”男人将小册子收好。

“这么说来，随着作画者不同，作品也会有所差异吧？比如表情会不一样之类的？”

“当然完全不同，毕竟每个人各有所好嘛。即使作画者相同，随着心情的不同，画出来的东西也有所差异。”

“岸中先生画出来的脸是怎样的？”

“他属于个性派，并不单是工整地把脸画出来而已，而是会有他强烈的个人风格，因此有人很喜欢，也有人不喜欢。只是这种做法不太受顾客欢迎。”男人在纸袋中摸索，过了一会儿，拿出一本活页夹，“这是岸中的作品。”

慎介接过活页夹，翻开。里面的照片全都做了分类整理，每一张照片上都是女性人形模特儿的脸。除了以欧美人为模特儿所画的脸，也有黑人、东方人等各式各样的脸。每张照片上的表情都不太一样，眼眸比人类的眼睛更深邃。只要凝视照片，就能感受到她们不同的神韵。

慎介认为这真是艺术，他甚至有些感动。

“真棘手，该怎么办才好？”男人不断重复着同一句话，“我不忍心丢掉他呕心沥血的作品，可是又没办法放在公司。毕竟他已经死了。”

“还有其他的活页夹吗？”慎介问道。

“嗯，还有两本。其中一本是孩子的脸，另一本是人形模特儿的全身像。还有他的作画工具、拖鞋等……”男人探头看着纸袋。

“这些东西可以先由我保管吗？”

“这样可以吗？”

“没关系，只是不知道什么时候才能交到家属手中。”

“啊，这倒没关系，我想应该不急。总之，只要别放在公司里就行。那么一切就交给你了。你愿意保管这些东西，真是帮了我一个大忙。”

男人或许害怕慎介改变心意，立刻把纸袋递给他。

“不好意思，您贵姓？”慎介接过纸袋问道。

“哎呀，我都忘了。”男人从上衣口袋里掏出名片。

名片上写着高桥佑二。上面的头衔是MK模特儿股份有限公司设计部创意主任，公司地址在江东区东阳街。慎介这才知道原来在自家附近有一间人形模特儿制作公司。

“那个，您呢？”高桥问。

“啊，抱歉。我没带名片。”慎介连忙想着假名字，忽然冒出茗荷妈妈桑的姓氏，“敝姓小野。”

高桥拿出自动铅笔，进一步询问慎介的联络方式。慎介说出连自己都不晓得是否存在的虚构住址与电话号码。高桥不疑有他，把联络方法记在自己名片的背面。

“真的很感谢，这样我的责任就卸下了。”高桥写完，便走下楼。慎介拿着纸袋跟在他后头。

“在公司里应该引起了大骚动吧？”慎介对着高桥的背影说，“毕竟发生了那样的事件。”

“是啊，大家都吓了一大跳。”

“高桥先生和岸中先生熟吗？”

“应该算吧，毕竟狭小的工作室里每天只有我俩在里面工作。以公司内部来说，和他最熟的大概是我。”

“发生那件事之前，岸中先生的样子和以往有什么不同吗？”

慎介问完，高桥停下脚步，转过头来饶富兴趣地望着他的脸。

“你的问题还真像是刑警会问的，我也被问过相同的问题。”

“啊，并不是……”

“真要说有什么不一样的地方，可以说有，也可以说没有。我只有这个结论。”高桥说，“打从他老婆过世，他整个人就变得不一样了。从那之后，他的个性一直都很古怪，常常一脸阴沉、闷闷不乐。如果把那副样子当成他平日的模样，就不会觉得自杀前的他特别奇怪了。你懂我想说的意思吗？”

“我懂。”慎介点了点头。

“我觉得他是个可怜的男人。他打从心底里深爱着妻子。”高桥说着离开了公寓。他的轿车就停在路的对面。他从口袋里掏出车钥匙朝着车子走过去。

“能遇到你真是太好了，要是我继续耽搁下去，说不定会被贴上违规停车的罚单。”

“这个，我暂时保管。”慎介举起纸袋说。

“那就拜托了。啊，对了！”高桥打开驾驶座的车门开了一半时，突然停下动作，“刚刚的活页夹里，只有一本是女人的脸部画集。”

“是的。”

“那本的最后一页贴着的照片是一个穿婚纱的人形模特儿。你可以仔细端详一下。”

“有什么特别之处吗？”

“有。”高桥一脸认真地点点头，“上面的脸画得很像岸中的妻子。”

咦？慎介不由得低呼了一声。

“画得非常像，制作成为人形模特儿的成果也很棒，值得一看。”高桥说完，轻轻举手致意，坐进了车里。

“为什么小慎会拿这种东西回来呀?”成美在桌上打开活页夹说。慎介一回到家，就看到她已经起床在看电视，于是简单扼要地解释了一下事情的经过。

“我不是说过了吗?我也不知道为什么。”

“不知道为什么?难不成你是想把企图杀害自己的男人的东西留作纪念吗?”

“我觉得，如果是其他的东西，应该不会特别想要。但是当我看着这些东西时，产生了一些兴趣。”

“真奇怪。”

“你如果讨厌，就别看嘛。”

“我又没说讨厌，只是觉得拿这种东西回来很奇怪而已。咦?居然有长得像中国人的人形模特儿，我从没见过呢。”

慎介站在窗边，叼着香烟点上。一辆车子飞快地经过下方狭窄的道路。当地的驾驶员多半晓得这条道路是通过某条干道的捷径。

当心点儿，前方没有红绿灯的十字路口常发生车祸啊——慎介在心中喃喃自语。他竖起耳朵细听，没听到紧急刹车声或车辆相撞声。慎介暗自咒骂，对方真是个好运的家伙。

慎介也不明白自己为何想保留岸中的私人物品。被人形模特儿的照片吸引，这是千真万确的，却不仅仅只有这一个原因，但也无法将原因归咎于想进一步了解企图杀了自己的男人。具体来说，他应该是想确认岸中怨恨自己到了何种程度。

他手上的烟蒂弹进了烟灰缸。此时，正在看着人形模特儿照片的成美忽然倒抽了一口凉气，用力合上活页夹。她用手捂住嘴巴，眼神中流露出恐惧，直直地盯着慎介。

“怎么了?”慎介问。

成美用纤细的手指指着活页夹。

“里面有一张很恐怖的照片。”

“恐怖的照片?不是人形模特儿的照片吗?”

“是人形模特儿照片。可不知为什么，感觉那张人形模特儿的脸很可怕。”成美大概害怕得寒毛直竖，双手摩挲着自己的身体，“最后一张照片穿着婚纱……”

“最后一张?”

慎介想起高桥说过的话，他没告诉成美这件事。

他伸手拿起活页夹。他还没看那张像岸中玲二妻子的人形模特儿照片。

“别拿给我看。”成美背转脸，“感觉很不好，心情糟透了……”

慎介暗自觉得成美的反应过于夸张。他把手放在最后一页上，正要打开时，一种不祥的预感猛地掠过他的胸腔深处。

他翻开那一页，女人的面孔顿时跃入他的眼里。

慎介大吃一惊。

他无法想象这幅照片中的居然会是人形模特儿。脸部栩栩如生，简直与活生生的女人无异，仅美丽二字不足以形容，还拥有着其他人形模特儿欠缺的灵气。然而，照片也散发出死亡的气息。慎介无法移开视线。那象牙色的肌肤、曲线完美的眉毛、宛如细语呢喃的唇瓣、纤细的鼻梁，还有——

慎介发现这个人形模特儿的脸与其他模特儿的最大差异在于：其他模特儿的眼神空洞无物，但这个模特儿不是。

这个女人……正在看着我——

当他心中这么想时，照片里模特儿的瞳孔似乎微微动了一下。慎介慌慌张张地合上活页夹。

“小慎?”成美担心地唤他。

慎介无暇回答成美。他的心脏猛烈跳动，猛烈到让他感到胸疼，汗水渗透全身，背后感到寒冷，手脚也如冰一般地冷。

“真是的，把这种照片拿去丢掉吧。”成美焦躁地说。

慎介好一会儿没有回答。

6

出院后第五天，星期一，慎介回酒吧工作。他祈祷着上班第一天客人不要太多，却偏偏来了一大群客人，让他几乎没空休息。妈妈桑千都子虽然嘴上同情慎介，但店里生意兴隆，她不可能不开心。

好几组客人离开后，慎介总算松了口气，天狼星酒吧的江岛光一出现了，真是稀客。

“听说你今天开始回来上班，来鼓励你一下。”江岛在吧台旁坐下。他肩膀宽阔，体格壮硕，身上穿的咖啡色衬衫十分适合他。

“让你担心了。”

“这倒没什么。”江岛略微探出身体，“听说你有记忆障碍？”

慎介认为应该是千都子把这件事告诉江岛的。当然，他自己并未告诉过千都子关于记忆障碍的事，所以或许是成美告诉了千都子。慎介心想，女人真是长舌到令人吃惊。

“只是某些记忆片段不见了。”

慎介认为江岛其实是为了谈这件事——

“你忘掉的事情是什么？”

“这个嘛，就是之前那个意外啊，先前发生的车祸。”

“这样啊……”江岛盯着慎介，“难道你全忘了？”

“只记得其中一部分，像是车祸后与保险公司的人讨论、警察找我做笔录之类的。可一旦我试着去回想最关键的部分，也就是车祸当时的状况，脑海里就仿佛被蒙上一层薄雾，相关的记忆变得暧昧不明，各种情景的片段犹如拼图，一片片浮现，却无法拼完整。”

“这真的会让人心烦。你应该觉得很焦躁吧？”

“焦躁到几乎想把自己的大脑挖出来。”

慎介的玩笑话逗得江岛哈哈大笑，笑完喝了一口朗姆伏特加。

“可是这样也不错吧？对你来说，那起车祸是不愉快的事情，这类回忆最好能忘就忘。和失恋不一样，这类回忆是永远无法去美化。如果这种记忆能彻底消失不也是很幸运的事吗？”江岛说，笑脸改为严肃。

“我也是这么想的，可总觉得哪里不对劲，也有许多事想不通。”

“哪些是你想不通的？”

“很多。为什么我会在那条路上开得那么快？为什么我明明发现前方有人骑着自行车却还是撞上了去？”

江岛听完慎介的话，有些意外：“你说你注意到有人骑着自行车？”

“是的。”

“你有这个印象？也就是说，你记得看到自行车？”

“嗯，印象中，我看到一个女人在夜路上摇摇晃晃骑车的背影。”

“嗯……”江岛皱起眉头，视线落在慎介后方的酒柜上，继续喝着酒。过了一会儿，他的目光又回到慎介身上。

“从车祸当时的情况来看，似乎只是因为车速过快。不过原来还有这回事呀，你看到了对方骑自行车的样子？可是，如果车速太快，可能当你确认前方有人时就已经来不及闪开了吧？应该是这么回事吧？”

慎介听了江岛的解释，仍旧无法释怀。由于他曾亲眼目睹朋友发生车祸，自那之后，他开车就很谨慎。为什么他当晚会那么不小心？

“我想去警局找负责车祸事件的警察问问当时的状况究竟如何。”

慎介说完，江岛就皱起眉头，挥了挥手。

“别做这种无聊的事。刻意回想车祸时的状况对你毫无益处。比起这种事，你应该还有很多其他更需要考虑的事吧？例如你的将来？”

“将来？”

“你打算什么时候自己开店？你不是说过这件事吗？”

“啊？如果可以自己开店当然好。”

“说的什么话？你可真优哉。”江岛倾斜酒杯，露出苦笑。

将来——

慎介发觉自己好长一段时间没去思考这个问题了。自从这次的事件发生之后，他就没再想过将来。换作在从前，他应该会更加频繁地去思考这个问题。他甚至曾经思考过是时候寻找店面了，也曾做好预算，计算出营业额要达到多少店面才撑下去。

预算？

慎介的心好像被什么东西牵引着，却搞不清楚。所以他决定更深入地思考预算这件事。自己目前有多少积蓄？该向银行借多少钱？

慎介的脑袋又陷入一片混乱，他无法记起自己到底有多少钱。银行存款还剩下多少？自己有定期存款吗？

“喂，你怎么了？身体不舒服？”江岛叫他。

“没什么，没事。”慎介摇了摇头，然后开始擦拭洗好的酒杯。然而，一堆疑问如乌云般地在他心里逐渐扩大。

此时，玄关的门无声开启。慎介条件反射地望过去。现在接近十二点。他的脑海里浮现出几个可能会在这个时间出现的熟客脸孔。

开门进来的却不是他料想中的人。那个人，慎介完全不认识。妈妈桑、女孩子们、客人们，还有江岛，看到这个人，顿时都沉默了。

慎介未曾谋面的这位客人是个女人，看上去不到三十岁，一头俏丽的短发。可能刚参加完丧礼，身上穿着黑色天鹅绒洋装，手上戴着黑色蕾丝手套。

女人踏入店里，目不斜视地直接朝着吧台角落走了过去，简直就像是一开始就决定好了似的。直到她坐到高脚椅上，店内仍鸦雀无声。

“欢迎光临！”慎介对她说，“您想点什么呢？”

女人缓缓抬起头，凝视着慎介。一瞬间，慎介感觉某种情感在体内爆发。

慎介有一种直觉——我爱上这个女人了。

7

穿着一袭黑色洋装的女人在店里待了一个小时。在一小时之内，她喝了三杯白兰地。喝完一杯的速度大约二十分钟，就像用秒表计时般精确。除此之外，连喝酒的动作也几乎完全一样：先是把手伸向酒杯，然后轻轻举起，凝视杯里的酒几秒，唇瓣碰触杯缘，让酒从口腔流入体内。这时她会闭起双眸，酒流入喉咙的同时，喉头微微蠕动，再拿开酒杯，轻声叹气——不断完美地重复着这套动作。

即使在接待其他客人时，慎介也一直注意着她。不，似乎不只慎介如此。当那个女人进入店里的时候，坐在吧台旁的江岛拿心爱的钢笔在杯垫上写了些字，默默地推往慎介的方向。慎介随即把杯垫拿了起来。

“是你认识的客人吗？”

杯垫上写着这句话。慎介把杯垫握在手中，对江岛摇头。江岛面露惊讶，不过，他自然不会露骨地向陌生女客投以好奇的目光。

千都子也对这个谜样的女人耿耿于怀。她走到吧台轻声问慎介：“你认识这位客人吗?”慎介又摇了摇头。如果是男性客人，妈妈桑还能巧妙地套问出对方的身份，然而当对象是穿着丧服的女性时，她也束手无策。

在最初的二十分钟里，女人只说了两句话:“可以给我来一杯轩尼诗吗?”“麻烦再给我一杯。”低沉的声线和窈窕的身材形成强烈反差，犹如横笛音色般的低沉嗓音的余韵一直在慎介的耳畔萦绕。

当女人把第二杯一饮而尽时，慎介衷心盼望能再次听到她横笛音色般的低沉嗓音。可是她沉默不语，只对着慎介举起空酒杯，脸上露出了微笑。女人的表情只能用妖艳二字形容。她那双浅咖啡色虹膜的瞳孔紧紧地锁住了慎介的眼神，从微张的唇瓣隙缝中吐出浓郁花香般的气息。

“跟刚才一样的吗?”慎介问，声音有些颤抖。

女人沉默地轻轻点头。店内的微弱光线从侧面照到她的脸上，她的肌肤如陶瓷般雪白、光滑。

慎介期待着女人主动开口跟他聊天。一般来说，独自来酒吧的客人多半是为了找人聊天。不过慎介认为这个女人恐怕不是如此。她多半是为了能像现在这样独自喝酒才到店里来。想独自喝上几杯的人，身上通常都会散发出特有的寂寞，可是这个女人身上并没有这种气息。身穿一袭黑色洋装的她，仿佛静静地融入了幽暗的光线中，散发出轻松惬意。

女人喝完第三杯酒，看了看自己的手表。戴在纤细手腕上的是一只有着黑色细表带的腕表。慎介的目光被吸引，视线落在她的手腕上。她的手上还戴着黑色蕾丝手套。

时间将近凌晨一点。店里座席上还有两位客人，那二人浑身散发着精英企业家的气质。他们来到店里后，也朝坐在吧台的女人注视了好一阵子，现在则和千都子一起热烈地谈论着赛马的话题。

“谢谢招待。”女人说出第三句话。

“您要回去了?”慎介问。

女人微微点头，目不转睛地盯着慎介。慎介虽然也想迎视她的视线，但总觉得自己的心思会被那女人看穿，气势完全被对方压倒，于是立刻别开了目光。

慎介把账单递给那女人。女人把手伸入黑色手提包里拿出了一只深棕色旧皮夹，皮革表面已经磨损。那皮夹与她散发出的气质完全不般配，这一点让慎介颇感意外。

女人付完钱，收好皮夹，从高脚椅下来，和进来的时候一样，目不斜视、笔直地朝玄关方向走去。

“谢谢惠顾。”慎介对着女人的背影说。

女人一离开，千都子随即走过来。

“那个客人是谁呀？感觉有点可怕。”她在慎介耳边悄声说。

“她以前曾被哪位客人带来过吗？”

“没有吧？如果有，我会记得的。小慎，你没跟她聊些什么吗？”

“没有，总觉得很难跟她搭讪。”

“毕竟她穿着丧服嘛。她到底是什么人呢？”千都子顺着女人走出去的方向望着玄关，歪着头思索起来。

凌晨两点，慎介他们把剩下的客人劝离，关店打烊。打工的女服务员们要赶在末班电车前回家，之后的收拾整理便是慎介的工作。千都子把车子停在了离店门口有点远的地方，所以早一步离开。

慎介收拾完，走出店门，锁好大门。走廊上滞闷的空气里满是尘埃。他不禁想，夜晚的世界就是这样，自己终于又回归了。

慎介站在电梯前按下按钮。独自站在那里，又让他回想起那天夜里的遭遇。悄无声息地从背后逼近的黑色人影、由上往下砍过来的凶器、猛烈的冲击以及感到那种剧痛时意识飘散的感觉。

从某个地方传来声响。慎介吃了一惊，转身朝身后看过去，可是身后没有人影。不久，从楼梯方向传来一群人的笑谈声，大概是从楼上店家离开的客人。慎介松了一口气。回过神来，他才发现自己全身寒毛直竖，腋下已是汗水淋漓。

电梯抵达慎介所在的楼层，电梯门无声地开启。慎介祈祷着电梯里没有其他人，但事与愿违，电梯里有个男人。那是一个嘴巴周围满是胡须、三十出头的矮个男人。

虽然慎介极不情愿和陌生人待在密闭空间内，却又非搭电梯不可。慎介一走进电梯，立刻按下“关”的按钮。他不想背对男人，便将身体贴着电梯内壁，直盯着指示楼层的信号。抵达一楼虽然只花了十几秒，慎介却觉得久得让人害怕，感觉全身都僵硬了。

胡须男什么事都没做，而且多半赶时间，电梯刚抵达一楼就飞快地越过了慎介。慎介目送那男人的背影，叹了口气，又摇了摇头。

慎介恍惚地站在大楼前，听到空洞的喇叭声，于是把头转向声音传来的方向。看到一辆深蓝色的宝马车停在路旁，驾驶座上是千都子白皙的脸。慎介留意路上来往的车辆，绕到副驾驶座，打开车门迅速上车。车里弥漫着千都子的香水味。

“太久没来店里工作了，所以花了一些时间收拾。”

“辛苦你了。身体还好吧？头不会痛吧？”

“没问题。我没什么大碍了。”

“太好了，今天忙成这样，我还有点担心呢。”千都子发动引擎，宝马车缓缓前进。

千都子独居在位于月岛的高级公寓。她回家与慎介顺路，所以总会顺道载慎介回家。如果没法送慎介回去，她就会给他出租车费。千都子只要一想到出租车费，就觉得哪怕自己绕点远路回家也没关系。

慎介漫不经心地望向窗外。当宝马车开始加速时，他下意识轻轻发出一声惊叫。

“怎么了？”千都子问道。

“没有……”他立刻摇了摇头，“没什么，只是看到某个路人长得和我认识的人很像。”

“要停下来看看吗？”

“不，没关系，应该是我认错人了。”

“是吗？”千都子再次用力踩下暂时松开的油门。

慎介的背部感受到车子加速产生的作用力，克制住了想要回头看的欲望。刚刚，他的视线捕捉到一个女人伫立在路旁的身影。虽然只是匆匆一瞥，但无论是那长下摆的黑色洋装还是短发的造型，都绝对是那个方才出现在茗荷的女人。何况她还曾经跟慎介面对面，简直像是知道慎介就坐在宝马车的副驾驶座上，准备目送他离去似的。

那女人在那种地方做什么？为什么盯着自己？话说回来，那女人究竟是什么人？接连浮现的疑问一时间占据了慎介的思绪。过了一会儿，心里的空虚便把这些疑云一扫而空。慎介觉得自己多半是认错了人。那女人已经离店好一段时间，不可能一直伫立在那里。他心想，穿黑衣服的女人到处都有，短发造型的女人也很多，更何况站在那里的女人或许不是在看我，而是眺望远方，并没有特别地注视着什么，只是碰巧转向自己这个方向——

“你看起来好像有点在意呢，是因为刚刚看到的那个人吗？是不是停下来比较好？”驾车的千都子过了好几个红绿灯之后这样问道。

“我一点都不在意，只是有点困。”

“这样啊，你很久没熬夜了吧？”千都子略微加快车速，大概是贴心地想让慎介能早点回家休息。

慎介轻轻地闭上双眼，思考着自己为什么无法向千都子吐露实情，坦承又见到了那个一袭黑衣、散发着可怕气息的女人。他想不通。

过了一会儿，千都子问慎介：“你要不要先休息一阵子？你觉得你适合需要熬夜的工作吗？”

“我不知道自己适不适合，也没仔细地考虑这个问题。”

“没想过趁此机会找个白天的工作？”

“从没想过。我也没有其他能做的事。”

“没那回事吧？毕竟你还很年轻。”

“我已经三十岁了。”

“才三十岁。你的未来还有许多的可能性。不过你的人生剩下的时间也不算非常多了，如果有什么人生目标，还是趁早开始比较好。”

“我没什么想做的。”

慎介从没有对千都子说过自己的梦想：独立地拥有一间属于自己的店。他打算等万事准备齐全，再告诉千都子。

慎介几乎想不起来自己已经准备到了哪个阶段。他不记得自己是否制订了具体的计划，或者只是单纯地怀着空想。

“小慎，你有没有觉得你差不多该回银座去了？”千都子进一步地询问，“你来我们店里已经一年了吧？”

“我没想过。能够被妈妈桑的店收留，我真的觉得感激不尽。”

“不用向我道谢。你也帮了我不少忙。”千都子加强语气地说。

慎介是在刑事判决宣判之后才到茗荷工作的。慎介被判两年有期徒刑，缓刑三年。所以实际上慎介还是可以继续正常地生活。在江岛的安排下，他被暂时安置在千都子的店里。这或许是因为江岛很关心慎介，认为这样一来慎介就可以不必在乎他人的眼光，也不至于令那些知晓车祸事件的熟客对天狼星酒吧的观感产生变化。

千都子把车子停在慎介住处的正前方。慎介道谢后下车站在路旁，直到完全看不见宝马车的车尾灯才离开。

慎介打开房门时，室内一片漆黑，成美还没回家。成美打工的酒店十二点半打烊，但她会和酒店的女同事一起吃饭，通常比他到家还晚。有时候她也会陪客人去别的店喝酒或者到练歌房去唱歌。只要从事与纸醉金迷的夜生活有关的工作，就免不了有这些应酬。对此，慎介不会逐一过问。

慎介打开灯，走到洗手间漱口，然后用热水洗脸。当他拿起毛巾擦脸时，看着映在镜中的自己，突然有一种诡异的感觉袭来。他的脸不由得扭曲起来。

那种感觉近似既视感[①]。所谓既视感，就是有一种以前曾遭遇过相同状况的感觉。可他不是第一次在这间浴室里洗脸，结束工作回家后的第一件事就是洗脸，这是慎介持续多年的习惯。因此他感受到的并非既视感。只有当感觉到以前并未曾经历过的状况，才称得上是真正的既视感。

慎介凝视着镜子，搓了搓脸，摸摸头发，但仍搞不清楚刚刚产生的感觉是怎么回事。没过多久，诡异的感觉淡去，镜子里只剩下他呆立在原地的身影。

他决定将之解释为是因为自己太久没去上班了，也是因为对那个穿丧服的女人太过在意了。今晚的自己到底是怎么了？

慎介离开浴室，换上汗衫。他打开电视，从冰箱里拿出罐装啤酒。冰箱内还有剩下的马铃薯色拉，他一并拿了出来。正要拉开罐装啤酒的拉环，他脑中霎时掠过一个念头，于是打开了小电视柜的抽屉。抽屉里

---

① 源于法语 Déjà-vu，也可翻译为幻觉日记，指没有经历过的事情或场景却在某时某地产生了似曾相识之感。又被称作海马效应。既视感可能会让人们不再那么相信自己的记忆，但研究人员对此还没有找到确凿的证据。

原本应该放着银行的存折，可是翻了三个抽屉都找不到，只是每个抽屉里的物件都比以前摆放得整齐。他想，大概是成美整理房间时把存折收藏到别的地方去了。

存折不在电视柜里，会在哪里呢？慎介站在房间正中央思索起来。不管怎么看，屋里都没有其他地方可以收藏贵重物品。称得上家具的除了电视柜和床，就只有餐柜、沙发和用来放内衣裤的小收纳柜，其他的衣物几乎都放在壁橱里。壁橱的下层有多个并排的收纳箱，上层则是可以挂数十件衣物的衣架。所有家具都是邮购的。

正当慎介考虑着该从哪边先找起时，玄关处传来钥匙开门的声音。门一打开，成美的声音就传了过来："小慎，我回来了。"

"你回来了。"慎介回应。

"你在做什么？怎么站在那里？"成美一进屋就劈头问。她穿着黄绿色衬衫，那是去年春天买的。

"我在找存折。"

"存折……为什么？"

"有件事让我很在意。你放到哪里去了？能帮我拿出来吗？"

"你在意什么事？"

"等一下再告诉你。总之，我现在就想看看。"

大概是因为慎介突然说出奇怪的话，成美的神情显得极度不安。但是她没有多问，随即走进和室，打开壁橱的门。壁橱里挂着的衣物前方摆着一只急救箱。她打开急救箱，里面放着存折。

成美说了声"喏，给你"，把存折递给慎介。

"为什么存折会放在那里？"

"没什么特别的理由……只是想不到其他地方可以放。这种重要的东西总不能随便放在很容易被小偷找到的地方吧？"

"小偷会去翻急救箱吗？"

慎介打开自存折。看到存折上的数字，他不由得笑了起来。那是一抹自嘲的笑容。

"怎么了？"成美问。

"根本没必要担心小偷。"慎介翻开打印着余额的页面给成美看，

“你看看，这个数字比最近中学生的存款还少。”

“这也没办法，毕竟很多事都要用钱。”

“成美怎么样？能存些钱吧？”

“我跟你差不多。打工的酒店给的薪水又不多。”

慎介耸了耸肩，把存折放回急救箱。

“你怎么了？干吗突然提存钱的事？”成美的声音蕴含些许怒气。

慎介叹了一口气。

“我完全不了解自己。”

“咦？”她蹙起眉头，“什么意思？”

“欸，成美，”慎介说，“我到底是怎么想的？”

“什么怎么想？”

“我对未来有什么计划？明明没什么存款，却想着要独立开一家自己的店。我到底在幻想什么？”

“你跟我说过，以后想开一间自己的店……”

“那我有没有说钱从哪里来？说过目标金额是多少吗？”

成美听到慎介的质问，眼神中混杂着不安和胆怯。大概意识到慎介丧失记忆之后，心情变得更加沉重了。

“你说……要存钱。”

“存钱？说过这种话的人存折里的金额会少得这么可怜吗？”

“所以你才说以后我们俩一定要省吃俭用。”

“省吃俭用……”慎介摇了摇头。他发觉自己好久没有意识到“省吃俭用”这几个字了，自己真的说过这种话？

慎介不禁蹲坐在地。成美把手放在他的肩上。

“欸，这种事情过去就算了吧。如果忘记将来打算做什么，从现在起重新思考不就行了？”

慎介轻轻地握住她的手。她的手湿润、冰冷。

8

慎介并不是老早就打算当调酒师的，而是对在酒吧工作的人抱有偏见。他认为会选择在酒吧工作的人一开始都打算寻找其他出路，但遇到挫折，无处可去，最后才无可奈何地一脚踏进了酒吧。这是慎介刚到东京时怀有的想法。然而如今他早已不再这样想。

慎介出生于石川县金泽。父亲在当地的信用银行上班；母亲曾经担任中学临时教师，但慎介记忆中从没见过母亲担任临时教师的模样。

他的老家在犀川河畔一个叫寺町的地方。从地名就可以推断那个城镇有不少寺庙。慎介一家人居住的木造房屋寂静地坐落在销售当地特产的小店对面。慎介有个年长五岁的哥哥，在纺织厂上班，五年前结婚，小孩分别是四岁和一岁。兄嫂和他们的小孩，加上慎介的父母，一共六人，目前应该还住在老家。

慎介十八岁来到东京，是因为考上东京的私立大学。准确说来，是他想来东京，所以特地去考那所大学。他之所以选择社会学院，其实没什么特别的原因。他也报考了东京其他大学，文学院、商学院、信息学院等，各个学院都去考了。简单说来，只要是东京的大学就好，念哪一间都无所谓。

所以他到了东京之后没有什么具体的目标，因为他认为只要到了大城市就可以找到自己的目标。对于住在乡下地方的少年来说，东京这地方有无数的机会在萌芽。他坚信只要能把握其中一个机会，就必定能踏上成功之路。但他当时完全不知道，必须具备超越常人的能力，才能把握出人头地的机会。

慎介的父母没有反对他前往东京。对他们来说，只要家中的长男从地方上的国立大学毕业，然后在当地的公司就职，或许自己的老年生活就无庸操心。况且总要照料比长男成绩差的次男也很麻烦。他们知道慎介的成绩不好，无法像哥哥那样考取好的大学，如果只考上了当地的二流大学，将来也无法养活自己。

让他到东京去，至少以后在生活上不会出现困难——这是慎介推断双亲愿意让他待在东京的想法。

慎介最初住的地方是不到六张榻榻米大的无厨卫一居室。他相信自己会从此大鹏展翅，翱翔于天际。他的内心充满期待，认为自己什么事都能办到，乐于接受各式各样的挑战。

然而，怀揣着这种梦想的时间极为短暂。一年后，他早已不抱任何野心。自从来到东京，慎介一直在寻找具体的目标，但他愈来愈不经常去思考这个问题，甚至索性想忘掉这件事，因为只要想起来就会看清自己是多么无能。若真要探究原因，或许是工作太忙了。光是房租与学费两项就几乎花光他手上所有的钱，让他不得不开始打工。打工之后又产生许多新的人际关系，为了应酬又需要更多的钱，也就是出去吃喝玩乐的钱。为了赚这些钱，只好多找几份打工的活儿。就这样恶性循环下去。

当然，这些不过是借口。慎介身边有很多比他更不幸却比他更努力的学生。住在同一栋公寓的S君与他在附近的定食屋①相遇后，渐渐熟了起来。这个学生半夜在道路施工的工地上打工到天亮才骑自行车回家，接着睡得像喝到烂醉的人，不省人事整整四个小时；起床后，为了下午的课赶往学校。这种生活，S君坚持了两年多。除此之外，从下课到去打工的这段时间里，他都待在房里念书。脸上的胡须总是杂乱的S君，口头禅是“世上最有价值的东西就是时间”。

“想想看，有钱的确什么事都办得到，却买不回消逝的时间。就算拥有再多的钱也无法回到年轻时吧？相反，只要有无限的时间，就无论什么事情都办得到。人类之所以能创造文明，所依靠的不是金钱的力量，而是时间的力量。但可悲的是，每个人拥有的时间都是有限的，而且年轻时的一个小时与老了之后的一个小时，二者的价值完全不同。对我来说，时间是绝对浪费不得的，哪怕是一秒钟都不行。”

S君专攻建筑学，毕业论文题目是《都市型三层式道路网络的开发》。这是慎介与他离别三年后才听说的，原来他当年半夜去建筑工地上打工不单只为了赚生活费。

慎介觉得自己没办法把S君当成榜样。虽然这句话只是借口，不过他和S君的确有所不同。他对大学教的东西完全不感兴趣，况且他选择的主修科目本来就不是兴趣所在，一丁点的求知欲也没有。

大学二年级结束后，他几乎再没去过大学。那时的他，一天中待得

---

① 定食屋，指提供日式简易套餐的日本餐馆。

最久的地方就是他打工的六本木酒吧。那间酒吧以上世纪六十年代的音乐为主题，披头士与猫王的唱片一应俱全。没什么客人的日子，慎介就把那些唱片一张张地放上唱机，悠闲地度过一天。

慎介不是不知道自己在浪费时间，他也时常感到焦虑，希望快点找到目标，却不晓得怎么做才找得到，甚至在寻找之前也不了解该如何寻找。这就如同明明应该是邮差在某天送达的东西，却误以为是会突然出现在自己面前的东西。

他从没动过休学的念头。他认识的人，有好几个从大学休学，不过他们都是考虑了很久，为了实现自己的目标才休学。慎介则没想那么多。他总觉得要先有个目标，之后才能有所觉悟或下定决心。

然而最后他还是没能把大学读完。即使他没有休学的念头，但是不去上课、不参加考试，就没办法升上更高的年级，当然就不可能顺利毕业。这种状况持续下去，自然会被开除学籍。这就是他被退学的原因。

慎介对住在金泽的父母暂时隐瞒了这件事。等其他同学们都成为上班族后，他连老家都没有回去，只对父母说“要再打工一阵子”。

事情是在他二十三岁的时候露馅的，起因是大学往他老家打了好几次电话。慎介的双亲怒气冲冲地来到东京，父亲脸红脖子粗地说现在回大学念书还来得及，母亲则在一旁啜泣。慎介跑了出去，两天没有回家。第三天，当他回到家，便看到桌上放着一张纸条，纸条上用潦草的字迹写着：“有事记得和家里联络，好好保重身体！”

慎介与江岛光一相遇就是在这件事发生后不久。慎介上班的六本木酒吧打算关店，当他着急地搜寻招聘信息时，看到了天狼星酒吧的招人广告。他深深地被“银座”这两个字吸引。因为他认为，既然选择去酒吧工作，当然要选日本最繁华的地段。

慎介面试时，老板江岛亲自出马。江岛的气质让慎介折服。他的每一个动作、每一句话都富有深意。慎介认为这种人物才称得上成熟男人。

江岛让慎介试穿天狼星酒吧的制服，以“穿起来很有型”为由，决定录取慎介。当时的江岛还说了这样的话：“无论是多么随性的人，对三件事都会特别坚持。一是洗澡的方式，二是上完厕所后擦屁股的方式，三是喝酒的姿势。”

慎介钦佩地点头同意，格外谨慎地说："我会记住的。"

之后的六年里，他都待在天狼星酒吧上班。如果没发生那起车祸事故，现在的他应该还在那里工作。

在那六年里，他学到了不少。具体地说，他发现了在酒吧工作的有趣之处，从学生时代起便不再出现的野心复燃了：期待未来能开一间店。

然而，他知道自己的野心还不够具体，而且尚未从现实层面深入地思考这件事，该学的东西还有很多，最重要的是手头上没有资金。

这些应该都是发生车祸前的想法。

可是眼前的情形截然不同了。

慎介开始思索自己这一年究竟是怎么过的。他记得自己有过哪些行为，但只要试图回顾当时的动机，就会出现如灰色帷幕遮蔽记忆的画面，而且那面帷幕比他想象的更厚。

9

正好是在一周之后，那个穿丧服的女人再次来到了茗荷，时间是刚过凌晨一点。这天晚上的客人很少。店内深处的座位坐了一名男客，不知在与千都子聊些什么。

女人悄无声息地走进来。不，开门时应该发出了声音，只是慎介当时没有听见，那时他正好面对酒柜。尽管如此，那女人让他完全感觉不到气息，只能说是不可思议。姑且不论他听没听到声音，平时门的开合与客人进来的身影理应会映在瓶子或酒柜玻璃上，可是慎介浑然不觉她进来。所以当慎介回头看见女人静静地伫立在吧台对面时，不由得惊叫出声，同时心跳开始剧烈起伏。

女人挺直了背脊站着，目不转睛地凝视慎介的眼睛。她的姿态仿佛是有事对他宣布的使者。实际上，刹那间，慎介也陷入轻微的幻觉，等待着女人主动向他攀谈。这中间大概只有几秒钟，他却觉得时间过得很漫长。沉默持续了数秒。慎介终于想起自己必须开口说话。

"欢迎光临！"他的声音粗哑得像患了感冒。

女人垂下目光，在上次的高脚椅坐下。

“给我跟上次一样的酒。”嗓音同样让人联想到横笛。

“是轩尼诗?”

对慎介的问题，女人微微点头。

慎介背对那个女人，把手伸向瓶子。一边将酒注入酒杯，一边反复思考着女人刚刚说的话。女人说跟上次一样。换句话说，她应该记得她在一星期前来过这家店，也认得眼前的调酒师。

对于从事服务业的人来说，记得顾客的长相与名字是天经地义的。即便是成美，也绝对不会忘记客人的面孔与名字。万一忘记名字，非到万不得已，尽可能不问对方，可以私底下去问其他人，或者在和客人聊天的过程中拼命回想。如果无论怎样也想不起来，还可以使出最后的杀手锏，对客人说:“对了，之前您没留张名片给我呢。”一旦让客人认为自己被遗忘了，那么今后可能绝不会再上门光顾。

然而慎介难以想象这位只来过店里一次的客人会记得自己。

慎介心想，对方或许在试探。但试探一个素不相识的调酒师有什么意义吗?他对此感到匪夷所思。

慎介把白兰地酒杯放在女人面前。女人道了一声谢。声音虽然微弱，却听得很清楚。女人还对他露出妖艳的微笑，他也扬起嘴角回以微笑。猛地看向旁边，慎介发现千都子正在观察他俩的举动。准确来说，她是一直盯着女客看，虽然偶尔也会与正在聊天的客人附和几句，但她的注意力显然集中在别的地方。千都子面向慎介，对他使了个眼色，要他打听出那女人的身份。

慎介知道千都子心里的想法。她担心那女人是商业上的竞争对手，所以戒心才会那么重。打算开新店的业者会进入长期在当地营业的店内侦查，这种事情在业界屡见不鲜。

慎介拿出盛放巧克力的小碟子，重新观察女人的样子。她今天没有穿丧服，而是穿一件和上次长度相同的长裙，颜色不是黑色而是深紫色。除此之外，今晚她没戴手套。慎介还注意到女人不同于上次的另一个地方，那就是头发的长度。女人上次的头发短到完全露出耳朵，今晚却只看得到半边耳朵。仅仅过了一星期，头发不可能长那么快，大抵是稍微改变了发型吧?这个发型也使她的表情比上周多了几分柔和。

要探查出她究竟是什么人，最直截了当的方法就是和她聊天。可是慎介想不到该怎么开口。他觉得不管自己说什么，女人都会淡淡地应付过去，露出神秘的笑容，简单寒暄几句就结束所有对话。她全身散发出的氛围让慎介如此猜想。

慎介并非不擅长和客人搭讪，反而算得上很擅长，在天狼星酒吧打工时就很擅长，但他遍寻不着攻陷这个女人的方法。这个女人和之前他遇上的所有女人都不一样。他始终没有开口搭讪，就这样过了二十分钟。于是，她和上周一样，花了同样长的时间喝光一杯白兰地。女人用手掌环绕空掉的白兰地酒杯，意味深长地看着慎介。

“一样吗？”他问，把手伸向轩尼诗的瓶子。

女人没有点头，在掌中把玩着酒杯问：“该喝点别的什么呢？”

慎介一惊。他没料到女人会问这个问题。

“您喜欢什么类型的？”他假装平静地问。

女人一手托腮，一手拿着白兰地酒杯。

“我不太清楚那些酒的名称，你可以随便调点什么吗？”

慎介立即听懂她说的是鸡尾酒，心里非常紧张，因为他觉得那女人会给他调出来的酒打分。她说自己不清楚酒的名称应该不是真的。

“那就调一杯略带甜味的吧？”

“这样啊，应该不错。”

“基酒①用白兰地可以吗？”

“由你决定。”

慎介略作思考后，打开冰箱，看到爱尔兰奶油威士忌。

位于银座的天狼星是一家以鸡尾酒为特色招牌的酒吧。老板江岛光一原本就是著名调酒师，他只把调酒的工作交给真正信赖的人，而慎介便是获得他信赖的一位。

然而自从他来到茗荷，这一年多里大大减少了调制正宗鸡尾酒的次数，甚至可以说根本没有机会调制。偶尔被打工的女服务员央求，他才会调制出近似鸡尾酒的饮料。大部分客人都将这里当作向他们带来的酒

---

① 基酒指用来调制鸡尾酒的主料，主要的基酒有金酒、朗姆酒、威士忌等。

店小姐求欢之处。因此慎介能够在这里调制的鸡尾酒的种类有限，毕竟没有多余的空间放置常备材料。

即使如此，目前也有棕可可香甜酒和鲜奶油，可以跟白兰地调在一起。慎介为了不让手感变迟钝，时时都有练习，但仍感知自己摇动摇酒器的手上动作已然不够流畅。

慎介把摇酒器中的鸡尾酒倒进入鸡尾酒杯，撒上肉豆蔻粉之后，才发觉女人始终盯着自己的手。但那种眼神不像是在欣赏调酒师的手上动作，而是冰冷得像是在观察细菌的学者。

“请用。”慎介将鸡尾酒杯端放在女人面前。

女人没有立即将手伸向酒杯，而是垂下视线凝视了好一阵子。慎介盘算着，如果女人还要继续观察，自己就要对她说：“鸡尾酒要早点品尝比较好喝。”因为鸡尾酒会随着温度而改变口感。

不久，她便拿起鸡尾酒杯，举到与视线齐平，仿佛在确认酒的黏稠度似的，略微摇晃后开始啜饮。

鸡尾酒杯贴在女人湿润而带有光泽的唇瓣上，淡茶色的黏稠酒液流入了的女人喉咙。她轻轻地闭上双眼，店内微弱的光线在她的脸庞上形成阴影，这幅画面只能用淫靡二字形容。慎介在脑海里描绘出液体顺着她的舌流进喉咙深处的情形，这种想象激发了慎介的性欲，他感到自己勃起了。女人喝下液体时，纤细的喉头微微起伏，让他的心跳顿时加快。

女人深深地吐了一口气。如果用手触碰，或许能感受到温度。她睁开了双眼，眼神有点涣散。

然后，女人的眼神缓缓聚焦，视线落到慎介身上。

“您觉得如何？”慎介问。

“好喝。这杯酒的名称是？”

“叫亚历山大。”慎介回答，“是很有名的鸡尾酒。”

“亚历山大？是那个征服希腊的皇帝吗？”

“不，”慎介苦笑着摇摇头，“典故出自与英国国王爱德华七世结婚的亚历山大皇后，是用来祝贺他们婚礼的鸡尾酒。”

女人心满意足似的点了点头，不知是欣赏慎介对鸡尾酒由来的流利解说，还是她本身很喜欢这个典故。

女人再次举起酒杯，细细地啜饮了一口。此时，她白皙的脸颊迅速涨红，仿佛被薄薄地喷上了一层绯红色颜料。

“好喝。”她又说了一次。

“是吗？如果合您的口味，那就再好不过了。”

“亚历山大，我得记下来才行。”她压低声音说道，仿佛在讲述重要的心事。

“请别喝太多了。”慎介的脑中闪现一个念头，便问，“您知道《醉乡情断》① 这部电影吗？”

“我只听说过片名。”她仍然压低嗓音回答。

“男主角在那部电影里禁止妻子喝的酒，就是这种鸡尾酒。您知道后来结局如何吗？”

女人微微摇了摇头。

“对鸡尾酒着迷的她，不久就酒精上瘾了。”

她瞬间静止不动，嘴唇微张成漂亮的形状，没有合上。接着她用力点了点头，把鸡尾酒杯移到嘴边，将余下的酒一饮而尽。

女人朝慎介呼出温热的气息，当然她并不是刻意的。带有甘甜气味的气息，微微刺激慎介的鼻孔，让他的感官顿时一阵酥麻。

“请再给我一杯。”她说。

“好的。”慎介回答。

第二杯亚历山大成为女人今夜在茗荷喝的最后一杯酒。酒杯见底之后，她说了声“我要回去了”，就突然起身。脸颊虽然染上了绯红色，但看上去不怎么醉。

慎介帮女人结完账，走出吧台，到玄关处替她开门。女人昂首挺胸地从他面前走过。

“您要去哪儿？”慎介望着她纤细的背影问。

她停下走向电梯的脚步，转身过。

“为什么问我这个问题？”她略微偏着头说。

慎介绞尽脑汁也没找到答案，开口问她要去哪儿其实并非别有深

---

① 1966 年的美国电影 *Days of Wine and Roses*，又译《美酒和玫瑰的日子》。

意。不，也不能说完全没有，只不过他当下说不出口。他心想，如果对那女人说自己每天都在想她，不知道她会如何反应？

“呃，我只是猜测您应该还会去下一间酒吧喝。”慎介没有正面回答她的问题。

女人似乎打算让慎介有台阶下，不过多半是在欣赏他的狼狈模样。

“是啊，有可能会去，也有可能不会去。”

慎介接不下去了。虽然他努力尝试说些俏皮幽默的话，脑中却一片空白。他为自己居然变成这么迟钝的男人而感到焦躁。为了掩饰内心的起伏，慎介跑步追上她，按下电梯按钮。电梯恰巧停在这一层，门立刻打开。她道声谢，走进电梯。

“请您务必再次光临。”

慎介说完，女人仿佛被触动心弦，凝视着他，然后把手伸向电梯的控制面板。由于电梯门一直没关上，女人按的应该是“开”的按钮。

“鸡尾酒真的很好喝。多谢招待。”她压低声音说。

“谢谢惠顾。”慎介鞠了一躬。

“下次来的时候，能帮我调制别的鸡尾酒吗？”

慎介听到这句话，胸中的郁闷彻底消失，快感油然而生。这表示她还会来店里。

“我会事先做好准备的。”

“晚安。”女人的手离开控制面板，电梯门悄然关上。慎介看着她的脸，二人的视线在空中交会。

咚，他感到胸口一阵闷疼，仿佛心脏被异物刺穿，直到电梯门关上、看不见她的身影为止，那种触感仍挥之不去。

“知道她是谁了吗？”千都子小声地问。她果然从头到尾都在注意着慎介他们俩。

慎介噘起了唇，耸耸肩摇了摇头，不知为何刻意板起了脸。

“你似乎跟她说了不少话？”

“只是聊了些关于鸡尾酒的话题。”

“鸡尾酒？”千都子的眼睛射出光芒，“她对酒很了解？”

“不知道。”慎介把手插进口袋，歪着头说，“看起来不像，可是说不定是在演戏。”

“这样……”千都子露出凝重的神情。对于那女人的事，她似乎无法往好的方向想。“小慎，如果那个女人再来，记得要问出眉目哦。”

“一直追问客人的私事，是不是有违待客之道啊？”

“也有例外的情形嘛，毕竟那女人太可疑了。”

“好吧，我尽量试试。”

厕所里传来流水声。没多久，最后一位客人擦着手出现了。千都子迅速地拿起擦手巾，立刻露出工作状态的职业笑容。

慎介回到吧台内，清洗女人用过的酒杯，脑海里陆续浮现出想让她试喝的鸡尾酒清单。

10

天狼星位于这栋旧大楼的九楼。大楼外并没有悬挂特别显眼的招牌，一走进电梯就会看到写着“天狼星在九楼”的牌子。没人知道牌子上为什么用汉字写着天狼星，就连老板江岛也说“忘记原因了”。不过慎介认定这是出自江岛希望吸引目标客户群的想法。实际上，天狼星从一开始就是一间靠熟客捧场而支撑下去的店。

慎介搭电梯上楼，电梯的速度和以前一样缓慢。到了九楼，有一条光线暗淡的走廊。他已经很久不曾像这样走在这条走廊上了。慎介感到怀念的同时，也因为对这里的记忆已变得不完整而感到焦躁。

走廊尽头有一扇木门，门上挂着以英文拼写的天狼星的牌子。店里客人们谈天说地的声音传了出来。慎介拉开门把手时略感紧张。

门开启后，站在吧台的冈部义幸最先看见慎介，工作状态的职业笑容顿时变成了稍感诧异的神情，不过唇边随即浮现别具意味的笑容。他对慎介点了点头。他的笑容与动作让慎介有一种安心感。

吧台前有十五张高脚椅，椅子与椅子之间有着适当的间隔，目前有八位客人。慎介看到两个相连的空位，于是选了其中一张高脚椅坐下。

冈部直直地盯着慎介，用眼神询问慎介想点些什么。冈部比以前瘦了些，下巴看起来比以前更尖，显得更精悍。

“给我刺针。”慎介说。冈部神情专注地微微点了点头。

慎介尽量不引起其他客人的注意，若无其事地环顾店内。这间店的桌椅特别气派。座椅区由皮制扶手椅和沙发组成，足以让四五个人舒适地围坐；由于桌面够宽敞，即使摆放了许多菜肴也不会觉得太拥挤。这样成套的桌椅共有八组。壁橱里陈列着来自世界各地的美酒。角落里摆着一架大钢琴，江岛的钢琴家朋友偶尔会来演奏令人怀念的爵士乐。以前一位客人曾说过：“待在这间店里，会让人想起日活公司①的电影。”慎介虽没看过大屏幕上的小林旭②和宍户锭③，却总觉得能够体会那位客人的想法。

店内三分之一的座位有客人。有上了年纪的男士四人组、两位各带一名酒店小姐的中年男子以及一对怎么看都像是有不可告人秘密的情侣。男士四人组的声音稍大，但还不至于破坏店内的气氛。

接近凌晨两点。慎介心想，这种时候，客人居然还这么多，真厉害。

冈部开始摇动摇酒器。他的动作非常灵活，不会使多余的蛮力。将摇酒器中的酒液倒入酒杯时，动作技巧也很高超。

他把酒杯放在慎介面前，杯中酒液闪耀着难以言喻的琥珀色光泽。

慎介向冈部轻轻举杯，含了一口鸡尾酒在口中。白薄荷的热辣味猛烈地刺激他舌头上的味蕾，这正是酒名被称作刺针的原因。

慎介对冈部微微点头。冈部耸了耸肩。

“今晚不在你打工的店里没关系吗?”他问。

“大概不会有客人了，所以提早打烊。”

“是哦，是会有那种日子。那么，你是来偷窥以前的老巢?”

“正是。”慎介把酒杯凑近嘴边，掂量这种酒是否合那个女人的口味。

---

① 日活电影公司，日本最早的电影公司之一。上世纪 20 年代起用铃木谦作、沟口健二等新导演，推出历史题材电影佳作；30 年代起拍摄现代题材有声电影，吸引大批年轻观众；70 年代后陷入困境，改为拍摄低成本色情电影。

② 小林旭（1938—　），日本演员，歌手。早年拍摄过吉他手流浪天涯的“候鸟系列”电影，后来拍摄“没有仁义的战争系列”，大义凛然的形象深受女性观众喜爱。上世纪 60 年代成为日本影坛当红小生。

③ 宍户锭（1933—　），日本演员，主演《警察日记》等，银幕形象顽强冷酷。

今晚茗荷没有客人虽是事实，店里却没有提早打烊。慎介对千都子说今晚有约，早退了。

其实慎介并不是真的与人有约，他只是想在天狼星品尝几杯正宗鸡尾酒。他最近都没怎么喝过正宗鸡尾酒，感觉自己的味蕾变得既迟钝又麻木。此外，另一个目的是要研究能为那个女人调制哪一种鸡尾酒。

虽然只见过两次面，慎介却对那个女人非常在意。不论是在店里清洗酒杯的时候还是听酒醉客人发牢骚的时候，他的目光都紧盯着玄关。慎介认为她或许会像前几天夜里那样，悄无声息地进入店里。

“下次来的时候，能帮我调制别的鸡尾酒吗？”她对慎介这么说。下次是什么时候？必须在她来之前准备好材料，也得在那之前找回味蕾的敏感。

“江岛先生今天去哪儿了？”慎介问冈部。

“他去赤坂讨论比赛的事。差不多该回来了。”

冈部正这么说着，玄关处传来开门声。冈部往门的方向看了过去，面带着微笑说：“欢迎光临！”慎介也条件反射地看了过去。

进来的客人是慎介认识的女人。略显下垂的眼角，配上丰腴的唇瓣，让人印象深刻。慎介记得她的名字叫由佳。她把白色薄外套递给了服务生，外套底下穿着蓝色洋装，身体曲线玲珑毕露。

“马丁尼。”她在吧台最靠角落的位子坐下后对冈部说，看也没看一眼其他的客人，当然也没注意到慎介，可她优哉地跷起脚的动作却明显地透露出她意识到了周围的目光。

慎介不太清楚由佳在哪间酒店打工，不过从她的发型可以看出是一流酒店，因为若非每天都交由专业的美发师打理，很难保持那种发型。

打从慎介还在天狼星时起，她就常来这里喝酒。多半是自己一个人来，很少陪客人一道过来。她通常独自喝完两杯鸡尾酒，与调酒师聊聊股票与音乐，然后离开。

“酒店小姐也是各种人都有。有人是用这种方法排解压力呐。”江岛曾经感佩地说。

在慎介的脑海中，有一个场景复苏了。那是在一年多前的某个夜晚，也就是数小时后发生车祸的那个夜晚。

那个夜晚，由佳也是独饮，喝的应该也是马丁尼。她那晚也点了这个，鸡尾酒是由慎介调配的。

但她那晚喝的又不只这一种酒，之后又点了其他鸡尾酒，一杯接一杯地喝光。喝酒的方式气势汹汹：“给我更烈的酒！”慎介记得她曾这么对自己说。但他反而渐渐降低酒精度，最后给她喝的饮料的酒精度几乎等同果汁。尽管如此，她仍喝到烂醉如泥。或许她最初的目的就是要喝到烂醉吧，绝对有什么事让她很不开心，但她即使喝醉了也绝口不提。慎介因此认为她是一名很专业的工作者。

由佳当时趴在吧台上一动也不动——鲜明地残留在慎介脑海中的记忆到此为止。

问题是在那之后。以结果来看，慎介送由佳回家，在回家的路上发生车祸。但他关于细节的记忆极为模糊，比如说，既然是送她回家，车上当然只有两个人，但记忆中一丁点画面也没有，在脑海里怎么也描绘不出由佳坐在副驾驶座上的情景。慎介不认为这只是简单的遗忘，毕竟和送由佳回家前的记忆相比，二者记忆鲜明程度的落差未免太大。

慎介对冈部说：“可以帮我调一杯金比特①吗？”

冈部默默地点点头。他或许误解了慎介，以为慎介是在炫耀关于鸡尾酒的广博知识，但其实慎介只想借助苦味来刺激自己的脑细胞。

冈部一手旋转细长的酒杯，一手将苦汁涂在酒杯内壁。涂完，倒掉余下的苦汁，注入冷却后的金酒。从酒液的黏稠状态可以看出，金酒已充分冷却了。慎介拿起酒杯，调整呼吸后一口饮尽。适中的苦味在口中缓缓扩散，他全身的细胞也随之苏醒。

“不错呢。”慎介说。冈部一边的嘴角上扬，笑了一下。

慎介暂时将酒杯放在吧台上，从高脚椅上下来，朝由佳走近。

由佳不可能没发现有人站在了自己身旁，却仍面向前方抽烟，表示婉拒男人的随意搭讪。

“好久不见。”慎介说。

由佳用手指夹着香烟，面露不耐烦地回过头，用一张她工作状态

---

① 金比特（Gin & Bitters），以金酒和苦味酒调配而成的鸡尾酒。

时绝不会出现的、能剧面具般的脸面对慎介。当她的目光对上慎介的脸时，能剧面具般的脸突然出现了表情。她嘴唇微启，双眸瞪大。

“你……”

“我是雨村。之前多谢惠顾。”慎介轻轻行了个礼。

“你不是已经离职了？”

“暂时离职而已，今天是来这里玩的。”

“嗯……”

“我可以坐在这里吗？”慎介指着由佳身旁的空位。

“虽然可以……”

“那就打扰了。”他去自己的位子上把酒杯拿过来，坐在由佳身旁。

“其实我想请教由佳小姐一件事，是关于那天晚上的事。”慎介四下张望，确认没有人竖起耳朵偷听，“就是我发生车祸的那天晚上。”

“我什么都不知道。”

“可是，那天晚上我送由佳小姐回家了吧？之后发生了车祸。是这样，没错吧？”

由佳不发一语，面目狰狞地瞪视慎介。

“抱歉。我想由佳小姐并不知道我最近又发生了一点小意外，结果丧失了部分记忆，才会像现在这样向不同的人询问不同的事。”

由佳眉头微蹙。

“我大致听江岛先生说过这件事……你把车祸的事忘得一干二净？”

“还没到一干二净的程度。怎么说呢，对部分细节的记忆很模糊。江岛先生劝我不要勉强自己去回忆不开心的事，可是对我来说，心里总是有疙瘩。”

“就算问我，也没什么意义。像你刚才说的，我只是被你顺道送回家而已。”由佳从慎介身上移开目光。

“这一点我明白。所以我只是希望由佳小姐能告诉我，我送你回去时的情形。”

“你要我说什么？”

“什么都可以。我是不是一边开车一边跟你聊天？或者你对当时搭我的顺风车有什么印象？诸如此类的……”

由佳一口饮尽马丁尼，转身面对慎介。

“我那时候已经醉得不省人事了吧？所以你送我回家。醉成那样的人怎么可能记得被送回家时发生的事？”

“是，没错，可是你一点印象都没有吗？”

“没有，我什么都不记得。”由佳再次转向吧台内侧，摇了摇头。

“那么隔天想到的也可以，譬如因为我当晚发生了车祸，牵扯到由佳小姐，警察应该会去找你问话吧？还记得对警察说了什么吗？”

“不记得。我只记得隔天头非常痛，没卸妆也没换衣服就倒头大睡。因为送我回家而导致你发生车祸，关于这一点，我觉得非常抱歉。不过其他的，我真的没办法说什么。”

“那么——”

“对不起，我跟客人还有约。”由佳突然把手伸向提包，从高脚椅上下来，对吧台内的冈部说了声“谢谢招待”。

由佳不给慎介任何挽留她的机会，付完账，立刻要服务生把外套递过来，没等披上外套就离开了。慎介只能目瞪口呆地眼看她离去。

冈部开口问慎介：“你惹她生气了？”

“我哪知道？我只是让她告诉我车祸当晚发生的事情而已。”

“车祸当晚？”

“啊，没事，没什么。”慎介挥挥手。他决定尽可能不跟无关的人提及自己有记忆障碍。

金比特变温了。慎介一口气喝光，觉得苦涩的味道更强了。

11

慎介回到门前仲町的住宅时，时钟指向两点三十分。成美还没回家，大概是被客人邀去练歌房唱歌了。他觉得饥肠辘辘，甚至饿到胃痛。一定是因为他没有好好吃东西，只喝了鸡尾酒。但慎介对于今天的斩获感到心满意足。他想到好几种让她，那个谜样女人试喝的酒，得趁自己还没忘记，赶紧记下来。于是开始找纸笔。

可是他一时无法找到纸和原子笔。成美趁慎介住院时改变了房间内部的布局，导致他对东西摆在哪里完全一头雾水。成美明明讨厌做家事，却能将家里的布置彻底改变。慎介对此不只感到佩服，更感到惊愕。

慎介翻遍所有抽屉，总算找出便条纸和黑色原子笔。他猜想，这两样东西不是赠品就是买东西时附赠的。对于自己竟然注意到这种细节，他不禁露出苦笑。两个成年人共同生活在一起，纸和笔居然耗用到了如此寒酸的地步，真的很没出息。不过，一般家庭必备的日常用品，他们的屋子里通常都没有，所以其实这件事也不足为奇。

记完笔记，慎介用锅烧水，准备煮泡面。像这样在深夜煮消夜，令他回忆起往日住在一间六叠大的公寓内时的情景。那间公寓是他在大学入学时租住的，直至他和成美开始同居之前，他一直住在那里。他们现在住的屋子，原本只有成美一个人住。慎介两年前搬了进来，感觉有些狭窄也是正常的。

慎介和成美变得亲昵，是从某日傍晚她独自来到天狼星酒吧开始的。她前一晚和客人一道来时，手套在店里弄丢了。慎介在店内到处找寻，始终找不到。成美宣告放弃回家后，慎介在次日凌晨零点找到了手套，原来掉到了沙发的缝隙间，被客人捡了起来。慎介打电话到成美工作的地方告诉她这件事。于是成美说她在下班回家时会顺道过来天狼星一趟，请慎介先帮她保管。于是慎介在天狼星打烊后，一个人等待着成美，但成美迟迟没有出现。慎介试着打电话到她工作的地方，也无人接听。

过了凌晨三点，她好不容易出现了。慎介当时正准备回家。

“啊，还好。我还以为你已经回去了呢。”她看着慎介，漾起一抹安心的笑容。

“我的确打算要回家了。”慎介回答，连他都能听得出自己的声音里隐含怒意。

“对不起。客人太缠人了，怎样都不肯放我走。我可是拼了老命想逃走哦。我也非常在意你啊……你生气了吗？”

“心情不是很好。”

“哎呀，那该怎么办？”

“开玩笑了。喏，给你。”慎介递出手套。

成美看到手套后，双掌在胸前合十，大叫了一声：“真是太好了！”随后解释说：“虽然不是什么好东西，可是我很喜欢。因为我的手很小，很难买到合用的手套。”

“是你的，没错吧？”

“没错，谢谢。”成美把手套放进外衣口袋，仰头望着慎介，“欸，我请你吃东西吧？当作谢礼。”

“不用了。”

“这样我没办法安心呐，毕竟让你等了那么久。对了，你喜欢鱼翅拉面吗？”

“鱼翅拉面？算喜欢吧。”

“那我们就去吃这个，我知道一间很好吃的店哦。”她使劲拉着慎介的袖子。

慎介和成美在营业至早上五点的中华料理店里面对面坐着吃鱼翅拉面。成美对银座拉面店的店名如数家珍，滔滔不绝地评论起哪间店价格昂贵却一点不好吃、哪间店汤头好喝佐料却很少之类的事。她边吸着拉面边说话。慎介望着她这副模样，心想，和这种不会令人疲惫的女人交往也不错。他以前虽和不少女性交往过，却总感觉只想做爱，不想和对方共同生活。成美当时似乎也对他抱有好感。当慎介表示希望到了假日能再见面时，她立刻爽快地答应。如果成美对慎介没有好感，即使只是一碗拉面，也不可能想请他吃。

二人在隔周的星期六约会了。那天晚上，慎介进入了成美的房间。她在床上重复说了好几次：“你可别误会哦，人家平常可不是那么轻易和男人睡的。”慎介说自己和她一样，不过他当然是在扯谎。反正他也不知道成美说的是不是实话。慎介认为，自己真实的想法和实情怎样都无所谓，毕竟当时他没打算和成美长期交往下去。

然而，二人却同居了。慎介并不觉得二人的相遇是命中注定，对她的爱算不上很强烈。只是在不知不觉间，成美在慎介的心里已经占据了一个位置。太麻烦了，我们一起住吧——是慎介先提出来的。

慎介煮好泡面，一边吃一边看电视。由于每天晚上都会出门，所以电视剧与新闻都得预录下来，看这些预录节目也算是睡前的乐趣。

NHK[1] 的新闻正在报道白天在高速公路上发生的一起严重车祸。拖车驾驶员强行超车，结果撞上了隔壁车道上的汽车，方向盘失去控制，整辆拖车冲进了隔离带。对向车道因此没受到影响。车祸导致五人死亡，但拖车驾驶员平安无事。

居然把事情搞得这么严重，拖车驾驶员干脆自杀算了——慎介看着画面心想，撞死了五个人，大概也赔偿不起吧？

即使只有一个人死亡，也无法以金钱完成赔偿。慎介深刻地反省自己所犯下的罪孽。

为什么会发生车祸？无论如何，慎介都希望自己可以清楚地回想起当天晚上的情形，但记忆中的画面依然模糊不清。送由佳回去后便急着回家，那些过程只残存零碎的记忆片段。他记得丢下穿着衬衣的由佳独自一人，但不知自己为何慌慌张张的。

衬衣？

好像有某件事勾起了慎介的某个回忆。片刻后，他随即想起由佳刚才说过的话："我只记得次日非常头痛，没卸妆也没换衣服就倒头大睡。"她确实是这么说的。

若她真的连衣服都没换，那天夜里，自己就不可能看见她穿着衬衣。可是慎介记得自己看见过，难道是在别的时间看见，却误以为是在那天夜里看见的？慎介摇了摇头否定。他心想，仔细思考一下：自己看到由佳穿衬衣的模样这一点很不合理。如果他送由佳到屋里，那么由佳应该已醉得无法自行走到床上。即便如此，他也不可能脱掉由佳的衣服，帮她换上衬衣。此外，如果由佳喝得没那么醉，那么自己送她回房间后就会马上离开了吧？没必要等由佳换上衬衣。最重要的是，由佳不可能让慎介看到自己穿衬衣的模样。

慎介瞬间闪过一个念头：莫非自己那天晚上和由佳做爱了？若是如此，看见她穿衬衣的模样就合乎逻辑了。可是记忆中看到由佳穿衬衣的情景却很不寻常：慎介站在由佳家的玄关门口，和穿着衬衣的她面对面地站着。由佳的表情非常凶狠，看起来不像是目送做爱对象的眼神。慎

---

① 日本公共广播电视台，创办于 1925 年，日本最大的广播电视系统之一。

介感觉头稍微痛了起来。他将录像带快进，看接下来预录的综艺节目。

12

慎介把预录的节目从头到尾地看完，已经将近清晨五点。成美仍然没有回家。

太晚了吧？慎介心想。

虽然不想对成美啰唆，但要是太晚回家，他就会担心。慎介拿起手机，拨打成美的电话号码。

手机没人有接听，直接进入语音信箱。慎介认为成美应该不会关机，她大概是待在手机信号太差的地方。

“听到留言，回个电话给我。”他录下留言后便挂断电话。女朋友既然上的是酒店夜班，那么过于瞎操心她晚回家只会让自己吃不消。慎介决定暂时置之不理。

正当慎介把自己的手机重新放在充电器上时，瞥见成美的梳妆台上放着令他意外的东西，于是顺手拿起来。

那是一把螺丝起子，前端呈十字形，像是用来拧上很大的螺丝钉，所以重了一些，感觉沉甸甸的。仔细看了一下，似乎是全新的。

慎介思索着家里为什么会出现这种东西，明明连纸笔都很难找到，应该不会出现螺丝起子这类工具才对。慎介以前从未见过这把螺丝起子，心想一定是成美从哪里拿过来的。看上去还很新，也很有可能是买回来的，但他无法想象成美会买这种工具。

慎介拿着螺丝起子，在室内踱起步来。不管是买的还是借的，既然房间里有这把螺丝起子，就表示曾在家里的某个地方用过或打算要在某个地方用。他心想，会不会是哪里的螺丝松掉了？

然而慎介遍寻不着。他猜想会不会是锅子，诸如平底锅的把手松掉了，便走去厨房，检查所有的烹饪器具。结果根本没有任何一颗十字螺丝钉符合螺丝起子的尺寸。慎介只好放弃，把螺丝起子归位。心里虽然很介意，但其实只要等成美回到家就能真相大白。

过了凌晨五点，多少会觉得有点困。慎介打了一个哈欠，走进了浴室。

午后，闹钟的电子铃声唤醒慎介。他照平常的习惯坐在床边，用手指头按压双眼的眼角。过了一会儿，意识算是清醒了，但大脑与肉体仍大致上处于睡眠状态。今天是几月几号？星期几？有什么预定计划？这些事会一点一滴地回想起来。今天是二十日吗？还是二十一日？要去邮局办事吗？要不要去银行？有没有快递会送来？

慎介确认完今天没有特别的行程，便把手指头从双眼的眼角处移开。

“成美，早餐吃什么？”他转过头问。平常应该可以在身旁看到成美卸完妆的脸。

却不见她的人影。枕边被揉成一团的不是睡衣裤，而是一件 T 恤。

慎介从床上起身，打量着室内的情形。走到玄关查看鞋子。似乎没有成美回家的迹象。他确认了自己手机的留言与短信，没有成美的任何留言。

慎介再次拨打她的手机，情形和昨天一样。

犹如风将枝叶吹得摇晃作响，慎介的心里骚动不安。

慎介想到可以打电话给成美在酒店工作的女同事，于是去找名片与电话簿，却怎么也找不到。他仔细一想，觉得成美不太可能把她认识的人的联络方式写下来，应该全都记到了手机里。

慎介又看了一眼闹钟，中午十二点二十三分。成美以前从未晚于这个时间点回来。他怀疑成美也许和店里的客人情投意合，偷偷地去旅馆开房了。可是即便如此，她也不可能随便在外留宿，至少会随便编个理由打电话通知慎介。更何况慎介还是信任成美的，他认为成美不是随便和男人上床的女人。慎介决定再打成美的手机，却仍然只听到电子留言：现在是语音信箱……

慎介思考着会不会有人知道成美在哪里。然而，虽然曾听成美提起过朋友，他却没办法联络到那些人。

最后得出的结论是打电话去成美工作的酒店确认，于是他决定先冲个澡。他心想，或许成美会在他洗澡时打电话来，于是把手机摆在浴室门边。然而在他洗头洗澡时，依然完全没有电话铃响起。

慎介在下午五点出门。出门之前，他又打电话到成美上班的柯丽酒店。大概这个时间还没人上班，他只听到无线电台的呼叫通知。

当慎介到达茗荷做开店准备时，心情仍无法平静下来。他觉得成美不会主动想在外面过夜，该不会遇上什么不好的事吧？这让他非常担心。他希望至少获得一些消息。

当慎介得知第一个消息时已经过了晚上七点。他打电话到柯丽酒店，向对方询问："成美小姐在吗？"成美使用本名在酒店工作。

"她可能外出还没回来吧？平常这个时候她差不多已经来上班了。"

成美果然没在店里。

"那么，朋美小姐在吗？"

"在，请您稍等。"男人亲切地说。

慎介曾经见过朋美几次。她与成美时常和客人一起来天狼星，是成美在酒店里最要好的同事，也听成美说过她知晓他俩交往的事。

"您好，让您久等了。"电话那头传来爽朗的声音。慎介想起朋美那狸猫般的表情。

"朋美小姐，我是雨村。"慎介说完，顿了一下。

"哎呀，好久不见。最近好吗？"她仍以爽朗的声音说话，大概是为了让旁边的人觉得这是客人打来的电话。接着，她压低嗓音说："成美她还没来哦！"

"我知道，那家伙昨晚没回家。"

"咦？不会吧？"

"是真的。我打了好几次手机，她都没接。我正在烦恼怎么联络到她，所以来问问朋美小姐会不会知道些什么。"

"等一下，这很奇怪。"

"奇怪？"

"嗯，因为……"电话那头的声音忽然中断，隐约传来朋美对客人的恭维声，或许有客人经过她的身旁。

过了一会儿。

"不好意思！"她的声音再度传来，"雨村先生，事情很奇怪，成美昨天向店里请假了。"

"咦？"这次轮到慎介吃了一惊，"真的吗？"

"嗯，成美昨天傍晚打电话给妈妈桑，说她感冒，想请假。"

“感冒？”

不可能。昨天慎介离开家的时候，成美还好端端的。她当时面向梳妆台准备化妆。在那之后，她却打电话向店里告假？

这真是奇怪了，慎介嘀咕起来。

“抱歉我不能讲太久，有客人来了。”朋美的口气听起来有点担忧。

“啊，对不起。那么可以告诉我你的手机号码吗？晚一点的时候，希望可以再问问更详细的情形。”

“好呀，那我要说了：080……”

慎介把朋美说的号码记在身旁的便条纸上。

“几点左右打电话比较方便呢？”

“凌晨三点左右应该可以。”

“好，那我就差不多等到那个时间再打。”慎介说完，挂断电话。

慎介完全不明白事情为什么会变成这样。如果朋美说的是事实，那么成美昨天究竟去哪里了？她说自己感冒，当然是在说谎。慎介很介意成美向自己说谎这一点。如果只是想跷班，当然无所谓，但为什么要对自己有所隐瞒呢？慎介的结论是，成美果然另外有了男人。她之所以瞒着慎介向店里请假出门，就只剩下这种解释。

担心的成分减少了一半。不，应该是一半以上。他开始觉得，昨天晚上一直耿耿于怀的自己实在很愚蠢。当他用尽办法想得知成美的去处而焦躁不安时，成美说不定正被别的男人搂在怀中。

然而，慎介对于成美至今没有和他联络也没有出现在柯丽酒店依然很在意。他不知道成美的对象到底是旧情人还是最近亲昵的，不过成美并不是那种会受恋爱影响而无法做出现实判断的女孩。

也很难说——慎介擦拭着酒杯，在无人注意时淡淡一笑。恋爱不就是盲目的吗？成美可能和某个出色的男人共度时光，因为太开心而忘记了一切：忘记了工作，忘记了我……

玄关的门开启，一位男性熟客走了进来。

“欢迎光临！大桥先生，好久不见！”慎介用比平常更亮响的嗓门打招呼。

凌晨两点半左右，千都子一如往常地开车送慎介回家。慎介心想，或许成美已经回家了。他打开门，室内依然一片漆黑。打开灯一看，也没发现成美曾经回家的任何迹象。慎介的心里的不安逐渐扩大。不管怎么说，完全失去联络不太对劲。

慎介在沙发上坐了下来，拨打朋美告知的电话号码。铃声响了三次后接通了。“喂？”她出声问道。

“你好，我是雨村。”

“啊，我在等你的电话呢。成美还没回家？”

“是，她也没到店里去吗？”

“妈妈桑大发雷霆，不过我仍没说出她失踪这件事，因为成美没告诉妈妈桑说她与雨村先生交往。”

“嗯，酒店方面交给你了。对了，你知道成美可能会去的地方吗？”

“我也考虑过，可是没有头绪。在所有的酒店小姐中，与她感情好到可以让她留宿的人，我想应该只有我一个。所以我在想，她会不会去了千叶的老家？”

“我没办法联络她的家人。”

慎介听说成美的老家在君津市，只不过父母都已经过世，目前住在老家的只有亲戚。她十八岁来东京，之后父母相继过世。成美曾经说过，自从父亲的葬礼结束，她和亲戚们就没有往来了。

“会不会是因为男人？”慎介说。

“男人？”

“我的意思是，她会不会有了其他男人？”

“哦。”朋美点了点头，“我想应该没有。”

“真的吗？不必在意我的感受，没关系。如果她和别的男人有了那方面的关系，我会退出。”

“我没有瞒着你。雨村先生又不是我的客人，我没必要讨好你吧？成美心里真的只有你一个。我们一直在一起相处，如果她有了别的男人，我一定会知道。”

“可是，如果不是为了男人，成美为什么要瞒着我出门呢？”

“这我也不清楚……”片刻沉默后，朋美脱口而出，“欸，是不是该报警呀？”

“拜托他们协助搜寻？”

“嗯。”

“我想过了。”

“还是应该报警比较好，毕竟这种情况太诡异了。”朋美说完，压低嗓门继续说道，“我有个问题想问雨村先生。”

“什么问题？”

“成美最近是不是打算辞职？”

“欸？我完全没听她说过这件事。”

“嗯……果然。”

“成美那家伙说过要辞职吗？”

“嗯，她说过已经厌倦被人呼来唤去，差不多该做个了结之类的。”

“做个了结是指什么事情啊？自己开店吗？”

“我不晓得。难道不是吗？”

“可是……”慎介本来想说哪来的资金，却又把话吞了回去。明明手上没有资金，光会痴人说梦，这一点和之前的自己没有两样。

“喂！”朋美说，“还是报警吧。”

“是啊。”慎介喃喃地说。

13

次日早晨，成美仍没有回家。慎介简单地吃完饭，搭出租车前往深川警局。他向一楼的服务台说明报警理由是同居人行踪不明。过了片刻，身穿制服的中年警官对他说：“请到这边来。”

慎介和警官面对面坐着，中间隔了一张小办公桌。他尽可能详细地说明事发经过。警官仔细询问成美的身体特征，当慎介回答这些问题时，他发觉警方并不是为了搜寻活着的成美，而是一旦发现可疑的尸体，自己现在回答的内容就能作为参考——作为认尸的依据。简单来说，警方认为，当他们找到成美时，她早已不在这个世上。

“我了解了。如果有什么线索，会立刻通知你。今天辛苦你了。”警官说话的态度虽然亲切，慎介却暗自祈祷着成美千万不能被这些家伙找到。

正当慎介离开警局出入口的大门时，一名警官从停在眼前的警车内走了出来。那是个年纪看起来三十五岁左右、体格壮硕的男警官。慎介看到他脱下钢盔后的脸，停下脚步。他记得自己见过这个人。

或许对方也注意到了，他也看着慎介。但对方似乎没有立刻想起来慎介是谁，一度还移开目光，又在下一秒停下了脚步。

“啊，是你，”警官说，“你是在清澄发生车祸的那个人吧？”

“你还记得？”

“算是记得吧，毕竟那个案件比较特殊。对了，今天怎么了？你又干了什么好事？”

“不，其实是我的朋友行踪不明，来报警……”

“欸？这可真是糟糕。是女人吗？”

“是。”

“几岁？”

“二十九岁。”

“嗯，二十九岁啊……”警官的脸色一沉，点了点头。当年轻女性下落不明时，如果还活着，多半是找不到的。大概存在这种不吉利的经验法则吧。

“你现在做什么工作？我记得你当时是调酒师。”

警官对慎介的事情记得相当清楚。

“现在也在做同样的工作。”

“这样啊。没再开车了吧？”

“没再开了。”

“那很好。车祸的可怕之处，你应该很清楚吧？”

“嗯。”

“那么，再见。”警官说完，轻轻拍了拍慎介的肩膀，朝大门走去。

慎介也迈开步伐向前走了几步，但随即又转过头来。

“不好意思！”他朝着警官的背影大喊。

警官停下脚步转过头。慎介对着一脸诧异的他问道：“你刚刚说案件比较特殊，是什么意思？”

交通科旁边有数间并排的小房间，房间里狭窄得连一张小办公桌都很难塞进去。慎介被带入其中一间。上次他来这里是去年发生车祸的时候，他也不解为何当时的记忆仍残留在脑海里。

“我这么说或许有点失礼，可是记忆丧失居然有如此奇特的情况？只忘记关于车祸经过的那部分？”秋山警官一脸不可思议的模样。

“我也这么觉得。”

“在某种意义上，可以说很幸福。但在另一层面，是一种罪过。把事故忘得一干二净固然幸福，可是受害者家属难以接受吧？”

“这一点……我明白。”

慎介回想起岸中玲二那张阴沉的脸。岸中曾经问他，碰到不愉快的事都怎么处理？慎介则回答什么都不做，早早地把心烦的事情忘掉。

慎介认为，就是那句话导致了岸中的杀意。

“那么关于车祸的部分……”秋山在慎介面前打开文件，里面画着车祸现场示意图。其中一条是东西向的三车道大马路，另一条则是单车道的窄路，两条路交会。发生车祸的地点就在那条窄路快抵达十字路口的地方。

“被害人在这条窄路上往南骑行。只要过了十字路口，再往前走一点就可以到她家。你从她后面远一点的地方开了过来。”秋山用手指在示意图的道路上比画，“车型是银色奔驰车。到这里为止，你有印象吗？”

“听别人说出来，就隐约觉得是这样没错。”

“隐约觉得……啊。”秋山仔细端详慎介的脸，他的脸上写着“出了那种车祸怎么可能会印象模糊？”的表情。

“对不起。”慎介道歉。

“算了，这也没办法。更何况居然是受害者的遗属让你丧失了记忆，到底谁对谁错，真的让人搞不清楚了。”警官又望向示意图，“这条窄路的最高限速是三十公里。你主张自己遵守了限速。”

“可是其实没有遵守，不是吗？”

“我不知道。”秋山说，“地上留下了刹车痕迹，但判断不了时速。以前可以据此推断得很准确，但最近的刹车痕迹愈来愈不可靠了。”

“为什么？”

“拜技术革新之赐啊。如果车辆安装了防抱死刹车系统，那么速度与刹车痕之间的关系就会和以往的数据天差地别。”

“哦哦……”

原来如此，慎介思忖着。即使在结冰的路面上，使用防抱死刹车系统的汽车也能极力抑制轮胎打滑。如此一来，这种车辆当然会和使用一般刹车系统的车辆的数据有所不同。

“总之，你的车子开在自行车后面。即使你遵守时速三十公里的限速，也比自行车快，而且你也打算超车。”秋山的手指在示意图上移动，“在那之前，自行车似乎从道路中央略微骑到路的侧方。被害人是否注意到后方有奔驰车接近，这一点并不清楚。不过奔驰车大概会打开大灯，所以我想她恐怕注意到了。以这种情形来说，一般人通常会想往左边靠，却有可能因为太过在意后方车辆，导致误操作自行车把手，反而往相反的危险方向骑去。经常出现这种状况。”

“结果我就从后方冲撞了自行车？”

“就是这么一回事，”秋山点点头，“自行车飞往左侧，你的车则冲进了右侧车道，大概是转动方向盘打算闪避吧。”

“所以被害人……撞到头了吗？”慎介问。光听刚刚的说明，还是无法接受这是死亡车祸。若被害人死亡，被汽车撞到的地方应该伤势很严重。

然而，秋山摇了摇头。

“不是，我想，在那个时点，被害人应该没受重伤。不过这也只是我的推论而已。”

“没受重伤……可是，她不是死了吗？”

慎介说完，秋山皱起眉头，接着长叹一口气。

“你真的不记得了？”

“嗯。”慎介回答。

秋山指着示意图。

“被害人身亡，是在这起车祸之后。”

“之后？”

“对。第二辆车冲了进来。”

14

推开天狼星的门走进去，首先映入眼帘的是穿白色夹克的背影。夹克的主人听到门开启的声音，回过头，露出稍感诧异的表情后，微微一笑。

“哎呀，看看是谁来了！”江岛轻轻张开双臂，“因为怀念本店的味道，所以过来了？”

慎界面露笑容，朝江岛走近。他转头向站在吧台里的冈部义幸打了招呼。冈部对他点了点头。慎介走到江岛身旁，张望着其他客人的模样。虽然已经过了傍晚六点，但这间店里几乎还没什么客人，只有两个人坐在吧台，其他座位上坐着另外两个人。

“我有些事想问你，现在方便吗？”慎介小声问道。

“什么事？”江岛压低声音问。

“跟车祸有关的事，”慎介回答，“就是我肇事的那起车祸。”

江岛微微蹙眉，一脸不知如何是好的表情，摆明了不感兴趣。

“应该是站着谈就能说完的事，对吧？”

“不是。”

“这样啊。”江岛叹了一口气，点了点头，把手放到慎介的肩膀上，“那我就坐下来听你说说。”

在江岛的催促之下，慎介走向店内最深处的座位。沙发坐起来质感很棒，慎介突然想起自己已经不知道有多久没坐在这里了。之前在这里工作的时候，可以坐在这沙发上。

“其实我昨天去找警方了，只不过是为了完全不同的事，恰巧遇到交通科的秋山警官。他是当时负责我的车祸案件的警官。”

“嗯，然后呢？”江岛拿出香烟盒，从里面抽出一根香烟，叼在嘴上，用卡地亚打火机点了火。

“我提到自己有轻微丧失记忆的症状，请他告诉我车祸的相关细节。

秋山警官一脸不可思议的表情。”

听了慎介的话，江岛轻轻摇了摇头。

“我想，事到如今，没必要再追问这种事了吧？”

“可是维持现在这种状况让我感觉很不舒服呀。”

“我懂。然后，你问完之后怎么了？”

“我吓了一跳。”慎介率直地说，“没想到车祸的情形居然是那样。”

“居然是那样？”

“我净想着是自己辗死人，以为车祸就是这么单纯。可是昨天问了之后，我才知道并不是如此。让岸中的女人直接致命的是另一辆车，也就是说，这起车祸与两辆车有关。”

“这个说法我也听过，只是不晓得详情。”江岛的态度像是觉得慎介为此而激动很奇怪，他不疾不徐地吸着香烟。

“毕竟我完全不记得了。”

整理秋山巡查部长所说的车祸经过如下：

首先，骑着自行车的岸中美菜绘在即将发生车祸的道路上往南前进。此时后方来了一辆奔驰车，开着这辆奔驰车的驾驶员就是慎介。

奔驰车的速度究竟有多快并不清楚。慎介的供词是：“前面的交通信号快变成红灯了，所以加快了车速。”因此可推测车速可能稍微超过时速三十公里限速。只不过慎介在车祸后坚称自己遵守限速，是真是假难以确定。现在他又丧失了这一部分的记忆，因此无法下定论。

不久，奔驰车从后方撞上岸中美菜绘骑的自行车，撞上自行车的部位是奔驰车的保险杠左侧。

自行车受到汽车的冲撞而失去平衡，朝前方飞出后翻倒在地。骑着自行车的岸中美菜绘的身体飞到行车道左侧的墙边，那时她的背部紧贴着墙壁。另一方面，奔驰车撞上自行车后，驾驶员慎介条件反射性地急转方向盘，奔驰车急速改变行进方向，冲上了对向车道。

此刻，第二辆车从对向开了过来，车型是红色法拉利。这辆车的车速应该相当快，对眼前的突发事故来不及反应，竭尽全力地闪避奔驰车。当然对方也踩了刹车，却无法让车速彻底减缓。

结果法拉利朝右边的墙壁撞了过去，然而岸中美菜绘当时正好躺在那栋建筑物前面。法拉利的驾驶员拼命想避免最糟糕的情况发生，无奈时间实在太短。岸中美菜绘的直接死因是全身挫伤和内脏破裂。

“我觉得自己很狡猾。实话实说，听完车祸的详细经过，感觉稍微轻松了些。”慎介说，“我撞上去的时候，对方受的伤还没那么严重，所以不能说另一辆车没有过失。当然，如果我当时安全驾驶，那名叫岸中的女性就不会死了。这一点我自己也很清楚。”

“车祸果然跟运气有关。”江岛吐出白色的烟雾，说道，“你知道一年当中，在日本有多少人因为车祸致死吗？是一万人。受伤的人数则是这个数字的好几倍。除此之外，原本不至于造成车祸却因为失误而演变成车祸的，应该又是前一个数字的好几倍。简单说来，其实都靠运气，但当事人并不会注意到这一点。恐怕现在存活下来的人几乎都可以说是被好运拯救的，不是吗？相反地，始终不曾造成车祸伤亡的驾驶员，在某种意义上，或许一直被幸运之神眷顾着，就像我。你只是运气不好罢了。所以别再去想这件事了。”

慎介低下了头。他明白江岛说的话，也因此而感觉比较轻松。但叫他不要继续想这件事则是不可能的。

慎介抬起了头。

“其实我有件事想拜托江岛先生。”

“什么事？”

“我当时不是聘请了一名律师吗？他叫做……汤口先生吧？”

“对，汤口先生，你记得啊？”

“我忘了，是警察告诉我，我才想起来的。”

汤口律师是江岛熟识的朋友。慎介记得他来天狼星喝过好几次酒。慎介能以轻微的罪名结案，可以说是靠这位律师的力量。

“我有事情想请教汤口律师。”

“什么事？”

“我想知道开另一辆车的人是谁。”

江岛右边的眉毛抽动了一下，嘴角微微歪斜。

“为什么？”

“只是想知道。警察不肯告诉我，汤口律师应该知道吧？”

“不晓得，他会知道吗……”

“有必要的话，我会亲自问他。您只要告诉我汤口律师的联络方式。”

江岛把燃短的香烟在烟灰缸中捻熄。

“慎介，够了吧？事到如今，即使知道车祸的详细经过也无法改变什么吧？比起这种事情，你应该思考一下未来的事。”

“我在思考啊。”慎介说，露出一丝笑容，“但这两件事不冲突。”

“始终执着于过去，是看不到将来的。”

“我没有执着，只是想知道真相而已。可以告诉我汤口律师的联络方式吗？”

“真拿你没办法。”江岛叹了一口气，“好，我等一下打电话给律师，问他方不方便。”

“真是不好意思。”慎介低下了头。

“我有一个交换条件。”江岛向周围瞥了一圈，压低嗓门，“不要再跟除我以外的人提到车祸的事了。不是每个人都像你，希望回想起一年多前发生的车祸。”

慎介不懂江岛在说什么，他望着江岛，眨了一下眼睛。

江岛接着说：“你缠着由佳小姐追问了吧？”

慎介点头承认。那是前几天他来这里的时候发生的事。为什么江岛会知道？或许由佳本人向江岛抱怨过，也有可能是冈部义幸告诉了江岛。

“那就说好了。”江岛看着慎介的眼睛。

“好。”慎介点了点头。当下，只能如此回答。

慎介看了一下手表，站起来。

“不好意思占用了你的时间。先告辞了。”

“喝点什么吧，让冈部帮你调。”

“不了，已经迟到了。”慎介指着手表说。

“这样啊，那就下次来再慢慢喝。”江岛也站了起来。

江岛送慎介走到电梯前。

“对了，成美还好吧？最近只在医院见过她一面。”

“呃，算……还不错。”慎介暧昧地回答，想避开这话题。

江岛却立刻从慎介的神情推测出不对劲。

“什么？怎么了？发生什么事了？”

“没什么事。那个……江岛先生请回去吧。送到这里就可以了。”

电梯门开启。慎介迅速走进电梯，按下了“1”。

“那么，我会再联络汤口律师。”江岛说道。

“不好意思，麻烦了。”慎介行了个礼，同时用左手按下了“关”。

15

茗荷今天刚开始营业，客人就很多，很少见。慎介因为迟到，被千都子刻薄地挖苦了一顿。

“女人是不可信的。”坐在距离慎介最近桌子边的客人大声说道。那男人看上去像上班族，圆脸上戴了一副过小的眼镜，鼻头微微歪斜。

“为什么？你信任你的太太吧？”女店员爱梨噘着嘴问道。

“那才不叫信任呢，我只是觉得那个人不可能会外遇罢了。”

“用那个人称呼自己的老婆不太好吧？为什么男人总是这样叫自己的老婆？”爱梨以责备的口吻说道。

“没错，那个人就是那个人。假如有男人想要那个人，我会欢天喜地免费奉送。”上班族男人对同伴说，“对了，你要不要？免费送给你。”

“我不需要。我回到家里也有一个青面獠牙的家伙等着我。要我抱两个欧巴桑？那怎么受得了？”同伴话音刚落，便哈哈大笑。

慎介一边洗酒杯一边听他们的对话，脑海里浮现成美的脸。

成美依然行踪成谜。她既没打电话给慎介，也没去上班，看来是真的失踪了。不过慎介已经不太去想这件事了，因为成美隐藏行踪的理由似乎是出于她个人的意志。这样判断的理由有两点：第一个理由是，成美主动联络柯丽酒店向店里请假，同时在慎介面前假装成一如往常准备去上班的样子，从家里离开。第二个理由则是屋里的好几样东西不见了，慎介从深川警局回家后才发现这一点。

当慎介详细地检查成美的日常生活用品时，发现她旅行时携带的化妆包、便携式吹风机和洗漱用品等全被带走了。除此之外，也找不到她外宿一两天时爱用的路易威登手提包。或许还少了好几件衣服与鞋子，但是慎介对那些本来就不太清楚，所以无法断定。

另外有一件事特别令人在意，那就是以她的名义开户的存折与印章也不翼而飞。慎介前几天才确认过，那些应该和慎介的存折一起放在壁橱的急救箱里才对。

成美带着足够外宿数天的行李与全部财产消失了——从她的这些行动可推断出的结论已经显而易见。原因不外乎躲债、躲警察或某个陌生男子，三者应居其一。慎介认为最后一个大概是正确答案。若有讨债集团或警方在追她，应该老早就追到他们的住处来了。

问题在于，就算成美真的与别的男人在一起，为什么要逃走？成美没有与自己结婚。如果有了其他喜欢的男人，老实说出来不就得了？自己并不是对女人死缠烂打的男人，成美应该最清楚这一点。

慎介心想，莫非是那个男人在逃亡？至于是要逃离谁的手掌心，那就不得而知了。但假设成美打算跟着那个男人，她的一切行动就能够理解了。慎介回想起成美先前决定和他交往时所展示出来的勇气与坚定。他靠自己的人生经验得知，有些人的本质无法只靠外在判断。“那个人竟然会做出这种事，真让人无法相信。”每当有事件发生时，这句台词总是会出现，正好可以用来验证慎介的经验法则。

一想到再也见不到成美，慎介虽然感到有点寂寞，但也没有严重的失落感。与这种情绪相比，慎介反倒更在意成美失踪后将会带来的各种麻烦。最切身的问题就是这间公寓。这间公寓是用成美的名义租下的，如果她不在，以后该怎么办？

当慎介洗完酒杯擦手的时候，吧台上的电话铃声响起。他迅速拿起话筒：“你好，这里是茗荷。”

“喂，是我。”电话那头传来江岛低沉的嗓音。

“啊，刚才真是不好意思。”

“你走后，我立刻拨电话给汤口律师，知道了另一辆车的驾驶员的名字与背景。不过汤口律师千叮咛万嘱咐，要我一定要谨慎处理。我答应他之后，他才告诉我。”

“啊，真是不好意思。”慎介连忙把便条纸与原子笔拿到手边。他没想到江岛的动作会这么快。

“名字是木内春彦。树木的木，内外的内，春夏的春。”

“木内春彦……好。”

“他是任职于某公司的职员，住址在中央区日本桥滨町……”

慎介记下来的同时，随即明白那个人为什么会驾车经过那附近。沿着发生车祸的道路北上，便可抵达清洲桥道，再从清洲桥道往西走一段路，就到了日本桥滨町。

“汤口律师大致只告诉我这些，他也不太赞成你接触木内先生。”江岛说道，“由于车祸事故的状况比较复杂，在责任归属方面与对方起了很大的争执。以对方的立场来看，如果不是你先肇事，他也不会被卷入车祸事件。”

“也对。”慎介认为，站在对方的立场，自己大概也会这么主张。

“以后我不会再说你不爱听的话了，可是再说这最后一次吧。你不能老是陷在过去的回忆里。”

“是……我知道了。真不好意思，提出了无理的要求。”

“那就再见了。”

“再见。”

慎介挂断电话，下定决心以后不再和江岛讨论这件事。严格说来，江岛也算是被害人。店里的前员工车祸肇事，他势必得处理许多麻烦事，替员工找律师也是其中一项，还要帮慎介找下一份工作，也要为天狼星寻找接替慎介的人。除此之外，由于慎介开的是江岛的车，他作为车主，必定也被警方传唤过好几次。换句话说，江岛本人应该很想忘记车祸这件事。

慎介慎重地撕下便条纸，放进胸前的衬衫口袋。这时，慎介感觉玄关的门开了，于是转过头，正要开口说欢迎光临时，忽然张大了嘴，停下了动作，发不出任何声音。

那个女人就站在门边。她今夜穿着一袭绿色洋装。慎介怀疑自己眼花，感觉她的头发比前几天长了一大截，发尾及肩。慎介还记得女人最初是短发造型，不到一个月，头发不可能长到这么长。

不过的确是那个女人没错，虽然脸蛋看起来略有变化，但那勾魂摄魄的神秘眼神依然不变。她的唇瓣微动。

慎介问："什么？"

"脸色……"她说，"你的脸色看起来不太好。"

"啊，这样啊！"慎介伸手摸摸自己的脸颊。

"你似乎有什么烦恼？"她在高脚椅上坐了下来，肢体动作依然优雅、缓慢。当女人动的时候，慎介就无法专心做事，目光会不由自主地随着她移动。

"我想喝点好酒。今天想要没有甜味的。"她静静地说。

"想试试用金酒当基酒吗？"慎介问。

"你决定。"

"我知道了。"

慎介打开冰箱，拿出金酒，挑选鸡尾酒杯。他忽然觉得，自己之所以不怎么担心成美，也许是因为眼前这个女人。

16

女人似乎很喜欢吉普生[①]。她凝视了一会儿沉在狭窄鸡尾酒杯底部的小洋葱，喝进漂亮的双唇中。喝下一口后，她轻闭双眸，仿佛要将味道留在记忆之中。

"您总是顺道过来这里吗？"慎介试着提问。

女人手持酒杯仰头望着他。

"看起来像是这样吗？"

"不，我在想，您为什么会光临我们店呢？"

"不妨猜猜看。"

"好难的问题。"慎介露齿而笑，"客人您回去之后，大家总是在讨论您的来历。"

"我看起来像怎样的人呢？"

"像怎样的人嘛……"慎介凝视着女人。

---

① 吉普生（Gibson），以金酒、苦艾酒调配而成的鸡尾酒，口感辛辣。

女人完全不害臊，坦然地迎视他的目光。

慎介说：“艺人……之类吧。”

她浅浅一笑，放下酒杯。

“你在电视上见过我吗？”

“没见过。”

“对吧。”

“可是……”慎介再度看着她的脸，“我总觉得在哪里见过您。”

“是吗？”

“嗯。”慎介点了点头。

慎介今夜初次有这种感觉。准确说来，与其说在哪里见过她，倒不如说她看起来和某人很像。女人初次来到店里，以及第二次来的时候，他都没有过这种感觉。慎介不太清楚为何今晚有了这种感觉，也许是因为女人的发型与妆容和先前略有不同。慎介从方才一直思忖着这女人究竟长得像谁，却又不得其解。

“可惜我不是演艺圈的人。”

“这样呀，那我就不知道了。请告诉我答案吧。”

“答案是什么呢？”女人微微地偏着头，对慎介投以魅惑的目光，“可以再给我一杯一样的吗？”

“遵命。”慎介把手伸向女人面前的空酒杯。

女人最终只喝了两杯吉普生就站了起来。慎介还是没能成功地问出她的来历。

慎介和上次一样把女人送到了店外。慎介因不知何时才能见到她而感到焦虑，却又不知如何是好。

“谢谢招待，很好喝。”

“谢谢。”

“这家店……”她凝视着慎介的眼睛，“营业到凌晨两点吧？”

“是。”

“嗯……”女人泛起一抹意味深长的笑。

“怎么了？”

“两点之后还有可以喝酒的店吗？”

“有很多。”

“我比较想去安静的店。”

“很多店都很安静。”

“这样啊。”慎介捉摸不出那女人的想法，只见她打开提包，拿出口红。接着，她把口红盖打开，抓起慎介的右手。慎介还在错愕，女人已经在他的掌心写了几个数字。共有十一个红色数字并排在他的掌心。

女人把口红收回提包，迅速转身，迈步走向电梯。

“那个……”慎介对着她的背影呼喊。

电梯门恰巧在此刻开启。女人走进电梯，面对慎介的方向，直视着他，漾起微微一笑。电梯门关上之后，女人的身影消失。慎介再次觉得自己一定在哪里见过她，总觉得她长得和某人很像。

慎介回到吧台。为了不引起千都子的注意，他连忙去洗手。他当然没忘记在洗手前把手掌上的数字先记下来。

慎介看了下时钟，发现还不到凌晨零点。他觉得下班前的两小时比平常都要漫长。慎介好像期待初次约会的中学生，心脏扑通扑通直跳。一想到自己已经不知多久没有这种感觉了，便露出了苦笑。

车祸、成美，眼下全都被他抛诸脑后。

无视慎介焦虑的心情，今天的最后一名客人离开时已经快两点二十分了。因为是店里的熟客，千都子不好意思赶他走。客人一走出店门，慎介立刻脱下调酒师背心。

“辛苦了，今天有点儿晚呢。”千都子边收拾边说。

“妈妈桑，今天我自己回去。”

“哎呀，真难得。你和成美小姐有约吗？”

“嗯，是啊。”慎介用笑容蒙混过去。

“偶尔也约会一下嘛。”千都子说完，压低嗓门，“那个人又来了。”

“那个人是指？”

“就是那个老是自己一个人来的客人呀。今天好像穿了绿色洋装。”

“哦……”慎介装出才回想起来的样子，“是哦，没错。”

“你好像跟她聊了一会儿，弄清楚她的来历了吗？”

“没有。”慎介摇了摇头。

“是吗?”千都子不太满意，不过心情立即转变，“那么剩下的杂务就拜托你了。”

“是，辛苦了。”

“晚安。”

慎介确认千都子搭上电梯离开后，随即拿起店内电话的听筒，按下女人写在他手掌心的十一个号码。那是手机号码。

慎介听着手机应答铃声，心跳不由得加速。这个号码真的能联络到她吗?电话号码会不会是乱写的?接电话的人会不会是声音跟她不一样的男人?这些想法在他脑中盘旋。

第三遍铃声响完，电话接通了。他咽了一口口水。

对方沉默不语，似乎在等他开口说话。因此慎介压低声音说了声:“你好。”

片刻后，女人出声了:“好慢啊。”

慎介这才放下心，暗暗地吁了一口气。电话那头的嗓音让人联想到横笛，是那个女人，没错。

“不好意思，店里的客人迟迟不肯离开。”

“你还在店里?”

“是，你在哪里?”

女人没有回答，说了句“好地方”便轻笑起来。慎介不知道自己是不是被看轻了，他感到焦躁。

“我去接你，请告诉我地址。”

“我再跟你联络，你在那里等一下。”

“可是——”

电话“咔嚓”一声切断了。慎介盯着话筒，轻轻摇头，挂上话筒。他不明白女人真正的想法。总之，只能等待了，慎介只留下吧台上的灯，把其他灯关掉，坐在客人坐的高脚椅上等待着。他从上衣内袋掏出沙龙牌薄荷烟，叼着一根点了火。虽然把已经洗干净的烟灰缸又弄脏了，但反正最后清洗的人也是他。

吧台一隅摆着客人留下的一本周刊。慎介一边吸烟，一边迅速地翻阅。这本杂志存在的主要意义是刺激读者的性欲，而不是让读者获得知识。杂志开头是好几页裸体女性海报，之后是好几篇介绍特种营业店家的文章。慎介阅读标题为《令人大吃一惊的艺人性生活秘闻》的文章，看到一半时抬头看了一下时钟，已经过了凌晨三点。

他把电话移到近旁，拿起话筒，按下了重拨键。铃声连续响了十一次。接下来听到的令他感到灰心。不知是对方切断手机电源还是身处收不到信号的地方，话筒的铃声转为语音信箱证明了这个事实。他无可奈何地把话筒挂了回去。

慎介开始觉得或许自己被耍了。转念一想，那女人会突然告诉他电话号码本来就很奇怪。“这个调酒师好像对我有点意思，不如玩弄他一下好了。”慎介完全无法保证女人没有如此企图。

可是，慎介认为如果真是如此，女人应该不会告诉他真正的电话号码。对一般人来说，一旦告诉陌生人真正的电话号码，要是对方成了跟踪狂，不就麻烦了吗？她认定自己不是那种男人。

慎介再次看起了《令人大吃一惊的艺人性生活秘闻》，但完全没把内容读进去，只是机械地盯着文字。慎介合上周刊杂志，从椅子上下来。他觉得对方不会联络自己了。既然如此，一直待在这里就太蠢了。

他走进洗手间。不知是否因为自己方才待在微暗的空间里，他觉得洗手间有一种异样的明亮感，因此出现了自己仿佛在做梦的错觉。对！这才是现实。在夜晚的城市里，我是孤伶伶的一个人，家里没有人在等我，即使回家里等待，也没有任何人会来，连过去的回忆都暧昧不明。

慎介洗手时顺便洗了把脸。洗手台正上方有一面镜子，镜子上映出他的脸。那是一张郁郁寡欢的脸，没有迈向成功的丝毫预兆。慎介不经意地想起自己家里的洗手台。接着，之前曾经产生的奇妙的既视感再次袭来，跟在自家洗手台前感觉到的相同。这究竟是什么？这种感觉的真相到底是什么？不久，这种感觉又和上次一样如气球泄气般渐渐消失。当它彻底消失后，仅残留冰冷的现实。他对着镜子微微摇了摇头，走出了洗手间，回到吧台，却没有坐上高脚椅，而是走进吧台里面清洗烟灰缸。虽然向电话瞥了一眼，却没有拿起话筒，反正对方也不会接。

再喝一杯就回去吧——他改变了心意。

慎介把白兰地、朗姆酒加上柑橘酒和柠檬汁混在一起摇晃，然后注入鸡尾酒杯。喝下之前把杯子举到与眼睛齐平，欣赏琥珀色的光泽。

突然，某个物体映入他的眼帘。

慎介的心脏猛烈跳动。他感受着自己心跳，缓缓扭转上身。

那个女人端坐在店里深处的座位上。

17

虽然店里光线昏暗，慎介仍可清楚地看见女人对自己露出笑容。

女人一定是趁他去洗手间时偷偷进来的，然后在黑暗中目不转睛地望着慎介调配鸡尾酒。

二人四目相对，彼此凝视了一会儿。慎介找不到话说。

沉默半晌，女人开口说话了。

“这杯鸡尾酒叫什么？”

“Between the sheets。”慎介回答。

“Between the sheets？意思是……床笫之间？”

“大概。”

“也给我一杯吧。”

慎介拿着鸡尾酒杯缓缓朝女人走近，把酒杯放在她面前的桌上。

“请用。”

“可以吗？”

“嗯。”

女人把手伸向酒杯，纤细的手指缠绕在酒杯上。她看着慎介，将酒杯拿近唇边，轻启微笑着的唇瓣，触碰酒杯边缘，喝下一口，微微闭上双眼，抬起下颚，微微蹙眉。慎介看到她恍惚的表情，霎时感觉有电流通过全身。

女人睁开了眼：“好喝。”

慎介略微后退，在墙上寻找开关。他想把店里的灯打开。

“这样的灯光就可以了。”女人说道。

慎介把手放下，看着她。她的口中含着第二口酒。

“你喜欢站着呀？”她说。

慎介在女人对面坐下。

“我记得你曾经说过，会再打电话给我。”

“难道打电话会更好？”女人反问。

慎介舔了舔嘴唇。

“你不是要去其他店？”

“你想去其他店吗？”女人微微偏着头。

女人见眼前的男人随着她说的话而改变着表情，似乎感觉很开心。这让慎介想打破她的从容不迫。然而，虽说被女人玩弄到这种地步，他心里却感受到了快感。

“我可以喝了吗？”

“请。”

慎介略微挺身，作势要站起来。但下一秒，他连同鸡尾酒杯一起抓住了女人的手，女人显得有点吃惊。

他把女人的手拉向自己，把酒杯贴近嘴唇。接着，他将杯里剩下的一半多的酒一饮而尽，喝完后也没松开女人的手。然而女人的脸上已无狼狈之色。她抬高下颚，抬起胸膛，笑着凝视慎介。她伸出拿着酒杯的右手，姿态仿佛允许属下亲吻自己手指的女贵族。

“请告诉我你的名字。”

“知道了名字要干吗？”

“我想了解你的事。除了名字，也想知道其他的事。你住在哪里？做什么职业？结婚了吗？有没有男朋友？然后——”慎介更加用力地紧握她的手，“你为什么会来这里？”

“知道这些事有什么意义？”

“至少让我知道你的名字吧。”慎介继续说，“我只是不想在心中称呼你为那个奇怪的女人。”

女人噗哧一声笑了出来，然后轻抬下颚，抬眼看他。

“琉璃子。”她说。

“嗯？”

“琉璃色的琉璃。青金石的琉璃。”

琉璃子，慎介低声念。他的手指瞬间放松，琉璃子迅速将手抽回。

“请给我鸡尾酒。”她说。

“要喝什么？”

“床笫之间，和刚才一样。”她举起酒杯。

“遵命。”慎介站起身。

当慎介调配鸡尾酒时，女人仍然坐在店内深处的座位上。他一边摇着摇酒器，一边斜眼瞥向她。女人似乎注意到慎介的目光，她跷起腿，裙子前方的下摆大大地开了一道缝，白皙的大腿露了出来。慎介手上的摇酒器差点掉落在地。

慎介不知道琉璃子是否是她的本名。他无法想象以玩弄自己为乐的女人会轻易说出自己的本名。然而琉璃子这名字听起来感觉与女人散发出来的气质完全相符。

慎介将两只鸡尾酒杯放在托盘上，送到女人那里。名为琉璃子的女人神情专注地看着他的动作。

“久等了。”他把其中一只酒杯放在她面前。

琉璃子拿起酒杯，凝视着他的脸，喝下了一口。

“如何？”

“完美。”

“谢谢。”慎介坐在对面的椅子上，手正准备伸向自己的酒杯。

女人此时把自己拿着的酒杯递到他的面前。

“你要喝的不是这杯吗？”

慎介看着女人的眼眸。她那双绽放妖艳光辉的眼眸回望着他，眼神里隐含着肉食猫科动物般的危险光芒。慎介解读为女人要他像刚才那样把酒喝下。女人似乎不讨厌他略微强硬的态度。

他像刚刚那样抓住女人拿着酒杯的右手，接着打算把她的手拉往自己身体的方向。没想到女人这次却开始抵抗，慎介觉得自己反而被她拉了过去，而且力道出乎意料地强大。慎介试图将手松开。然而女人像是早已预料到似的，用她的左手压住他的右手，仿佛告诉慎介“不准放开”。

琉璃子就这样抓着他的手，把鸡尾酒杯往自己的唇瓣凑近。对慎介来说，和方才相比，现在的情势可以说完全被逆转了。

鸡尾酒杯几乎空了。女人把酒杯放在桌上，却仍不打算松开慎介的手。女人抓着他的手站了起来，裙摆发出摩擦声。她俯视着慎介，露出一抹意味深长的笑容。

慎介正打算说点什么舒缓气氛，女人的唇瓣瞬间堵住了他的唇。他觉得自己全身僵住，心脏狂跳。琉璃子的舌头撬开他的唇。他张开嘴唇让她进入，随之流进冰冷的液体。慎介喝了下去，是刚才的鸡尾酒。足以麻痹后脑勺的甘甜从口腔蹿至全身，他顿时感到轻微的晕眩。

从嘴唇溢出的酒液淌至下颚，流到了脖子上。慎介主动伸出舌头缠绕着她的，双手环绕女人的腰，手往下探。女人穿的丝袜以吊袜带固定，所以当他的手抚摸到大腿内侧即能够感受到赤裸肌肤的触感。琉璃子的肌肤光滑而柔软。

女人的唇瓣总算离开，黏附的唾液拉出透明丝线。她用舌头舔了一下唇，凝眸俯视慎介，瞳孔中绽放令人生惧的光芒。

琉璃子蜷曲身体，臀部一点点地往后滑。她的身体维持着这个姿势，顺着慎介的膝盖往下滑去，然后缓缓放低身子。移动的同时，她的双手也跟着不断抚摸慎介的身体，十根手指犹如奇形怪状的虫在不断蠕动。她把手指放在慎介的裤腰皮带上，以魔术师般的流畅动作解开皮带，接着把他的裤子脱掉。

慎介察觉到琉璃子打算做什么，便挺起腰部。她的唇瓣轻吐出红色的舌头，慢慢脱下慎介的裤子与内裤。内裤卡在某个地方。

琉璃子仰头望他，噗哧一笑。她那奇怪的笑声仿佛从喉咙深处发出，接着用手指钩住裤腰，将裤子从卡住的地方解开。琉璃子起身俯视着慎介，把手伸进自己的裙内，接着一个轻轻摆腰，内裤便顺势滑了下来。吊袜带真是方便呢——慎介想着开这种无聊的玩笑，嘴巴却动不了。琉璃子将内裤绕过高跟鞋脱掉，跨坐到慎介的身上，但她没有立即将身体交给他，而是先把勃起放入，然后才缓缓地沉下腰部。慎介这时知道，她那里已经十分湿润。

她将身体往后弓起，抓住自己的头发，接着将双手探入发丝，同时盯视着慎介的脸。几秒过后，慎介见到无法置信的景象：琉璃子的手离开头发的瞬间，长发也垂落到她的肩上。她刚才的头发长度明明勉强及肩。暗藏的机关立刻真相大白。她的右手握着一绺黑发似的物体，原来她戴了假发。为何她要掩藏住长发？慎介的脑海里掠过这个疑问。不过这个疑问一闪即逝，涌上一波接一波的快感浪潮，将慎介的思绪一扫而空。片刻过后，他感觉到无与伦比的高潮袭来，不由自主地发出呻吟声，全身上下剧烈摆动，将所有的欲望朝她的下体顶了进去。

意识瞬间混沌，笼罩慎介全身，他感觉到大量的精液进入女人的体内。琉璃子闭着双眼，弓起身躯。慎介等待着发射结束。她俯视着慎介的脸。此时他再次觉得这个女人长得和某人很像，却怎么也想不起来那人究竟是谁。

琉璃子迅速撤回身体。慎介却全身倦怠，不想马上动身。这是舒服的懒倦感。

她一离开慎介的身体就顺手拿起自己的手提包，把方才脱下的假发塞进包里。所以那时候也是假发吗？慎介想起她初次到店里来时，头发短到完全露出耳朵。而下一次来的时候，头发比初次来的时候稍微长了些。

真是奇怪的女人，头发竟然突然变长。

琉璃子在他思考这些事的时候拾起内裤，绕过高跟鞋穿了上去。慎介看了，也连忙穿上自己的内裤和裤子。琉璃子穿好内裤，把头发盘了上去。她真正的头发长度到背部中央。

“再见。”她说完朝玄关走去。

“啊，等一下。”慎介叫住她，“再待一会儿吧？”

她转过头，露出不可思议的表情：“为什么？”

“什么为什么……”

“啊，对了，我还没付鸡尾酒的钱。”她打开提包，从里面的钱包里拿出一张一万日元的钞票放在吧台上，“那么，晚安喽。”

慎介从椅子上站起来，打算跑到她身旁。她却伸出右手制止。

“晚安。”她又说了一次，随即消失在门后。

慎介没办法追上去，他的双腿简直像被施了魔法般动弹不得。她的气息完全消失后，他跌坐到椅子上。

方才发生的事宛如做梦。莫非自己不经意间睡着了？那个叫琉璃子的女人实际上根本没有出现？但是他的下半身仍残留做爱后的感觉，这正是刚刚发生的事并非梦境的佐证。况且桌子上有两只鸡尾酒杯，其中一杯还没喝过。

他把两只鸡尾酒杯放在托盘上，拿到吧台。身体仍然火热，头脑模糊不清。把店里收拾完毕，走出店门，正要关上门的时候，他大吃一惊——门把上挂着一部手机。

慎介伸手拿起手机，指尖颤抖。

为什么这里会有手机？他把脸靠近手机，屏气凝神地注视着。

手机上有那个女人的气味。

18

门铃声响起时，慎介还在被窝里。即便是平日，他也会睡到下午，更何况今天是店里休息的星期六，昨晚有客人过了营业时间还不离开，打烊时将近凌晨四点。他没设定平日总会设定的闹钟，如果没有人吵他，大概会睡到将近黄昏。

门铃声响个不停。慎介虽然想置之不理，但还是起床了。因为他很了解自己的性格，如果不开门，之后他必定会对是谁按了门铃耿耿于怀。他拿起对讲机的话筒："谁？"质问声非常冷淡。

"啊……雨村先生，好久不见。我是西麻布警局的小冢。"话筒那端传来的声音虽然低沉，却很响亮。慎介记得自己听过这个声音，脑海里浮现出一张瘦削的脸庞和一副锐利的眼神。

"小冢先生……有什么事吗？"

"我有些话想跟你说。可以开门吗？"大概因为得知对方记得自己，所以用字遣词突然变得亲切起来。

"啊，好。"

慎介心想，到底会是什么事呢？他想到或许与成美有关。她发生什么事了吗？不过他随即否定，自己是向深川警局报案成美失踪，这件事应该与西麻布警局无关。

开门前，慎介从门上的窥孔偷觑外面，只看见肩膀宽阔的小冢刑警是一个人，似乎没见到另一名先前与他一同前来的年轻刑警。

门锁开启了，打开之后，便见到小冢亲切地露齿而笑。

“哎呀，你好，很抱歉打扰你休息。”

“发生什么事了吗？”

“不，不算是发生了什么事，只是之前那件事有一些令人在意的地方，所以我想来问问你。”

“之前那件事情是指……”

“岸中的事。”刑警说完，指了一下慎介的头，“你的伤全好了？绷带似乎都拆掉了。”

“算是吧。”慎介回答，“那个人怎么了？”

慎介一直对该如何称呼岸中玲二感到很困扰。虽然称攻击自己的人为“岸中先生”很奇怪，可是对方的确是那场车祸的受害者家属。

“嗯……如果可以，希望可以到里面谈。”刑警抚摸着下巴。

“啊，这样啊，那么请进。”

“你太太，不对，是你女朋友吧？她不在吗？”刑警一边脱鞋，一边张望着屋内。

“嗯，”慎介有点不知所措地说道，“目前刚好不在。”

“啊，这样啊。”小冢没有询问她不在的原因，大概不怎么关心。

慎介请他坐到餐桌旁的椅子上，然后把水倒进咖啡机，从冰箱拿出装有巴西产咖啡粉的罐子。

“咖啡可以吗？”慎介一边装滤纸一边问。

“不用那么费心了。”

“是我自己想喝。刚起床，头脑不清楚。”

慎介讽刺的是自己被门铃声吵醒这件事，但刑警全然没有反应。

“那我就不客气了。”

“那么到底是什么事？怎么说那个案件也算解决了吧？”慎介问道。

“我们当然也是这么想的，毕竟我们也很忙，想早点摆脱那个莫名其妙的案件。这是我的真心话。”

“所以是有情况让你们无法结案？”

“是这么回事。”小冢把手伸进上衣口袋，慎介以为他要拿出警察手册，但他拿出来的是香烟。“我可以抽吗？”

“请。”慎介把料理台上的烟灰缸摆到刑警面前。

“那个案件发生后，听说你有轻微的记忆障碍，之后怎样？都想起来了吗？”刑警叼着香烟边点火边问。

“没有，还谈不上都想起来了，很多事还是记不清楚。”

“这样啊。头部被殴打的后遗症竟然这么严重。”刑警点头表示理解，吐了一口烟，“那么关于岸中的记忆呢？你说在遭到攻击的当天是第一次见到他，那么在那天之前，你从没见过他吗？”

“我记得没有。”

“是吗？关于这方面的情况毫无进展吗？”刑警点了点头，然后又吸了一口烟，“那天晚上，你说你和岸中稍微聊了一下，是聊了有关酒的话题，没错吧？”

“聊了爱尔兰奶油威士忌。”

“还说到了什么？”

“关于这件事，我已经说过好几次。他稍微问了一下我的工作，问我有没有不开心的事情，如果有，该怎么调整情绪之类的。”

“他没有提自己的事？比如说住的房子、平时常去的地方。”

“对方几乎没提到自己的事，只说蜜月旅行去了夏威夷，在回程的飞机上喝了爱尔兰奶油威士忌而已。”

慎介从餐具橱拿出两只马克杯，摆在咖啡机旁。咖啡机冒出蒸腾的热汽，深棕色的液体滴滴答答地滴进咖啡壶中。

“究竟是怎么回事？为什么现在来问这些事？”慎介的声音中隐含些许焦躁。

刑警在烟雾中叹了一口气，再次把手伸进上衣口袋。这次没有拿出香烟，而是拿出一只小塑料袋，塑料袋内放着一把钥匙。

“我正在烦恼这玩意儿。”

“这是什么钥匙？”慎介把手伸向塑料袋。就在他碰到塑料袋前，刑警迅速地拿了起来。

“这是岸中带在身上的钥匙。发现尸体时，钥匙在他的裤兜里。”

“是他家里的钥匙吧？”

“准确来说，一共有两把钥匙。一把是如你所说的他家里的钥匙，可是这把钥匙不知道是哪里的。你曾经见过吗？”

“请让我看一下。”

慎介伸出手，小冢连同塑料袋把钥匙放在他的手掌上。

那把黄铜色钥匙已经有点退色，不过打磨一下或许会发出金色的光芒。钥匙前半部分呈现扁长方形，表面有数个凸起。

“看起来不像是仓库或汽车的钥匙。”

“我们也曾经猜过或许是他工作室的钥匙，不过那里却没有相符的锁头。这一定是哪个地方的门钥匙，而且只有高级独栋房屋或大厦会使用这种钥匙。”

“和我家的钥匙完全不同。”慎介把钥匙归还给刑警。

“我知道。”小冢咧嘴一笑，把钥匙收回口袋，“我刚刚在按门铃前就确认过了。”

慎介撇了撇嘴。

“你来这里的主要目的就是为了这件事？”

“算是。”

“那个人的身上有什么钥匙都无所谓吧？法律又没规定不能带着自己家以外的钥匙。”

“照理说是这样，没错，可这个案件不能这么看。”

“因为他是自杀？”

小冢刑警没有回答，偏着头露出意味深长的笑容。慎介知道刑警在想什么。

“你认为他不是自杀？”慎介问道，感到有点吃惊。

刑警把烟蒂抖落在烟灰缸中，另一只手抓了抓脸颊。

“看状况，明显是自杀，也可以说几乎没有其他证据能推翻这个结论。所以总署没派搜查人员过来，没成立搜查总部，我们局长也不怎么关心。”

“可是你不这么认为。你认为他不是自杀。”慎介指着刑警的鼻子。

“让我这么回答吧：我认为这不是单纯的自杀案件。”

“嘿，自杀还分单纯和复杂啊，我还是头一次听说。”慎介起身把咖啡分别倒进两只马克杯，“你要牛奶或砂糖吗？”

“不用。”

慎介拿着两只马克杯回到桌前，将其中一只放到刑警面前。

“不好意思，”小冢把香烟在烟灰缸中捻熄，喝了一口咖啡，“好喝，不愧是你的本行。”

“我是调酒师，不是专门泡咖啡的。任何人只要有咖啡机，都可以泡出一样的东西。”

“不论做任何事都需要用心。嗯，咖啡真的很香。”刑警犹如品酒师般在鼻子底下微微转动马克杯。

“欸，小冢先生，到底发生什么事了？你不能透露一点吗？如果我知道了什么，也可以帮忙啊。”

刑警听完慎介的话，只是耸了耸肩。

“即使我想告诉你，也并没有什么特别的信息，我无可奈何。”大概咖啡很好喝，他又喝了一口，然后呼地舒了口气，视线落在慎介身上，“我跟你说过发现岸中尸体的地方在哪里吗？”

“在江东区木场，”慎介回答，“一个叫阳光公寓的地方。”

“你记得还真清楚。”

“不经意就回想起来了。”

慎介不能说自己曾去过那里。

“岸中似乎有三个月左右没住在那栋公寓里。”

“这样啊，那么他住在哪里？”

“关于这一点，就不清楚了。不过他确实是住在别的地方，邮件与报纸已经多到塞不进信箱，管理员好几次把塞不进信箱的邮件与报纸堆放到他门口。亲戚与朋友打电话给他，多半没有人接。水电与煤气的用量，在他死前的三个月里大幅减少。冰箱里几乎是空的，而且里面放的东西早就过期。不过他也不是完全不在，管理员有时会看见他。”

“所以，刚刚的钥匙是……”

“是岸中另一个住处的钥匙，应该可以这么推测。但是这样一来，就非得知道那地方在哪里不可。要是不弄清楚，就会有案件还没结案的感觉。可是问过与案件有关的所有人，没人知道那个地点。因此我才来找你这家伙，也算是病急乱投医。”

不知不觉之间，小冢对慎介的称呼从“你”变成了“你这家伙”，但慎介并不在意。

“一个男人除了自己家之外，还会住在哪里……”

“外面的女人那里？这种事不用你说，我也知道。”小冢点了第二根香烟，“不过你想想看，如果他在外面有女人，还有可能想为一年前被车撞死的老婆报仇吗？”

慎介认为他的推论很合逻辑，于是陷入了沉默。

“即使如此……”小冢嘟起嘴唇，口中吐出白色烟雾，“岸中那里也不是完全没有女人出入。”

原本打算喝马克杯里咖啡的慎介抬起了头。

“也就是说？”

“岸中家隔壁住了一家人。”小冢郑重其事地娓娓道来，“房子只有两居室，空间狭小。独生子上高中二年级，是热衷摇滚乐与摩托车的普通男孩子。最近，那家的儿子说出一件离奇的事。那孩子说，某天过了凌晨零点回家的时候，曾经看见有女人从岸中家离开。”

“嗯，”慎介点了点头，“这不是很正常吗？太太因车祸过世，偶尔可能会有这种事啊。”

慎介思索着每天被丢进信箱里的色情广告，广告上写着“让我们介绍适合的女人给您，旅馆、公寓、大厦……不论任何地方都可以上门服务，不论要调换几次都可以”之类的。岸中玲二为了排遣失去老婆的寂寞，打了广告上的电话号码，应该可以这么解释。

“当然，如果只是有女人进出他家，不是什么大不了的事。只要没有犯法，只要是健康的，都无所谓。问题是那家的儿子目击那件事的日子。”

“哪天？”

“发现岸中尸体的前一天晚上。”

“咦？”慎介下意识地瞪大了双眼，“前一天晚上，可是，那个人那时候应该已经……”

“是啊，”小冢慢条斯理地点点头，“那时候岸中应该已经死了。”

“所以那个女人看见了尸体？”

“应该看见了，可她没报警。我们当时是为了调查岸中攻击你的案件，才会发现他的尸体。”

“为什么那个女人不报警？”慎介低喃。

小冢扭着嘴角，笑了出来。

“看吧，这下你知道我为什么不认为岸中只是单纯自杀了吧？”

“或许是因为那个女人和岸中没那么亲昵，不想卷入麻烦，所以没报警？”

“不可能。”刑警肯定地说，“你想想看，那个女人和岸中是什么关系？是卖春的女人吗？如果是这样，又是谁打电话叫她去的？从推测的死亡时间来看，岸中那天晚上应该已经死了，尸体不会打电话叫妓女吧？如果不是妓女，又没有人约她，她却在深夜时分自行到岸中家去，只能推断她与岸中的关系相当亲密。”

“没错。”小冢说的话很合逻辑。

“要是那个高中生更早地说出这些证言，案件就不会简单地以自杀结案。事到如今才说出那些话，真的很难处理。”刑警轻轻咋舌。

“警方之前没有向邻居打听？”

“早就打听过了，不可能不打听，可是那家的儿子先前一直没提，况且还是为了无聊的理由。”小冢恶狠狠地说道。

“无聊的理由？”

“你不知道比较好，万一知道了，大概会后悔。”刑警看了一眼手表后起身，“我待得太久了，毕竟出现了好几个叫人措手不及的问题，一不小心就发起牢骚。你最好还是忘了。”

慎介追上往玄关走去的小冢。

“不好意思，告诉我一件事就好。”

“我要看是什么问题再决定要不要回答。”小冢一边穿着皮鞋一边说。

“岸中那个人没对木内春彦先生做出什么事吗？”

“木内？”小冢露出意外的表情。

“木内春彦先生，在那场车祸事件里和我共同肇事的人、导致岸中美菜绘小姐死亡的另一名肇事者。”

警察应该不可能不知道木内春彦这个人。调查慎介遭攻击事件时，照理说会详细地调查一年前的事故。

“木内先生啊？”小冢把脸转向另一个方向，长叹了一口气，“那是一个奇特的人。”

“奇特的人？”

“其实我们很难见到他，遇到了阻碍。他本人声称岸中玲二根本没主动和他接触，所以我们只好认定他与你遭攻击的案件无关。”

慎介总觉得小冢的说法暧昧不明，或许他已从木内这个人身上嗅到了什么，大概不想泄漏任何情报。

“那么我就先告辞了。”小冢说完，从慎介的住处离开。

19

下午三点过后，慎介骑自行车外出用餐。他骑到门前仲町一家经常光顾的天丼屋吃延迟的午餐。他还是第一次独自到这家店来，以前总是和成美一齐去。

离开天丼屋，他的脑中闪过一个念头，便把双手分别插进斜纹棉长裤两侧的口袋里。两只手分别握住一样东西，拔出，两只手各抓着一部手机。左手上是黑色的，右手上则是银色的。他把银色的手机放回口袋。黑色的是慎介的手机。他要用这部手机试拨成美的电话，不过他猜想电话九成九不会接通。

他料中了。听到的是一如往常的语音信箱留言，说明对方目前在无法接听的地方或关掉了手机。慎介立即挂断电话，接着当场删除手机里成美的电话号码。慎介感觉有些落寞，不过仅仅如此而已。他在这件事上下定决心后，感到愉快，决定以后不再思考成美的事。然后，慎介把黑色手机放入裤袋，再从右边裤袋掏出银色手机。这当然不是他的手机。

这部手机是几天前自称琉璃子的女人留下来的。那天晚上，慎介把她的手机带回家，等待手机铃响直到天亮。他不认为是琉璃子不留神忘记带走，而是解释为：她留下了联络方式。不过，自那天至今过去了好几天，手机从没响过，她本人也没再到店里去。但慎介依然相信那部手机是与她保持联络的唯一方式，所以他昨天到便利店购买充电器，好让那部手机保持在能随时通话的状态。如果手机断电，就会斩断好不容易得来的联络方式。

慎介一回想起那天夜里发生的事，下体仍会感到疼痛，几乎又要勃起。慎介不禁陷入回忆，回忆她以嘴对嘴的方式喂他喝下鸡尾酒，那味道在口中扩散，身体逐渐发热。琉璃子柔软的嘴唇、光滑的肌肤以及自己进入她体内的快感，犹如烙印般深深地刻入慎介的身体。

慎介想见琉璃子。他殷切地期盼着，却束手无策。

她留下的手机只记录了一个电话号码。但即使拨打这个号码，也不知能不能找得到她。慎介操作手机，找出了那个号码，然后按下拨号键，把手机贴近耳朵。他的心脏狂跳起来。铃声响起，响了三四声，第五声响到一半时，似乎接通了："您好……让您特地打来真是抱歉，现在我无法接听。请在'哔'声后留下您的姓名、联络事宜与电话号码，之后我再回电给您。"

慎介在听到"哔"声前挂断。

他已经不是第一次听到这个语音信箱的应答语，发现手机里有那个电话号码时就立刻拨过了。之后不论打几次，总是转到语音信箱。

实际上，慎介第二次拨打时曾留言："我是茗荷的雨村，请与我联络。"虽然不知道她记不记得雨村这个姓氏，但只要听到茗荷，就应该会知道是谁。

问题在于琉璃子究竟有没有听到他的留言，因为慎介听到的语音信箱应答语似乎不是琉璃子的声音。慎介对自己的听力颇具自信，如果是同一个人，他绝对听得出来。

那个电话号码大概是另一个人的电话号码。如果是这样，收到陌生男子的留言，电话号码的主人应该会感到害怕吧？这么一想，打过第三次之后，他就再也没留言了。

可为什么老是无人接听？

这件事情很是匪夷所思。对慎介来说，即使接听电话的人不是琉璃子也无妨，因为那个号码的主人一定认识琉璃子。虽然或多或少会让对方起疑心，但随便编个理由，应该就能问出琉璃子的联络方式。然而，对方不接电话，慎介就束手无策了。

慎介把电话放回口袋，跨上自行车，往自己居住的大楼方向踩下脚蹬。骑车时，他忽然想起一件事。虽然已经接近自己的住处，他也没有减慢自行车的速度，依旧笔直前进。不久，抵达葛西桥道，交通信号灯亮起红灯。这时，他第一次刹车停下来。

他趁着等待红绿灯时拿出皮夹，皮夹里放了一张便条纸。

木内春彦　中央区日本桥滨町二丁目花园广场 505 室

这是前几天慎介得知木内春彦的联络方式时随手写在便条纸上的。

他并没有打算要与木内见面，纯粹是一时兴起，想看看木内住在什么地方。去岸中住的地方也是一样，当慎介对某人感到在意时，就会想去看看那个人的住处。这或许是一种怪癖，他总觉得，见到对方的住处，应该就可以了解对方是个怎样的人。当然这只是他自己这么觉得罢了。

当慎介知道车祸与两辆车有关后，有一件事令他感到不可思议。为什么岸中玲二只攻击自己？如果是要为老婆复仇，照理说应该也会向木内报复才对。难道岸中认为他是那场车祸的直接肇事者，所以要负全责？

再加上他很在意小冢说的话。

小冢说，木内是奇特的人，究竟是怎么回事？

交通信号转成绿灯之后，他再度骑上自行车，穿越葛西桥道，笔直地朝北前进。虽然经过好几个红绿灯，但即使是红灯，他也直接闯过去。幸好没有车子冲过来。

在清洲桥道左转，往西前进，跨过清洲桥，再越过新大桥道，就是日本桥滨町二丁目了。

花园广场位于滨町公园正前方，整栋建筑有七层楼高，大楼的外墙有一种金属质感。隔着滨町公园可以看见对面的明治座剧场①。

慎介将自行车停放在路边，走进大楼。进去后右侧是管理员室，左侧则有一扇玻璃自动门。玻璃门对面是让人误以为是饭店大厅的门廊。

管理员室内有一名身着制服的白发男人，低着头不知在写些什么，

---

① 明治座剧场，明治时代创设的剧场，已有 130 多年的历史。

因感觉到有视线盯着自己而抬起了头。慎介摆出若无其事的模样走了进去。在大楼内看到某个角落里并排着邮箱，位置正好是不易被来往过客看到的死角。他找到号码为“505”的信箱，信箱上没有名牌。慎介偷偷地将手指伸进投递口。今天的早报还没取走，邮件放在早报上面，手稍微伸进去似乎就能拿到。

他确认没有被任何人看到后，把手指深深地伸进投递口。指尖碰触到邮件后，他以食指和中指夹住，小心翼翼地将邮件抽了出来。

战利品是两封白色信封的信件和三张明信片。慎介匆匆看过一遍，所有明信片都是邮购广告目录，但内容令人目瞪口呆，全是高级男装店或珠宝店寄来的。明信片本身也是完全不会错寄到慎介邮箱里的那种质感。

慎介看到两封信的寄件人栏后，不由得大吃一惊。都是银座知名俱乐部的名称，是在银座工作的人耳熟能详的超高级俱乐部。

里面大概是账单。由于是寄到住宅，所以多半不是因为招待客户才去那里。慎介透过光线想窥看信件的内容，但什么都看不到。

这是怎么一回事？江岛说木内春彦不过是个小职员。但这种不景气的时代，居然有普通小职员能在高级男装店购物、进出高级俱乐部，真令人难以想象。当然，这世界上什么人都有，如果只因为对方是个小职员就断定对方的经济状况不佳，未免太过轻率。然而，木内春彦一年多前被卷入死亡车祸，按常理，他在公司里的状况应该不太妙才对。

在这里待得太久，管理人可能会起疑心，于是慎介把邮件放回邮箱，走回玄关。管理员室的门开着，管理员正好走出来。这个满头白发的男人手拿扫帚和畚箕瞥了慎介一眼，大概误解了慎介的身份，还说了声“辛苦了”。

晚上，慎介拨了电话打给在天狼星的前同事冈部义幸。

“真难得。”冈部听出是慎介打来电话后诧异地说。

“我有事拜托你。”

慎介说完，冈部沉默片刻。冈部摆明了有戒心，他以前就是沉默寡言、观察力强、第六感敏锐的男人。

“如果是很棘手的事情，就饶了我吧！”冈部说。不喜欢就会清楚地说出来，是这个男人的特征。

“抱歉，可能真的有点棘手。”慎介老实地说。

冈部在电话的另一端叹了口气。

“总之我先听听看。怎么了？”

“你以前说过你认识在水镜工作的人吧？”

“水镜？啊，是有……”

水镜是寄账单给木内春彦的两家俱乐部之一。

“记得你说他是负责舞台的人？”

“没错。有什么事？”

“可以介绍那个人给我认识吗？”

冈部再度沉默。这次沉默的时间比之前更长。

过了一会儿，冈部以低沉的声音问：“你有什么阴谋？”

“我哪有什么阴谋？”慎介的声音中带着笑意。

“不，最近的你很奇怪，不但质问由佳小姐怪问题，还为难江岛先生。”看来冈部在吧台里把慎介在天狼星的各种打探行为尽收眼底，果然是个精明的男人。

“这是有原因的。”慎介说，“我想你从江岛先生那里听说了，自从那件事情发生以来，我的记忆有点奇怪。我想靠自己的力量弄清楚，所以到处询问不同的人。”

“这我知道，我也明白你的想法。可是江岛先生叫我不要理会你，因为你现在的精神状态不太安定，不能随便受刺激。”

“如果任由这样什么都不做，那么精神状态一辈子也安定不下来。喂，拜托了，帮帮我吧。”

冈部再次闭上了嘴，但也不是完全不吭声，他低声的呻吟从电话那端传了过来：“为什么希望我介绍水镜的服务生给你？”冈部问。

“想打听时常光顾那家店的某个客人。”

冈部重重地吐了一口气。

“雨村，你是知道的吧？在酒吧工作的人不能随意泄漏客人的信息，包括不能向同行泄露。”

“所以我只能拜托你了。只要你帮我介绍，我会好好地向那个人说明，不会给你惹麻烦。”

“真的吗？看看最近的你就知道了，绝对会把对方惹毛，绝对会。”

“没问题的，我保证。”

“这种话可不靠谱。”冈部清楚地宣告。

这次轮到慎介陷入了沉默。他思忖着该如何说服冈部。

“喂！”他终于开口，“拜托了。”

“不要再勉强我。”

“我也曾经为了你勉强过我自己呀。”

这句话似乎奏效了，冈部顿时语塞。

冈部明白慎介指的是哪件事。数年前，冈部背了一大笔高利贷，为了偿债，他盗卖天狼星的藏酒。只有慎介发现了这件事并帮他隐瞒，还协助他窜改估价单和账簿，之后劝冈部与江岛商量解决负债。最终，冈部的高利贷问题解决了，盗卖藏酒这件事也没被揭穿。

“你是在威胁我？”

“不是。”慎介随即否定，“我不想去挖那些陈年往事，只是希望你能明白，我这次是真的拼了老命。”

冈部又开始低声呻吟。

“我知道了。”他放弃了，“我试试看。”

“不好意思。”

“只不过，我拒绝把你介绍给他，但我会帮你问，这样不大会被怀疑。可以吧？”

“可以，只能这么做了。”不能太勉强冈部。

慎介说，想了解木内春彦在哪家公司上班、担任什么职务、通常和谁到店里去、最近的样子有没有显得奇怪……只要能问出任何和木内有关的事就好。

冈部表示虽然不太情愿，仍会努力试试，然后挂断电话。

当天夜里，冈部给慎介回了电话。星期六是水镜的休息日，比较容易找到对方。

“木内这位客人确实时常到水镜去，多则一周两三次，通常一周一次。”

冈部的口吻比之前柔和了些，慎介对此感到不可思议。冈部接着说："老实说，我问他认不认识木内这位客人时，没想到他轻易地就告诉我很多事情。看样子，那个叫做木内的人是一位相当奇特的客人，在银座的好几家店都小有名气。"

"是怪人吗？"

"不是这个意思。他的真面目不为人知，只说知道的部分好了。首先，他任职的公司是帝都建设，职务不明；年龄大约三十岁，所以应该是普通职员；多半独自一人去喝酒，偶尔也会带朋友去，都是木内付账。"

"所以他并不是去应酬？"

"没错。一晚的账单超过二十万日元是稀松平常。"

"他的钱从哪儿来？"

"帝都建设不是大公司，即便薪水优渥，一晚花二十万日元也不是小数目。然而他付账从未拖延过，所以对酒店来说，他称得上是一位贵客。"

慎介心想，这也是理所当然的。如果有这种客人光顾茗荷，妈妈桑千都子大概会喜极而泣。

"不过听说他们对此忧喜参半。每当那个叫木内的客人来店里时，其他经常来店里的帝都建设的高管就都不来，导致店里反而亏损。"

"他们是不想和普通职员去同一家店里喝酒？"

"店家也只能这么解释，但似乎没人相信。"

"嗯。"慎介愈听愈觉得奇怪，"木内是从何时起到水镜去的？"

"听说是在半年前左右。"

车祸毕竟过去一年多了。但尽管如此，发生死亡车祸的人能这样花天酒地吗？

"他本人有没有提及自己这么挥霍的理由？"

"好像没提到。酒店小姐好几次开玩笑地问他哪儿来的钱花天酒地，结果他很不高兴地说：'这和你们无关。'"

慎介发出了困惑的哀鸣，完全搞不懂这究竟是怎么回事。

"我问出来的只有这些。讲白说，因为木内是很特殊的客人，对方才当成笑话说给我听，所以别再拜托我做这种事了。"冈部说道。此时他的声音听起来终于有点生气了。

20

次日是星期日，慎介骑自行车再度前往木内春彦居住的大楼。

他下定决心，这次不光单纯地调查木内，还要试着跟他见一面。

昨晚从冈部那里得到的情报在他脑子里盘旋。同样导致岸中美菜绘死亡，木内明明与慎介同罪，但他竟不为这件事所苦，过着和慎介完全两样的奢靡生活。为什么他可以这样？慎介想知道个中隐情。他对岸中玲二不向木内动手感到心理不平衡。他能理解岸中想为妻子报仇的心情，却无法接受对方只把怨恨发泄在自己身上。

总之，慎介认为自己必须和木内谈谈车祸。虽然江岛叫他不要接近木内，但就这样置之不理，他实在做不到。

慎介抵达滨町公园，将自行车停放在和昨天同样的地方后走进大楼。管理员正好在玄关前用绳子捆绑旧纸箱，大概要拿去回收。

他站在自动玻璃门前，看着并排安装在墙壁上的对讲门铃，宛如以前电子计算器上的按键。他做了个深呼吸，按下5，0，5，显示面板上跳出这几个数字，接着将手指伸向呼叫键。慎介想象着对方应答时的情形，在脑中反复地背诵问候语。即使被对方当作可疑人物也无可奈何，但起码要让对方不对自己怀有敌意。

扩音器毫无反应。慎介尝试着又按了一次，依旧没有反应。

“你有事找木内先生？”身后传来声音。管理员站在慎介背后。

“是。”慎介回答。

“大概不在家。那个人多半时间都不在家。”

“这样吗？”

“经常有包裹寄过来，但周末多半都会寄放在我这里。平日里看他游手好闲，不知道是做什么工作的。”

真是个多嘴的管理员，大概是太无聊了。

“木内先生在这栋大楼里住了很久吗？”

“不，没多久，差不多一年多以前。”

一年多以前——换句话说，是在车祸后没多久。

“他一个人住？”

“我记得是。起初听说是一对新婚夫妻，结果只有他一个人。一直住到现在。”

“新婚夫妻？本来打算结婚吗？”

“好像不是，我不太清楚。”管理员歪着头走进管理员室。

慎介骑着自行车离开木内居住的大楼。虽然没见到木内，很失望，但也庆幸自己没有一时冲动地与他见面。木内身上有太多让人费解之处，而且有不清楚这些费解之处是否与之前的车祸无关。不过，慎介不认为那场死亡车祸对他现在的生活没有任何影响。

无论如何都希望能多收集一些有关木内的情报。

他行经清洲桥道时，想到另一件事。慎介在脑中回味着小冢刑警说过的话，有好几处让他感到介意。

慎介一口气骑到木场，看到一间熟悉的加油站，加油站背面便是岸中曾经居住的公寓。

他把自行车停在暗黄色建筑物前。地段、外观、年份——全都跟木内居住的大楼大相径庭。受害者方面，夫妻俩都已经不在世，肇事者却过着奢靡的生活。慎介虽然也是加害人之一，却感到这个事实委实复杂又矛盾。

和上次来的时候一样，管理员室今天也没有人。这里和花园广场不同，而且没有电梯。他爬楼梯来到二楼，202 室是岸中曾经租住的房间。慎介先从稍远处观察。看起来不像有人住在里面，不知道里面的东西如何处理，大概尚未租出去。

慎介走到 202 室前，转头环顾两边的邻居。据小冢说，住在岸中家隔壁的高中生曾目击一个女人从岸中家离开。所谓的隔壁到底是哪边呢？从楼梯方向看去，是 202 室后面的 201 室还是前面的 203 室？

他首先站在 203 室前。上面没有挂门牌。

慎介正要按下门铃，背后传来声响。201 室的门开了。差点按下门铃的慎介连忙把手缩了回去。

一名身着丧服的女性从 201 室走出来，年龄约四十五岁。

“老公，再不快一点儿就要迟到了！”她朝门内大喊。

应该是她丈夫的肥胖男子从201室出现。他也身穿丧服，领带是黑色的，脖子后方有一大坨肥肉。

“喂，纯一，门就交给你锁喽。”男人说。201室内传出应答声，虽然听不清楚内容，却听得出是过了变声期的少年的声音。

身穿丧服的夫妻向慎介点头行礼，从他身旁经过，朝楼梯口走去。他们的身影消失后，慎介走到201室前。上面挂着门牌，写着“堀田”。慎介按下门铃。他已经想好对方应门后该如何开口。

数秒后，门开了，少年的脸从门缝后方露了出来。他看上去很有个性，大概是高中二年级的年纪。慎介确信自己找到了想见的人。

“你是堀田纯一同学吧？”慎介把刚才听到的名字与门牌上的姓氏组合起来后问道。

少年以狐疑的眼神瞥了慎介一眼，微微点了点头：“是我，没错。”

“关于先前的那件事，我想问得再详细些。也就是说，你在发现隔壁的岸中先生的尸体前目击到女人那件事。”

少年听到慎介的话，神情大变，脸上顿时失去血色，脸颊僵硬。

“关于那件事情，我已经说过好几次了。”他转过脸。

“我想再问一次，再问一次就好。以后不会再问了。”

慎介刻意使用了让少年误认为自己是刑警的措辞。实在无计可施时，可以谎称自己是刑警，但考虑到将来可能会被揭穿，于是尽可能地以不明说身份的暧昧方式提问。

“反正你们又不相信最关键的那部分。”少年说。

“咦，哪部分？”

少年没有回答，把脸转到一旁，侧脸显露出这个年龄段特有的叛逆。

“根据你的说法……”慎介说，“你晚上回家的时候看到一名女性从岸中的房间里走出来。你确定她是从房间走出来吗？你看到了她打开门走出来的那一瞬间吗？”

少年咬着拇指的指甲，似乎不太想回答。

“难道你忘记了？看来你记得不是很清楚嘛。”慎介稍微使用了激将法。

少年盯着拇指的指尖，不假思索地说："门打开了，然后……就出来了。"

"女人出来了？"

少年不耐烦地微微点头，看都不看慎介一眼。

"所以那个女人也看到了你？"

"没有。"

"为什么？"

"隔壁的门打开时，我在那个地方。"少年说完，指着慎介站着的地方，"我正在找钥匙，门忽然打开了，然后那个女人走出来，但是没有看向我这边，往楼梯口方向快速走掉了。"

慎介凝视着 202 室。从那里出来后，如果笔直地往楼梯口走去，确实很有可能没看见少年的身影。

"那个女人的神色如何？看起来很匆忙还是很害怕？"

面对慎介的质问，少年摇了摇头。

"不太清楚。毕竟……我只看到了一瞬间。"

"一瞬间？"

"我说过好几次了。我当时吓了一跳，脑子里一片空白，好一阵子都动不了……"

慎介此刻才察觉——少年的身体在颤抖，脸色铁青，瞪视空中。

"发生了什么事？"慎介问，"为什么吓一跳？你说脑子里一片空白，为什么？"

少年总算把视线移到慎介的身上，眼球布满血丝。

"你不是听过我说的事了？"

"呃……听是听过，可是不怎么详细，所以来向你确认。"

"这样吗？"

"告诉我吧，为什么你看到那个女人会那么惊讶？"

少年摇了摇头。

"够了，反正你们一定不会相信我，所以我之前才会一直保持沉默。到了最后只会被当成笨蛋罢了！"

少年没穿鞋走到换鞋子的地方，打算把门关上。慎介慌慌张张地伸手进去阻止他。

“把你的手拿开！”少年说。

“告诉我吧，我相信你。”

“每个人都是这么说的：‘我会相信你，跟我说那件事。’却没有一个家伙真的相信我。每个家伙都在我讲到一半时就笑了出来。”

少年的语调焦躁，看来他不只告诉了刑警，也告诉了其他人。他究竟见到了什么？为什么每个人都不相信？

“要是我笑出来，你可以揍我。”慎介说，“所以请告诉我。”

少年露出诧异的眼神，抓着门把的手也松弛下来。慎介趁机把门开得大一些，从门缝里钻入室内。

“告诉我，为什么你看到那个女人会那么吃惊？”

少年一度垂下目光，过了几秒，视线重新停在了慎介的身上，双眸中透出纯真的光辉，说明他绝不会说谎。

“她是我认识的人。”

“那个女人吗？”慎介惊愕地问。

少年点了点头。

“是谁？”

少年舔了舔嘴唇，犹豫了一下，开口说道：“是他的太太。”

“咦？”

“是岸中先生的……太太，我跟她很熟。”

21

慎介意识到不妙时，已经晚了。他的袖子钩到古典酒杯，酒杯掉到地上，随着清脆的碎裂声响起，玻璃碎片迸射一地。

“抱歉！”吧台与座席上的客人吓了一跳，纷纷转过头。慎介向他们道歉，拿起扫帚和畚箕扫地。他从眼角瞥见千都子紧蹙眉头。

过了一会儿，千都子从他身后靠近。

“怎么了，小慎？我总觉得你今天怪怪的，刚才还把客人点的东西弄错了……发生了什么事？”

“不，没什么事。”慎介正拿着冰钻在碎冰，摇了摇头，“对不起，今天的注意力有点儿不集中。”

“振作一点！”千都子拍了拍他的背，又回到客人等待的座位上。

慎介暗自叹了一口气，他很清楚自己为什么无法集中精力。

昨天在岸中玲二的公寓里打听到的事在他脑海里挥之不去。

住在岸中家隔壁的高中生说看到了岸中美菜绘，时间是在岸中玲二的尸体被发现的前一天夜里。

慎介对他说，怎么可能会发生这种蠢事？于是高中生堀田纯一对他怒目相视。

“看吧！我就说吧？你果然不相信我！你说过如果你笑出来，我就可以揍你吧？”

面对气势汹汹的少年，慎介不由得往后退。少年的表情看起来不像是在说谎。慎介试着问他是不是认错了人。

“绝对没有。虽然只看了她一眼，但我很肯定就是那个人。不但发型相同，身上还穿着浅蓝色洋装，那件衣服我见她穿过好几次。”

堀田纯一当然知道岸中美菜绘已经死亡。

“所以我很害怕，不敢跟别人说。说出来，大家一定不会相信。可是你要相信我！那个人真的是隔壁家的太太，一年前死掉的那位太太！”堀田纯一严肃的神情烙印在慎介的眼里，他所感受到的恐怖直接传递给了慎介。

慎介认为那是绝对不可能的。岸中美菜绘死亡的事实毋庸置疑，死掉的人不可能复活。于是他假设岸中美菜绘会不会有个双胞胎姐妹，而那位女性正好拜访了岸中玲二的家？这个假设虽有可能，但美菜绘大概没有双胞胎姐妹，否则小冢刑警听完堀田纯一的话，应该会去调查那个姐姐或妹妹才对。然而，小冢刑警对堀田纯一见到神似美菜绘的人这件事只是斥为无稽之谈。所以……是幽灵吗？

慎介的背脊顿时发凉，不由得摇了摇头。像是要否定那种不祥的想法，他拿着冰钻的手也颤抖起来，差一点没对准冰块，而是对准自己的左手。

零点过后，电话铃响起。慎介飞快地拿起话筒。

“久等了，这里是茗荷。”

“雨村吗？是我，冈部。”电话那头传来刻意压低的嗓音。

慎介朝千都子瞥了一眼，确认她正在和客人聊得热络，随即转身藏住话筒。

“怎么了？你难得打电话过来。”

“没什么要紧的，只是觉得最好通知你一下。”冈部的话意味深长。

“还真令人在意啊。发生了什么？”

“你不是想打听那个叫木内的男人的事？他待会就会过来。”

“去天狼星吗？”

“嗯。”

“为什么？”

“我那个朋友告诉我，木内今晚去了水镜，问哪家店里可以喝到正宗的鸡尾酒。那家伙想起前天我问过他关于木内的事，于是回答他天狼星是不错的店，刚才问我店里有没有座位。大概再过三十分钟，木内就会出现在店里了。”

“这样呀。”

慎介看着时钟，在脑中计算着。天狼星两点打烊，如果现在奔过去，十分钟就可以到达。

“我要说的就是这些。”冈部正要挂断电话。

“啊，等一下，江岛先生在吗？”

“今晚不在。他今天为了在大阪开店的事出去谈生意了。”

“是嘛，江岛先生不在……”

“雨村，你过来吗？”

“或许。”

“过来倒没什么，别引起奇怪的骚动。如果江岛先生知道了，我会被骂的。”

“我知道。不好意思，让你特地打电话来。”慎介道谢后挂断电话。

千都子仍在跟客人聊天，但她大概感觉到慎介在看着自己，便转过头。慎介微微举起一只手。

“先失陪一下。”千都子跟客人打了个招呼，走了过来。

“抱歉，妈妈桑，我可以早点离开吗？”

“现在？”千都子皱起眉头。

“刑警打电话来说有事情要马上询问我。”

“刑警先生？那个案件不是已经解决了？”

“好像还没有。我如果不过去，他就要来这里。”

千都子一听，脸色大变，赶紧摆手。

“那就麻烦了，客人会觉得奇怪的。我知道了，我会收拾店里。”

“真不好意思。”慎介鞠了个躬。

“可是，那个案件拖得还真够久的。既然犯人已经死了，就该结案了吧？”千都子蹙起眉头。

“是啊，我也想快点落得轻松。”慎介说道。说刑警要来找他问话是撒谎，想落得轻松倒是真心话。

慎介于凌晨一点多抵达天狼星。他推开门，先往吧台方向看过去，与正在摇动酒杯的冈部对视，然后默默地坐在高脚椅上。

“给我朗姆伏特加。”慎介说。

冈部点了点头，视线落向店内深处，用眼神告诉慎介就是那个家伙。慎介扭转身体，若无其事地往那个方向看去。店内深处的桌子旁坐着男女各二人，女人看起来像酒店小姐，多半是从水镜带来的。两个男人看起来都不到三十岁。坐在靠慎介这一侧的男人戴着眼镜，发型中规中矩，散发着业务员的气息。他跟对面的女性滔滔不绝，逗得她眉开眼笑。相反，靠里面的男人有一搭没一搭地说着话。虽说是为了喝正宗的鸡尾酒才来天狼星，但慎介看不出来他在享受美酒。慎介认为这个面露不悦的男人应该就是木内春彦。

冈部将盛着朗姆伏特加的酒杯放在慎介面前，以锐利的目光警告他不准做出奇怪的举动。慎介并没有打算莽撞地走到木内坐的那一桌直接找他搭话。他想先观察一下木内这个男人，亲眼看看他是怎样的人。

慎介看着看着，突然觉得自己似乎在哪里见过这个人，他试着回忆了一下，觉得应该是在交通法庭上见过，二人分别作为对方的证人坐在证人席上。除此以外，当然也有可能在别的地方见过。木内可能也觉得慎介很面熟。

正当慎介左思右想时，木内忽然从座位上站起来，似乎打算去洗手间。这家酒吧里没有洗手间，他得暂时离开，走到店外。应该是有谁告诉了木内这一点，所以他笔直地朝门口走去。

慎介刻意低下头。木内从他身后经过。

慎介放下朗姆伏特加的酒杯，跟着起身。

“雨村！”冈部从吧台内喊他。

不会有事的——慎介对他使了个眼神，打开门走了出去。

洗手间在电梯旁。慎介在走廊上吸着烟，等木内出来。窗户敞开着，能看见黯淡无光的夜空，没有月亮，也没有星星。不过，稍微垂落视线，便可看见绮丽的霓虹。

木内春彦走出洗手间，两手插在西装裤的口袋里，穷极无聊似的歪斜嘴角，丝毫没有喝醉的迹象。木内瞥了一眼慎介，慎介也回视他。木内旋即移开目光，经过慎介面前时，稍微加快了步伐。

他忽然停下来，停顿了一下，缓缓转过头，重新打量慎介。

“你，莫非是……”木内说。

“我是雨村。”慎介回答。

“雨村。”木内犹如念书般念了一遍这个名字，点了点头，“对，是这个姓氏，我记得这个特别的姓。”

“你似乎还记得我。”

“当然。”木内耸了耸肩，“你也来这家店？”

“嗯，我坐在吧台。刚才看到了木内先生，所以在这里等你。”

“这样呀？真巧，这世界真小。”木内叹了口气，“那么你找我有什么事？我想我们彼此都不会挂念对方吧？”

“我有几个问题想请教。”

“事到如今，还有什么问题？”

“我在几个星期前被人袭击。三更半夜，突然有人拿棒子从背后攻击我。犯人叫岸中玲二，你也认识吧？”

“啊？”木内嘴巴半张，点了好几次头，“说起来，刑警曾经来找我说起这件事。”

“我认为岸中大概是为了报仇才攻击我，因为是我造成了他太太的死亡。可如果真是这样，有一件事我没办法接受。”

“为什么没有攻击另一名肇事者木内春彦？没错吧？”木内这么说完，露齿而笑。

慎介点了点头。

“刑警也问过我这件事：‘你认为是什么原因？’诸如此类的问题。‘不知道。’我是这么回答的。我真的不知道，所以无可奈何。或许岸中先生认为你应该承担车祸的主要责任，他太太之所以会死，都是因为你。只剩下这种可能。”

“尽管如此，他从没跟你接触过，未免太让人费解！”

“你问我这种问题，我也很困扰。攻击你的人又不是我，是岸中先生。”木内转过身朝天狼星走去。

慎介慌忙地追在他身后。

“木内先生，你现在的工作如何？”

“工作？工作怎么了？”

“你平时不是都待在家里吗？不去公司上班没关系吗？”

木内听到慎介的质问，停下脚步。

“到底是谁告诉你这种事的？”

“是谁说的不重要，请回答我的问题。”

木内叹了一口气，露出厌烦透顶的表情。

“如果你在我家大楼附近四处打听，那只能说你真的太闲了。我们公司是弹性工作制，白天可以待在家里。”

“白天待在家里，晚上去银座。你到底做什么工作？”

“我告诉你，像你这样问个没完，就叫做多管闲事。”木内说完，再次准备迈步离开。

“你曾经回忆过关于车祸的事吗？”

“当然，可就是没有犯罪感。你应该也这么觉得吧？”

“你去过岸中玲二的公寓吗？”

“没去过。”木内冷淡地回答，看都不看慎介一眼。

二人来到店门口，木内把手放在门把上。

“见过幽灵吗？”慎介试探着问道。

木内停下动作，转身看慎介的脸，眼睛里有点儿充血。

“你说什么？”木内反问。

“见过幽灵吗？”慎介又说了一次，他觉得木内的反应不寻常，“你见过岸中美菜绘的幽灵吗？”

木内的脸上露出震惊、迷惘和不安，脸极度扭曲，过了半晌才摇了摇头。

“你说的话真是匪夷所思。”

“你应该知道幽灵这件事吧？”慎介纠缠不休地追问，他的目的是诱使木内说出真相。

“我完全不知道。你的脑袋有问题吗？”木内开门走进店内。慎介跟在他身后。

木内面露不悦之色，回到自己的桌子旁。他回来得太晚，似乎令同伴们有些怀疑，询问他出去做了什么。木内回答说用手机和其他女人聊天，酒店小姐们于是佯装因嫉妒而愤怒。

慎介回到自己的座位，喝了一口朗姆伏特加。伏特加已经变温，于是他又向冈部点了一杯。

冈部把新的朗姆伏特加放在慎介面前，以眼神询问慎介有没有向对方做了什么怪事。“没有，没问题。”慎介以眼神回答。

木内一行人似乎要离开了，由木内结账。问他要不要收据，他回答不需要。慎介在他们离开后重重地叹了口气。

“那个叫做木内的客人怎么了？”冈部探出身子问道。

“他是之前那场车祸的另一个肇事者。”慎介回答。

“另一个？”冈部露出疑惑的表情。

慎介以其他客人听不见的声音告诉他车祸的大概经过。

“是这么回事呀。我听江岛先生说过，那是一场双重车祸。”

“明明都是肇事者，我被人拿着棒子殴打，他却在银座花天酒地。你不觉得差太多了吗？”

“所以你对木内纠缠不休，是想沾沾他身上的好运？”

“唔，你要这么说也可以。”

慎介回答时，年轻的服务生走近前对冈部耳语几句。冈部的神色变得严肃起来。

“雨村，你差不多该回去了。”他压低嗓子。

“发生什么事情了？”

“江岛先生说他要回来了。”

“糟了。”慎介连忙起身。江岛若知道他在这里，恐怕又会唠叨。万一他跟千都子说起，自己撒谎早退的事就会露馅。“那我先走了，之后再跟你结账。”

冈部默默点头，脸上露出“快走！”的表情。

慎介离店搭电梯下楼，反复回味方才与木内的对话。当自己说出“幽灵”这个词时，对方明显露出狼狈的神色，那是知道某些内情的表情。换句话说，堀田纯一的证词是真的，不是单纯的错看，幽灵确实存在。当然，正确的说法应该是“像是幽灵的人”。那个人究竟是谁？为什么木内知道内情？

慎介回忆木内说的话，还有一点让他耿耿于怀。当他问木内有没有回忆过车祸时，木内是这么说的：“当然，可就是没有犯罪感……”然后接下来说：“你应该也这么觉得吧？”

起初听到这句话时，他并不是太在意，觉得木内说的“没有犯罪感”只是想表达岸中美菜绘不是他一个人害死的。然而无论车祸的原因有多复杂，对方的反应还是让慎介百思不得其解。

电梯抵达一楼，慎介离开大厦。还没到两点，路上仍能见到许多喝醉的客人和酒店小姐的身影。

慎介正要前往出租车搭乘处时，停下了脚步。在刚刚离开的大厦与隔壁大厦之间的小巷里，他见到两名男子，两个人都背对他，但从背影可以认出其中一个是木内，另一个却不是先前和木内在一起的人。

慎介小心翼翼地不让对方发觉，躲在暗处偷看，随后吓了一大跳。一脸凝重、正在与木内交谈的人是江岛，绝对错不了。

为什么江岛先生会与木内——

慎介百思不得其解地离开小巷。他不认为江岛和木内是旧识，因为先前当慎介对江岛说想知道另一名肇事者的名字时，江岛表现出一副不认识木内的模样。这是怎么回事？慎介正想再次走回小巷时，手机铃响起。不是他的手机，而是那个自称琉璃子的女人留下的手机在响。

慎介走到人行道尽头，按下通话键：“喂？”

对方没有出声，但电话确实接通了。对方在保持沉默。

“喂、喂？是你吧？请回答。”慎介说道。

不久，对方总算出声：“你现在在哪里？”

是那个声音，那个迷蒙的神秘嗓音。慎介全身的血液旋即沸腾起来，女人肌肤的触感在脑海中复苏。

“我在银座。”他回答。

“银座吗？”琉璃子稍微思考了一下，“好，你现在过来。”

慎介早就在期盼听到这句话，为此才随身携带那部手机。

“去哪儿？”

“叫一辆出租车，然后对司机说去日本桥的环球塔。”

“环球塔？是那栋巨大的建筑物吗？”

“那栋高耸却没品味的建筑物。”琉璃子说，“4015 室。”

“4015……”慎介心想，也就是说有四十层高。

“就这样，我等你。”

“啊，等一下……”慎介说，电话却已挂断。他本来想询问对方的电话号码，因为并没有显示来电。

他拦下了一辆出租车，按照琉璃子的吩咐告知司机。出租车司机显然知道那栋建筑物。

“客人，你是住在那栋超级豪华的大楼里吗？”司机的语气中混杂着疑惑与感慨，多半是因为看到慎介的打扮，觉得他作为那里的住户竟会穿得这么穷酸。慎介咽不下这口气，便回答说：“是啊，我住在四十层。”

“哇。”中年司机发出了真正的惊叹。

环球塔是大型建筑公司在日本桥建造的摩天大楼，高达五十多层，好像一共有七百多名住户。慎介听说单套楼价从数千万至三亿多日元不等。她住在那种地方吗？考虑到她身上散发的非凡气质，慎介认为大有可能。

不久，就看到那栋四方形建筑物，高耸入夜空，称之为塔，可以说名副其实。周围还有好几栋摩天大楼，这一带的建筑风格一派异国风情。出租车从城市道路驶入大厦内部，一路驶过英式庭园中树荫围绕的车道，尽头处呈现的入口让人误以为是到了高级饭店。

“感觉好像有服务生之类的人在等着。”司机也有同感。

慎介取出两张千元纸钞，拿回该找的零钱。司机原本以为会有小费，脸上不禁露出遗憾之色。

慎介穿过自动门，走入门厅。左侧有一张类似饭店前台的长桌，上面放着呼叫铃，按下去大概就会有管理员出来。称之为管理员似乎不太妥当，应该是身穿制服、端着架子的男子。

正面有一扇玻璃门，门的旁边有一张大桌子，上面设置了自动门锁对讲机。慎介站在门锁前方，按下“4015”键，接着按下呼叫键。

他原本以为扩音器里会传出琉璃子的声音，扩音器虽毫无反应，但旁边的玻璃门迅速打开。慎介走进玻璃门，迎面就是大厅，会客用的沙发并排摆放。这样的氛围使人产生一种错觉，似乎会出现毕恭毕敬的服务生。偌大的艺术吊灯悬吊在天花板上。大厅尽头处是电梯口，一共有八部电梯，两侧各有四部，面对面并排。慎介从未见过一栋大厦中竟然有如此多部电梯。

他走入电梯，从一大排并列的触控式按钮中选择了“40”。电梯门沉重地关上，悄然无声地上升。由于移动过程过于安静，让人不知电梯是在往上还是往下。

电梯停止时也悄然无声。慎介之所以知道电梯停下，是因为电梯门开启了。除此之外，只有看到外部景象的变化，才能感知电梯确实在移动。慎介走在铺有素净的咖啡色地毯的走廊上。这一楼层的住户排列方式呈口字形，每一户都有一扇厚重的大门。

他在4015室前停下脚步。门旁设有对讲机，他按下对讲机上的按钮。果然还是没有应门声。慎介站在门外，听到“咔嚓”一声，门锁打开。他原以为接下来会有人从里面将门打开，可丝毫没有开门的迹象。于是他抓住L形门把，旋转后顺利地打开门。

房内一片漆黑，弥漫着香水味。他定睛凝视，发现正前方有一扇对开门敞开着，门后看起来像是客厅。慎介关上大门，背后发出“咔嚓”

的金属声响，吓了他一大跳。他试图把门打开，但门被锁上，纹丝不动。

我被关起来了？

正当慎介这么想时，从某处传来钢琴声。他脱掉鞋子走进去，声音是从左侧传来的。慎介循着琴声走过走廊，途中在墙上找到状似电灯开关的物体，试着按下去，却没有出现任何反应。

走廊另一端有一扇门，琴声听起来是从门内传出的。他把门打开。那是卧房，大概有十五个榻榻米，房间正中央摆了一张加大尺寸的床，里头几乎没有其他家具，只摆了一张床头柜。一个女人躺在床上。她身上穿着的不知是洋装还是衬衣，看起来没有太大的差异，虽然光线昏暗，看不清楚，但似乎是红色的。她坐起上半身，凝视着慎介的方向，手上拿着好像电视机或录像机的遥控器。

“你总算抵达终点了呢。”她说。

“这是你的住处？”慎介往前迈出一步。

琉璃子拿着遥控器对着床头柜方向按下了某个按钮，琴声停止。慎介看向自己的正上方，发现喇叭就安装在墙壁上。

她在床上扭动身体，衣物发出了窸窣的摩擦声，裙子下摆高高地卷起，在昏暗中露出白皙的大腿。

“你想见我？”她问。

“你呢？”慎介反问。

“不知道，我到底想不想呢？”女人朝他伸出一只手。

慎介走近床边，长绒地毯吸收了脚步声。他伸手触碰女人的指尖。

“我想见你，想死你了。”慎介和她十指交缠。

22

琉璃子身上穿的不是衬衣，而是洋装，慎介脱去她的衣服时就知道了，不过洋装底下什么也没穿。琉璃子骑在慎介身上，雪白胴体如蛇般蜷曲。她腰身纤细，胸部丰满，白皙的乳房如软件动物般蠕动着。慎介不断地搓揉她、轻捏她，紧搂她的纤腰，猛力进入她的下体。随着慎介的每一次冲刺，琉璃子的背大大地弓起，飘逸的长发随之飞扬。

她昂起了头，小小的、尖尖的下巴对着天花板，唇瓣微启，娇喘连连，渗出的汗珠在纤细的颈项上画出好几条线，甚至流到了胸口。她偶尔会把双手放在慎介的胸膛，俯视着他。床头柜上微弱的光线映照出她的脸庞，她的眼神犹如捕获猎物的肉食性野兽，潜藏着欲望与企图，粉红色的舌头从口中探出。

慎介品尝着令大脑深处麻痹般的快感，感觉自己的神经异样地敏感，乃至于连背部摩擦床单的触感都会让他性欲高涨。他的思考能力趋近零。除了浸淫于鱼水之欢，大脑无法思考其他的事。他希望这一刻能永远持续下去。

然而——

在快感如浪潮般涌至的空隙里，某件事掠过他的脑海。

这个女人是谁?

慎介先前也曾经思考过琉璃子的真正身份，并进行过各种推理，但当下在他脑海里奔驰的思绪与之前所想的完全不同。

我见过她。

我见过这个女人，以前曾经在哪里见过。不是在茗荷，而是在其他地方；不是在很久之前，而是最近才见过。

第一次与这个女人发生关系时，慎介也想到过同一件事。这个女人跟某个人很像，到底像谁? 慎介心想，长得很像这个说法不够精确，因为自己虽然见过她，但是回想不起来。

奇妙的是，为什么琉璃子第一次到店里来的时候他没有这种想法，而是到了现在才这么想呢? 但是慎介思索的时间非常短暂，快感的漩涡将他彻底吞没。过了一会儿，他感觉下体仿佛快要喷出岩浆般的物体。慎介试图克制自己，因为他还不想结束，他想与琉璃子更紧密地结合。这两股力量微妙地保持着平衡的短暂时间简直是至高无上的幸福时刻。不过他无法持续地克制自己内在的热力。

慎介发出咆哮，朝琉璃子的身体激烈冲刺，全身痉挛，四肢紧绷。琉璃子挺直背脊，宛如被温热的棍子穿透身体，浑身紧绷。慎介朝她发射了。

似乎小睡了片刻。慎介回过神时，发现自己躺在床上一丝不挂。他不觉得寒冷，只是萎靡的下体略感冷风飕飕。

没见到琉璃子。慎介坐起身子，看到自己脱下来乱丢的衣服掉落在地板上。他按捺着倦怠感走下床，穿好内裤，套上休闲裤，穿起衬衫，连袜子都穿好了。

“琉璃子。”他试着呼唤。他第一次叫她的名字，仅是如此，就觉得好像打破了一堵厚实的墙壁。

然而没有响应。他的呼唤没产生回声，不知消失在何方。空气异常干燥。他听到微弱的声响，于是离开房间穿过走廊。声音来自客厅，是他听惯了的声音。慎介走进客厅，是一个有着二十个榻榻米的宽敞空间。客厅尽头设计了一个小型家庭吧台。吧台对面，身穿丝质长睡袍的琉璃子正将摇酒器中的鸡尾酒注入酒杯。慎介刚才听到的便是摇晃摇酒器的声音。

“做法是？”慎介问。

“白兰地、白朗姆酒、柑橘酒、柠檬汁。”她流畅地回答。

“床笫之间吗？”

“就像那天晚上。”

琉璃子两手各拿一只杯子，把左手拿的杯子递给他。

慎介接过，轻轻与她碰杯，响声清脆。接着他“咕嘟”喝下一口。

“如何？”她问。

“和这间房子一样。”慎介回答。

什么意思？她像是发出疑问般地偏着头。

“完美、太棒了。”

琉璃子妖艳地微微一笑，小声地说了句“谢谢”。看到她的表情，慎介再次陷入沉思。她到底是谁？这个女人究竟是谁？

鸡尾酒喝到差不多一半时，他把酒杯放在吧台上。

“可以让我参观一下吗？”

“请。”

家庭吧台旁有一扇拉门。慎介先打开那扇门，门后是厨房和餐厅，U 形整体厨房看起来实用方便，喜欢制作料理的人应该会很开心。但以慎介所见，不管是水槽还是料理台，至少在一两周内完全没人使用过。

横穿餐厅来到走廊上，回到玄关处。靠近玄关有一扇门，他心想应该是另一个房间，于是把手伸向门把，可旋转门把竟打不开门。仔细一看，尽管是室内房间，却似乎上了锁。“那里打不开哦。”慎介正在寻找钥匙孔，从身后传来声音。琉璃子站在他身后。

“为什么？”慎介问。

“因为锁上了。”

“为什么要锁上？里面有什么重要的东西吗？”

“天知道，”她歪着头，“为什么呢？”

“我总觉得很在意，不能让我进去看看吗？”

“没放什么特别的东西。”琉璃子朝慎介缓缓走近，长睡袍的下摆有些敞开，看得见纤细的腿，“不管是谁的家，总有一两样不能给别人看的东西。”

“你这么一说，我更想看了。”

“你还真是孩子气。”她紧贴慎介站着，纤细的手臂环绕着慎介的手臂，“先别管这个了，我们去那边喝鸡尾酒嘛，人家也想决定一下以后的事。”

“以后的事？”

“对，重要的事。”

“走吧。”她说完，拉着慎介的手。慎介被拉着再次进入了客厅。

宽敞的客厅里只摆放了生活所需最低限度的家具，目光所及，只有陈列着高级餐具的古董餐具橱、窗边的沙发和沙发前的大理石桌。

琉璃子引领着慎介在沙发上坐下。沙发很柔软，但身体还不至于深陷其中，可见质量非常好。大理石桌上放着刚才的鸡尾酒杯。

她坐在慎介身旁。

“你喜欢这间房子吗？”她问。

“喜欢，这房子非常棒。”他喝下鸡尾酒，味蕾略感苦味。

“是吗，太好了。我担心万一你不喜欢该怎么办，心里很不安呢。毕竟你以后都得一直住在这房子里嘛。”

“一直？”慎介回望琉璃子，“一直是什么意思？”

“就是永远的意思呀。”她的眼神闪闪发亮，不，或许应该说是绽放妖艳的光芒，“如果永远这个词不存在，那就换成到死为止。”

“等一下，你是说你希望我住在这里吗？”慎介问道，仍然露出笑容，把她说的话当成开玩笑。

“我没说希望你住在这里。”琉璃子笑意盈盈，“而是你必须住在这里。这件事早就决定好了，是不可违抗的命运。”

“命运啊，是因为你和我被命运之绳系在一起了吗？”

“是啊，而且那条线……”她再次以自己的手指缠绕着慎介的手指，“是绝对不会松开或断掉的。”

“我也感觉到了命运这种东西，想和你永远在一起。可是在那之前，希望你可以告诉我关于你的事。你究竟是谁？为什么会去茗荷？为什么诱惑我？”

她的脸上露出笑容，手拿着酒杯起身。“为什么想知道这些事？我是琉璃子啊。除此之外，还有什么需要知道的事吗？”

“你不是也知道我的事吗？知道我在哪里工作。”

“从今晚开始，这些事都变得毫无意义了。”

“为什么？”

“不是这样吗？你不会在那家廉价酒吧里接待酒客了。与你有关的事，都成了过去。”

“等一下，不再接待客人是什么意思？我没打算辞掉店里的工作。”

琉璃子摇了摇头。

“你不会再去那家店了。不只那家店，你哪里都不会去。你会一直待在这里，和我在一起。”

“琉璃子……”

“你还有什么不满意的吗？”

琉璃子解开长睡袍的扣子，丝质衣物轻飘飘滑落，犹如蛇蜕皮般，只有雪白的裸体。

慎介拿着酒杯，凝视着她的胴体，仿佛被五花大绑似的，动弹不得。他心中警铃大作，本能告诉他有危险，却不知道危险的真实模样。我到底在害怕什么？为什么想逃？

慎介突然受到睡魔的侵袭，眼皮不由自主地感到沉重。

全身赤裸的琉璃子来到慎介身旁。她脸上挂着笑容，脸庞也逐渐模糊不清。“永远在一起啊。”她在他的耳畔耳语。

慎介觉得自己被她纤细的手臂抱住，眼睛完全闭上，脸颊四周有柔软的触感，大概是碰触到乳房了。

他努力想使自己清醒，勉强撑开如铅般沉重的眼皮，睁眼仰望着琉璃子。她的脸上已失去笑容，面无表情地俯视慎介，一霎时，那张脸看起来像是人造的。

此时，在慎介渐渐模糊的意识中仿佛有东西迸裂，像电线短路，火花四射，冲击着他的大脑。他想起来自己在哪里见过这个女人了。不，说见过并不准确，他只见过这个女人的脸，而且是在照片上见到的。

恐惧感贯穿慎介全身，背脊一阵恶寒，浑身起了鸡皮疙瘩。

与此同时，他的意识落入了阴沉沉的黑暗之中。

23

慎介感到头痛欲裂，突然醒过来，同时出现了呕吐感。他无法立刻想起自己到底身在何处。他首先看到灰色的天花板，上面布满了未曾见过的细小花纹。他垂落视线。墙壁是白色的，门扉是深咖啡色的。他想起来了。对了，这里是那个叫琉璃子的女人的房子。二人单独相处的时候，他忽然感到浓重的疲倦，就这么睡着了。

慎介瘫躺在床上，身上一丝不挂，连内裤都没穿，只盖着棉被。

他感觉左脚的脚踝不太对劲。好像被什么物体套住。掀开棉被，注视左脚，不由得惊叫出声。脚上铐着脚铐，上面还有锁链。他从床上一跃而下，试图解开脚铐，可是用手根本无法打开。他依循锁链寻找，锁链在床边卷成长长的一大圈，另一端锁在旁边的墙上。

别开玩笑了——

他寻找自己的衣服，但床的四周没有任何一件他的衣服。他试着打开衣橱，里面空无一物。他有不祥的预感。

他拖着锁链走出去，来到走廊上，锁链拖行在地板上的声响紧随在他身后。锁链似乎很长。

客厅的门关着，他打开门走进客厅。沙发、桌子和家庭吧台全都与他昏睡前一模一样。只是不见琉璃子的踪影。

客厅里的光线仍旧昏暗。他朝窗户方向看过去，知道了原因何在。遮光窗帘全都紧紧地拉上，那是如电影院幕布般的黑色窗帘，遮光效果绝佳，一丝光线也透不进来。慎介无法判断现在究竟是早上还是下午，甚至不知道是不是已经到了晚上。

慎介走近窗边，想眺望窗外的景色。可是就在距离窗边两米左右时，他的左脚无法继续前进。锁链的长度有限。

他不禁咋了咋舌，只好暂时回到走廊上，然后朝玄关的大门走去。锁链的长度勉强可以抵达，他打算打开门锁。

然而打不开，完全打不开。

他终于恍然大悟，明白这到底是怎么回事了。虽然不太清楚门锁装置，不过这种锁的构造似乎很特殊，可以远程操作，无法直接打开。慎介走回卧房，途中，他发现洗手间的门敞开着，于是朝里面窥视。洗手间宽敞到可以住在里面。里面有两扇并排的门，其中一间是厕所，另一间大概是浴室。

脚上的锁链发出“当啷当啷”的声响，慎介走进去。正如他所料想的，锁链的长度是事先测量好的，让他能出入厕所与浴室。洗手台也如高级饭店般宽大。全新的牙刷、牙粉和刮胡刀整齐地排列在上面，刮胡膏等用品也一应俱全。

慎介离开洗手间，回到卧房。他环视室内，想找出自己的衣服。他的目光停在床头柜上。上面摆着盘装的三明治、小型咖啡壶和咖啡杯。“搞什么？”他喃喃自语。接着，他大声呐喊：“这到底是怎么回事？”无人回应，只听到自己的回声。

慎介急奔至窗边。只要是在这个房间内，他就能自由行动。他抓住遮光窗帘，用力拉开。

里面却是一堵白色墙壁，窗户被封住了。慎介只能站在原地，不明所以。他脚步蹒跚地回到床边，坐在床上，把头发都抓乱了。

他对自己碰上这种倒霉事感到愤怒，但他的大脑其实还被另一个想法占据着。昏迷之前看着那女人的脸所想到的事重新浮现在脑海里，恐惧感也随之涌起。慎介想到了某张照片，照片上是岸中玲二制作的人形模特儿，那个人形模特儿是以过世的岸中美菜绘为原型制作的。

琉璃子长得和那个人形模特儿一模一样。

24

慎介躺在床上，不知不觉又睡着了。由于室内一片漆黑，一时间完全搞不清楚自己的眼睛是睁开还是闭着。慎介将右手放在眼前，一下握紧一下打开。黑暗中隐约看得见手掌的动作。

他觉得自己没有了时间感，也没有了空间感，无法立即回想起自己在哪里、为什么待在这种地方。不过重新回想起目前的状况不需要太多时间。自己身上竟然会发生这种事，他完全没有真实感。

然而遗憾的是，不管是自己全裸还是脚踝系着锁链，全都不是在做梦——他被那个谜样女人软禁在这房子里了。

慎介用手摸索着床头灯的开关。打开开关后，看到放在床头柜上的三明治。他搞不清楚自己的肚子饿不饿，但感觉距离上一次用餐已经过去了相当长的时间。

他把手伸向火腿三明治，扔进嘴里。表面虽有些干燥，味道却还不错。他吞下一个，感到了强烈的饥饿感，于是一个接着一个地吞下三明治。第五个三明治进入腹中时，他从咖啡壶中将咖啡注入杯中，咖啡香蹿入鼻腔，他的感觉总算真正地恢复了。

他坐在床上，喝着第二杯咖啡，思索着自己遭遇了什么事。

脑中浮现出琉璃子的脸。只要一想起她，他全身便起了鸡皮疙瘩。为什么她长得跟那个人形模特儿，也就是岸中美菜绘一模一样？

慎介回想起堀田纯一说过的话。纯一在发现岸中玲二尸体的前一天目击到美菜绘，并且断言那个女人一定是她。

纯一看到的女人会不会是琉璃子？不！百分之九十九绝对是琉璃子。这个想法最合乎常理。

琉璃子究竟是谁？能想到的只有她是岸中美菜绘的姐妹。这么说来，因为某种理由，所以警察无法掌握她的情况。

假设有这号人物，仍有一个疑问：为什么事到如今才开始对慎介实施复仇？不，慎介摇了摇头。若是发生什么契机，导致她突然想复仇，就能说通了。令人费解的是她到底打算做什么。假设复仇是她的目的，那么之前有过好几次机会，和现在这样在他的脚踝装上锁链软禁起来相比，索性一刀杀掉他，她应该更轻松吧？

“真是无法理解。”慎介双手掩面，喃喃自语。

此时外面传来声响。是门锁被打开的声音，而且是玄关的门锁。那种声响是门被打开、关上、再次锁上的声音。

有人从走廊上走来，接着，房间的门缓缓打开。

“你醒了。”琉璃子说。

暗淡的光线中模糊地浮现她白皙的脸。是那张脸没错。

她身穿一袭浅色洋装。昏暗的光线使他辨不清准确的颜色，看上去似乎是蓝色。长发烫成了大波浪卷，垂落在肩膀上。

慎介现在总算明白自己之前为什么没有发觉琉璃子长得和那个人形模特儿一模一样。她最初到茗荷时和现在的样貌截然不同，妆容不一样，头发的长度也不一致。她正缓缓地展现出本来面目。

“三明治的味道怎么样？”她望着床头柜上的盘子，走进房间。

“这到底是怎么回事？”

琉璃子停下脚步，俯视着他，唇上挂着意义不明的笑容。

“你有怨言？”

“把锁打开！”

“办不到。”她摇摇头。

“你究竟是谁？为什么要做出这种事情？”

“理由根本无所谓。总之，你只要待在这里就对了。”

琉璃子迅速脱下衣服，顺手扔了出去，内衣裤也褪下，一丝不挂地朝慎介走近。她走到慎介面前，跪坐在地板上，扳开慎介的腿，以右手触摸他。起初他没有反应，却又在一瞬间血脉偾张。尽管慎介觉得眼前的女人很恶心，想尽快逃离，却完全没有抵抗力。

慎介在琉璃子手中变得坚硬、巨大。他全身颤抖，快感从背脊直通大脑，发出了呻吟。琉璃子充分爱抚着慎介的敏感带。过于强烈的快感让慎介的身体往后仰，手脚张开。她起身轻轻按住慎介的双肩，使他躺倒在床上。她爬上床，缓缓爱抚着慎介的胸膛，跨到他身上。

琉璃子放低身体，将慎介变成她身体的一部分。慎介从头脑深处感到一阵麻痹，无法思考。琉璃子的动作猛烈起来。慎介双手抱住女人的腰，将感觉集中于下半身，全身僵硬。

她从下方仰望着琉璃子的脸。她双唇微启，下颚微抬，俯瞰着他，脸上并没有显露出沉醉于快感的表情，眼眸中不带任何情感，像两颗被埋进眼眶的玻璃珠。

玻璃珠、人偶、人形模特儿……

慎介脑中闪现不祥的联想，撕裂了所有感觉，流窜于全身的快感霎时消失。欲望急速消退，头脑渐渐冷却，浑身虚软无力。

琉璃子察觉他的变化。她停下动作，凝视着他，试图弄清楚他发生了什么。消退的欲望没有重燃。她无言地看着他，他也没有移开目光。奇异的沉默持续了好几秒钟。

琉璃子放松面部表情，嘴角浮现笑意。她凝视着他，身体向前挪，挪到慎介的肚脐上方附近，让慎介承受着她的体重。慎介为了承受住这份重量，不得不以腹肌使力。

“是这样呀。”她说，“你想到我是谁了吧？”

“你……是谁？”

“你想起来了吧？我是和你很熟悉的人哦。”

慎介摇摇头：“怎么可能会有这么愚蠢的事？”

“因为……我应该已经死了吗？”

“你是谁？回答我！”

女人没有回答，脸上泛出笑容，用双手来回抚摸慎介的胸膛。

“欸！”她说，“有一种方法，即使肉体消灭，也可以留在这世上。”

“你在说什么！”慎介猛地抓住女人的双肩，“是不是脑袋坏掉了？”

女人如蛇一般灵活地扭转身体，从他手中逃脱。她走下床，一丝不挂地站在那里俯视慎介。

慎介也想立即起身。但一看到她的眼睛就动弹不得，简直就像被施了定身咒。

“人的眼神是有力量的。”她圆睁双眸，与方才玻璃珠似的瞳孔迥然不同，如今的眼神中让人感受到无尽的深奥，从眼神深处绽放出扣人心弦的光芒。慎介无法发出声音，感觉身体变得不再是自己的。

“总有一天你能明白，我会让你明白的。”

琉璃子全身赤裸地朝玄关方向走去。慎介没办法追上去，他连一根手指都动不了。琉璃子从房间离开后，似乎从走廊进了客厅。她在做什么？远处传来餐具相碰的声响。

过了一会儿，她似乎走到了玄关，从那里传来她穿鞋的声音。

“晚安，亲爱的。”女人的声音响起。

霎时，那股压制慎介全身的无形力量消失了。他转动手臂，接着坐起了上半身。“等一等！”他高声吼道，“等一下！”他往玄关方向狂奔。然而，当他到达玄关时，门“砰”地关上。又发出“咣当”一声，门被锁上。

“琉璃子！”他大叫。

对方毫无回应，门外没有任何脚步声。

慎介看着自己的脚，手铐深陷进肉里，渗出了鲜血。

他走向客厅。桌上已经准备好食物，有前菜、汤、色拉和牛排，甚至连红酒都开好了，在酒杯内倒了半杯。他走过去，就着汤盘直接喝汤。和他想象的一样，汤已经冷了。这些是她从某个地方拿来摆盘的。慎介一口气喝光红酒。虽然是顶级红酒，他却没有细细品尝的心情。他倒了第二杯，然后喝下去。

食物旁边放着塑料汤匙与叉子，但找不到刀子。慎介心想，可能她怕自己寻短见。他既没使用汤匙也没使用叉子，而是以用手抓的方式吃起前菜，大口啃牛排。吃起来完全没有味道。不只是因为食物已经冷掉，还因为他的味觉消失了。

焦躁和愤怒的情绪同时涌现，他站起身大声嘶吼：“喂——”这是一栋大楼，上下左右应该有其他住户，他期待自己的声音能被听见，“不好意思——有人吗？”

他用力踩踏地板、敲打墙壁。如果在慎介居住的门前仲町大楼做同样的事，岂止上下左右的住户，简直所有相邻的住户都会向他抗议。然而这栋建筑物与慎介居住的大楼在各方面都大相径庭，或许应该说，二者都同样使用“大楼”这一名称其实很奇怪。无论慎介怎么叫唤，怎么发飙大闹，都没有人注意，也没有人前来察看。

这究竟是怎么一回事？事情怎么会变成这样？

慎介在客厅地板上躺下去，躺成一个“大”字。

此时，从某处传来了电话铃声。

25

听到声音的一瞬间，慎介觉得应该是电话铃声，但他没有绝对的自信，因为声音太过微弱，听不太清楚。再者，他不认为那女人会犯下忘记带走电话这种错误。然而电话铃声响了四五次，他确定是自己听过的手机铃声。声音是从玄关方向传来的。慎介拖着脚上的锁链走到玄关，手机铃声依然在继续。

在换穿鞋子的区域侧方有一只鞋柜，听起来是从那里面传出的。他试图打开鞋柜的门，却被脚上的锁链阻碍。明明只有几十厘米远，却怎么也够不到。

慎介回到客厅，寻找能派上用场的工具。他环视客厅一圈，发现没有任何有用的工具，于是他从走廊走进卧室，结果同样令他失望。

电话铃声已经停止。慎介进入洗手间，在厕所搜寻，却还是没有可用之物。他颓然地拍打墙壁，跌坐在洗手间的地板上，觉得自己的处境真是惨透了，居然连一根棒子都找不到。

当慎介再次起身寻思其他方法时，瞥见了毛巾架。架子的长度似乎超过五十厘米，塑料材质，两端以十字螺丝钉固定。

慎介走向客厅，拿起汤匙，返回洗手间。他将汤匙的前端置入螺丝钉的沟槽，二者虽无法完全契合，但只要能卡住沟槽，就可以借力旋转。他以指尖使力，缓缓地朝松开螺丝钉的方向旋转。螺丝钉原本就拧得不紧，随即开始转动起来。一开始需要用很大的力气，后来就越来越容易旋转。突然，一种奇异的感觉袭向慎介，那是他之前在洗手间照镜子时多次体验过的既视感，而这次出现的既视感比之前几次更加鲜明。对了，我就是这样把螺丝钉松开的——

慎介家的浴室里有一个简陋的洗手台。他想到自己曾经用螺丝起子松开墙上用来固定镜子的螺丝钉。不只松开螺丝钉，他还把镜子拿下来，又把镜子放回原处，拧上螺丝钉。自己为什么要那么做？

他想起来自己的目的是要把某样东西藏起来。那么藏的是什么东西？印象中是藏了个白色的包裹，却想不起里面装的是什么。

为什么要那么做？

因为里面装的东西不能被别人看见吗？为什么自己会有那种危险的东西？慎介摇了摇头，决定以后再去想那件事。当务之急是先摆脱眼前的困境。但是当他再次旋转螺丝钉时，又想起了另一件事，于是再次停下手上的动作。成美失踪后，她的梳妆台上放着一把螺丝起子，是一把十字螺丝起子。他从没在自己家里见过那种东西。难道成美用那把螺丝起子把洗手间里的镜子拆下来了？然后把藏在镜子后面的东西拿走了？

他仔细考虑后，顿时恍然大悟。因伤住院的慎介出院后回家，发现家里的布局全都换掉了，简直就像大扫除过。该不会是成美要掩饰自己在家里寻找“那个”的痕迹吧？她一直在寻找“那个”，后来终于发现藏在镜子后面，于是拿着“那个”消失……慎介心想，自己必须先回家把浴室的镜子拆下来看看。为此，首先要从这个鬼地方逃走。

虽然花了点时间，但最后总算把毛巾架从墙上拆下来。慎介拿着毛巾架走到玄关，鞋柜的门上没有把手，他试着用毛巾架按压柜门，感觉压到了弹簧，随后放开手。弹簧反弹的力道将鞋柜的门打开了。慎介的衣物被揉成一团塞在里头，鞋子也在里面。他尽量伸出手，利用毛巾架把衣服和鞋子钩向自己，感觉像是在迷宫里找到了出口。他摊开裤子搜寻裤袋，掏出了手机。那是慎介的手机，女人的手机被她拿走了。大概她没想到慎介的两个裤袋里都放了手机，所以只拿走了其中一部，没去翻另一边的口袋，就直接把裤子塞进了鞋柜。

这是救生圈啊，他心想。

慎介思索着向谁求助。应该报警吗？

他按下两个按键后，立即挂断电话。他很在意藏在镜子后面的东西，在还没有弄清楚那是什么之前，不能把事情闹大。

他看着玄关处的门。如果要打开从里面打不开的门锁，一定需要专用钥匙。钥匙……吗？他的大脑中某个区域的记忆启动了，“钥匙”这个词刺激着他的记忆。他再次摸索自己的裤子，这次是臀部的裤袋，里面放着钱包。他从钱包里找出一张名片，那是小冢刑警给他的名片，上面写着小冢的手机号码。

慎介按下手机号码，等待电话接通。铃响三声后，电话另一端传来低沉的男性嗓音：

“喂，你好。”

“是小冢先生吧？”

“是。”

“是我，雨村。”

“啊，”小冢的声调略微提高，“是你？这个时候了有什么事？”

“我有急事，小冢先生可以立刻出门吗？”

“立刻？”从声音中能听出他很惊讶，“可以。到底发生了什么事？你说的急事是什么？”

“前一阵子，你不是给我看过一把钥匙吗？岸中玲二带在身上的那把钥匙？”

“嗯。”

“我好像找到那把钥匙用在哪个地方了。”

“什么！你说的是真的？”

“我没有百分之百的把握，所以想确认看看。你能带着那把钥匙到我这里来吗？”

“你在哪里？”

“你能过来吗？你想不想过来？”

小冢听了慎介的问题，沉默半晌，大概在斟酌慎介所言的可信度。

“我知道了。我这就过去。”小冢说，“告诉我地点。”

“你知道日本桥的环球塔吗？”

“不就是那栋有名的摩天大楼？我当然知道。你在那里？”

“4015 室。”

“4015……你在那里？在 4015 室吗？”

“对。”

“那是谁的房子？”

“我不知道。”

“你不知道？”小冢哑然。慎介仿佛能看到他皱眉的诧异表情。

“你为什么会在那种地方？我过去之前想先听你解释这件事。”

“说来话长，我还有一堆搞不清楚的事。总之，请你快点过来。这件事剪不断理还乱，我被困在这里了。”

电话那头传来小冢的咋舌声。

“我被你弄得一头雾水。真拿你没办法，我先过去看看吧。不过我得先去局里拿那把钥匙，可能要花一点时间，你先在那里等着吧。你现在是用手机跟我讲电话吗？”

“是。”慎介告诉小冢自己的电话号码，“另外，希望你能顺便带一样东西过来。”

“什么东西？”

“可以剪断金属的剪刀之类的。如果你能带来，我会感激不尽。”

“铁皮剪？到底发生了什么事？你居然需要这玩意儿？”

“你来了就明白了，直接看到，比听我说有效。”

“真会装神弄鬼。我知道了，会尽量想办法。”

“然后，我还想请你告诉我一件事。”

“催人过去还问个没完？”

“过世的岸中美菜绘有亲姐妹吗？如果没有姐妹，有没有跟她长得非常像的表姐妹？……我的问题可能很奇怪……”

小冢再次陷入沉默，但慎介不认为对方是因为觉得他的问题很奇怪才如此反应。

“你也看到了？”小冢问道。

“咦，看到什么？”慎介问完，突然闪过一个念头，他知道小冢为何如此反问了，于是接着说下去，“你是指岸中美菜绘的幽灵吗？”

慎介听到叹息声。

“你看到了？还是听到了？”小冢的声音中带着些许紧张。

慎介思考片刻，回答道：“我看到了。”

“在哪里看到的？”

“就在这里。”

“我知道了……我立刻过去。”

“请等一下，她没有姐妹吧？”

“她没有双胞胎姐妹，也没有长得很像的亲戚。”小冢丢出这句话，挂断了电话。

慎介看着手机屏幕上显示的时间，刚过凌晨四点。难怪小冢的声音一开始听起来那么困倦。

26

时间流逝得非常缓慢。慎介盯着手机屏幕，备感煎熬。他很想打电话给谁，希望与外面的世界产生交集。但他不能白白浪费手机的电量，更何况小冢有可能打电话过来。

与小冢通完电话，过去了将近两小时，慎介才听到门铃声响起。慎介抱膝坐在玄关，大声回应：“是。”

“是我。”传来小冢的声音。

“请开门。”慎介说。

传来插入钥匙的声音。看样子钥匙吻合锁孔，也因此才能打开一楼的自动门吧？

门开了，身穿白色马球衫的小冢走进来。

刑警先生瞠目结舌地看着慎介：“怎么了？你怎么这副德行？”

“所以我说直接来看更有效。”

“看到之后更加搞不清楚了。”

“总而言之，可以先处理一下这个吗？”慎介举着锁链说。

“被谁设计了？”

“女人。”

“女人？”小冢讶异地蹙眉，“先说来听听，我再把锁链锯断。”

慎介拿他没办法，只好简短地说明事发经过。小冢听慎介娓娓道来，一边感叹，一边怀疑。

“该怎么说呢……”小冢听完说道，“真令人难以置信。”

“可这是事实，证据就是我受到了这种对待。”

“看起来的确不像开玩笑。”

小冢带了运动背包过来，他打开背包拿出锯子。

“我擅自从局里借来的，这世上可没有别的刑警会帮你到这种程度。”

“不好意思。感激不尽。”

小冢用锯子锯断了铐住慎介脚踝的手铐。

“总算重获自由。”慎介穿上从鞋柜里钩出来的衣服。

“不过这里究竟是怎样的房子？”小冢环顾室内，“那女人平日住在这里吗？”

“不清楚。门锁加装了特别装置，窗户全部被封住，而且里头几乎没什么家具和摆设。我想日常应该没办法在这里居住。”

“是啊。”小冢拿着锯子在屋内到处走动，慎介尾随其后。

小冢打开衣柜和橱柜。全都空无一物。

“感觉不到她住在这里。”

“嗯。”

小冢站在玄关旁某个房间前。他打算把门打开，却怎么也打不开。

“锁起来了。”慎介说。

“你没见过里面有什么？”

“是。”

“嗯。”小冢转了几下门把，转头面对慎介，“喂，像你这样被人软禁，为了逃走，应该什么事情都干得出来吧？比如为了拿到手机，把洗手台的毛巾架拆了。”

“是……”

“虽然弄坏别人家里的东西不太好，不过我想，你这种特例是可以被原谅的，没人会怪你。只是破坏了一扇门，而且是逼不得已。”

慎介了解小冢想说什么了。

“你要我弄坏它？”

“我可没命令你。我只是说，即使你把门弄坏，也没人怪你。”

慎介看着小冢的脸。刑警狡猾的脸上浮现一抹狡黠的笑容。

“真拿你没办法。”慎介叹息，“那个，可以借给我吗？”

“可以。”小冢将锯子递给他，“我觉得破坏门把正上方，事后会比较容易修理。”

“请退后。”

慎介双手紧握锯子，仿佛要把锯子当作斧头用，瞄准了门，用力挥砍。坚固的刃身结实地嵌入门板，他重复了好几次这个动作。不久，门板就变得破破烂烂，开了一个小洞，正好是手能伸进去的大小。

“好，停。”小冢制止慎介，把左手伸进洞里，从里面把锁打开。

“小冢先生不是不能出手吗？”慎介气喘吁吁地说。

“哎呀，话别说得这么满。”传来“咣当”的金属声响，“好了，开了。”小冢把门打开，室内一片漆黑。他打开墙壁上的开关，室内洒满日光灯的光线。

“哇！”小冢发出微弱的哀号，接着呻吟道，“搞什么鬼啊……这个房间？”慎介也从门口望向房里，吓了一大跳，终于体会到刑警为何不顾形象地哀号。

在房间里迎接他们的是一大堆人形模特儿。

27

房间里很宽敞，约有八个榻榻米，不过能让人走动的空间不到一半。摆了两张铁制的桌子，桌上放着计算机与相关用品。对面的墙壁前方摆了一个金属架，里头摆着装了液体和粉末的塑料容器，还有慎介从未见过的机器，以及貌似装着药品的瓶子，全都整齐地陈列在架子上。人形模特儿立在房间里，数量超过十个。裸体的、穿着衣服的、只剩下半身的……各种形态的人形模特儿。

“岸中玲二是人形模特儿设计师。”小冢环视室内一圈后说，“他特地住到这里是为了工作吗？”

“不，大概不是在工作。”慎介朝人形模特儿走去，“他来这里的目的，我想……是为了这个。”

“什么？”小冢走到慎介身旁。

“这些都有同一张脸，岸中美菜绘的脸。”

“咦，是吗？我完全看不出来。”

“是岸中美菜绘。”慎介说。

那一大堆人形模特儿的脸绝对都是岸中美菜绘的脸，没错，也是琉璃子的脸。脸上有各式各样的表情：露出笑容的脸、微微发怒的脸、闹别扭的脸，等等，就是没有哭泣的脸。无论哪一种表情，似乎都流露出哀伤。其中一个人形模特儿吸引了慎介的目光，也就是之前那张照片上的人形模特儿，穿着同样的婚纱，一双眼眸凝视着慎介，仿佛在诉说着什么。慎介不由得别开目光。

“你的意思是，岸中玲二在这个房间里制作貌似他死去老婆的人形模特儿？”小冢说。

“看起来是这样。”

“真让人毛骨悚然。算了，他也值得同情。”小冢戴上手套，打开铁制桌子的抽屉，里面塞满了文件和笔记。

小冢迅速浏览那些文件：“这些似乎是人偶的制作资料。”

慎介也想拿起来看。小冢对他说了声：“喂！”丢了个东西给他，原来是手套。

“如果沾了你的指纹，就完全没好处了。”

慎介点了点头，戴上手套，从抽屉抽出一本文件夹，是其中最厚的一本。打开后发现里面是论文复印资料之类的文件。慎介迅速浏览标题：《使用硅氧树脂聚合物的人工皮肤之研究》《油压式义肢》《电磁式可动义眼之研究与关键问题》《以微电脑控制人偶的表情变化·自动控制机器人研究第十三期》……慎介虽然看不懂论文的内容，但只看标题就很容易就能理解岸中为什么收集这些资料。换句话说，岸中玲二试图制作出接近人类的人偶。当然，他会把人偶制作得和死去的妻子长得一样，不仅看起来神似，还要让人偶做出动作，表情也能产生变化。

突然，一阵俏皮的电子乐声起。慎介看过去，小冢正坐在计算机前，计算机启动了。

“你真厉害。”慎介钦佩地说。

“你大概以为中年刑警不会使用计算机？”

“老实说，我的确这么认为。”

“少瞧不起人。你别看我这样，我还在网上开了个人网站呢。”

“真的？”

“可是没什么人上来看，觉得自己很蠢，已经放弃了。”

屏幕上出现苹果计算机特有的开机画面。

“我不太使用苹果机，不过总会有办法。”小冢自言自语。

慎介打开其他抽屉，里面放着文具用品，还有一本 B5 大小的大学笔记本。他拿出笔记本随意地翻阅，发出小小的惊叹声——上面写满了蝇头小字：

七月十日

制作脸部试用品。修正已经做好的头部并上色。接近美菜绘的脸。然而只是接近而已。完全不一样。需要重新铸模，制作专用头部。

七月十二日

以黏土制作美菜绘的头部。鼻子的形状不易制作，依据照片进行图像处理，算出了尺寸。意外地发现她的鼻梁比东洋人的平均值来得高且细。使其干燥，直至深夜，以石膏塑型。

七月十三日

把硅胶倒在模型上，同时进行涂料调色。调不出美菜绘的肌肤的颜色，也找不到色泽适当的头发。

七月十四日

头部着色，美菜绘的脸复活了。可是有哪里不对劲。果然是眼睛的部分吗？

看起来这些是岸中的制作记录。一天或两天一次，都会记下来。慎介从最初的记录看起。一开始，对于制作与亡妻神似的人形模特儿，岸中玲二似乎怀着满腔热情。慎介虽然看不懂专业的部分，但他认为岸中引入了许多此前从未用在人形模特儿上的技术，例如眼球部分使用其他材质的塑料、在制作脸部的时候预先植入。一般不会使用此种方法。

九月中旬，岸中玲二终于达成第一个目标。他完成了可以称之为妻子的复制品的人形模特儿，取名为美菜绘娃娃，并给她穿上婚纱。慎介心想，就是“那个”人形模特儿。

美菜绘娃娃一号完成的当晚，岸中玲二在她面前举杯庆祝。当时他喝的便是爱尔兰奶油威士忌，岸中玲二到茗荷时点的那款酒。

根据记录，之后他也接连不断地制作美菜绘娃娃，大概是想拥有各种不同表情与服装的娃娃。他在房间各处都放了美菜绘娃娃，似乎希望能沉浸在与妻子永远在一起的气氛中。

然而幸福的时光没有维持很久。

十月十日

我和美菜绘说话，却说得不怎么起劲。最近老是这样，我的心情也不太好。一看到美菜绘的眼睛，我就知道她想对我倾诉的事。她想拥有生命，渴求一副能行动的身体，希望拥有能发出声音的喉咙。

可是没办法让美菜绘复活，我比渺小的昆虫还要无力。

美菜绘以哀伤的目光看着我，大概就是这个缘故。

之后有好一阵子，岸中玲二都没再留下记录。日期突然跳到十二月二十日。

十二月二十日

搬到新的地点后，首要工作就是用计算机绘图的方式描画美菜绘的脸。用娃娃一号记录立体坐标数据。使用的材料也必须检讨。除了硅胶，难道没有更好的材料了？

骨架用钛合金好还是碳素钢？要不要用马达来驱动？

十二月二十一日

针对肌肉系统进行反思。希望尽可能不使用马达，否则除了噪声，动作也不够自然。我一点都不想把美莱绘弄成机器人，希望尽量使用人工肌肉之类的材质。搜寻了义手、义肢方面的相关论文，却找不到能采用的点子，姑且打印出来再说。

十二月二十三日

找到人工皮肤方面的有用数据，基本上还是硅胶，只是构造不同。根据资料，困难点在于如何维持既有的状态、让皮肤保持细嫩。要下很大的功夫，但只要能制作出美莱绘的皮肤，我一点都不怕辛苦。

关于肌肉的部分，第一个方案是使用油压系统。至于比较细微的部分，或许需要使用脉冲马达。

搜集了关于假牙的资料。

上面写着“搬到新的地点”，或许正是在此期间把工作场所搬到这里的。岸中玲二不止制作人形模特儿，他似乎开始思索如何制作更接近人类的人偶。

新的一年，岸中玲二进入正式制作阶段。到了二月，总算完成了称得上原型的作品。

三月五日

暂且完成了娃娃一号的头部。只是完成而已，我并不满意。外观与人形模特儿大致相同。虽然眼皮与嘴唇能动，但灵活度很差。不过皮肤的触感很好，只要一闭上眼，感觉就和美莱绘生前一模一样。真想吻她的嘴唇。触感有点硬，材质方面需要再反思。

将红外线传感器填入眼部，看起来没什么不自然。

二月七日

进入对上半身进行加工的阶段。乳房的大小以硅胶调整，但形状不易调整。乳头部分改为树脂后，便可顺利进行。

完美地将手臂与身体的皮肤结合起来十分困难。虽然只要变更腋下的材质就很容易做到，但又不希望增加接缝。

腹肌部分的电线太显眼，是个难题。问题还是一大堆。

慎介的视线离开了笔记本，抬起头四处张望。他正在寻找记录上写的娃娃一号人偶，却没有找到。他的视线再次回到笔记本上。时序进入三月，娃娃一号逐步组装起来，下半身和上半身结合，并且进行各个部分的调整。

三月三日

希望能在女儿节前之让娃娃一号穿上衣服，但是时间来不及了，手臂的动作依然不顺畅，这是因为手臂的动作比脚部复杂得多，不过主要原因是体重比当初预估的重了许多。尽管如此，现在再去减轻重量太难了。虽说只要放弃手指的动作就能解决，但我无法放弃。美菜绘的钢琴弹得很好，不会弹钢琴的美菜绘就不是美菜绘了。

三月五日

美菜绘的头部完成，表情能够自由地变化。总之，先在计算机里输入十二种模式，测试结果良好。

关于手臂的部分，决定减少动作模式。如此一来，至少外观上没有问题。只要动作流畅，感觉就很自然。

明日进行植毛。

三月六日

全身植毛完毕。明日把头部与身体结合。希望一天之内可以完成。

既然他说希望一天之内可以完成，就表示从三月七日起的最后润饰工程没有顺利进行。不止是机械性地连接上去就好，皮肤方面也必须结合得没有不协调感。况且如果测试后无法顺利地做动作，就得再次拆开。岸中玲二在两个星期内将头部安装上去又拿下来，共计重复了十次。

三月十九日

进行头部安装，花了许多时间修复皮肤接合处。

让她坐在椅子上，透过红外线控制器发出指令。手脚的动作虽然可以改善，但身体的转动方式很不自然。可能是头部的重量影响了腰部的旋转机制。虽然陷入迷惘，但仍然决定再次把头部拆下。不过今晚太累了，先睡再说。

三月二十日

取下头部，确认腰部的旋转机制。和预想的一样，出现了歪斜的情况，这是很基本的计算错误。重新制作转轴部分？但又无法改变现状与尺寸。该怎么办？

不知为何，有一页笔记被撕掉了，日期直接跳至三月三十日。看到那天的笔记，慎介大吃一惊。娃娃一号完成了。

三月三十日

今天是美菜绘死后的第二个生日。美菜绘华丽地复活了，真是个值得纪念的日子。

试着给娃娃一号穿上衣服。之前已经决定好完成后给她穿什么，就是那件白色洋装。虽然与现在的时节不符，但那是我买给她的第一件洋装。

理所当然地，那件衣服正合身。她复活了，美菜绘回到了我的身边。

“欢迎回来。”我说。

我回来了，她答。我听到了她的声音。

“别再从我身边离开了。”我说。

我不会离开的，她说。

这是最后一篇记录，后面全是空白。慎介合上笔记本。

经过一番恶战，岸中玲二终于制作完成了与妻子一模一样的人偶。可是慎介对于人偶不在这个房间里感到耿耿于怀。从记录上看，那应该是一个体积不小的替代品。此外，也不像是分解之后收藏起来了。难道岸中玲二把她运到什么地方去了？为什么？

正当慎介思忖这件事时——“上面写了什么有趣的事吗？”小冢发问，他此前都在操作计算机。

“是否有趣，我想应该是因人而异。”

“你觉得呢？”

“很有趣。”慎介把笔记本摆在桌子上，“虽然有点可怕。”

“哦。”

“你那边呢？”

“正在确认。岸中玲二似乎是计算机高手，老实说，我实在不如他。”

“没有任何与人偶有关的记录吗？”

“有看起来像是数据的东西。”小冢边说边看着屏幕，“喏，这个！”他操作着鼠标说，“这上面显示的娃娃是指人偶吗？”

“对。”

“有这种名称的文件夹。哦，看样子里面放了照片。”

慎介站在小冢身后看着屏幕。

屏幕上出现的全是美菜绘娃娃的照片。

“唉呀，他是拍下自己的作品存起来吗？”小冢说道。

文件夹取了“娃娃 1”“娃娃 2”之类的名称，似乎储存了不同版本的美菜绘娃娃的照片。其中有名为“娃娃一号”文件夹。慎介指着那个文件夹。

“请让我看看那个。”

“好。”小冢将鼠标的指针移向那个文件夹，点了两下。

计算机屏幕上出现了照片。看到照片的一瞬间，慎介哑然失声。小冢也倒抽了一口凉气，他把脸贴近屏幕，良久才开口说话：“喂……这是人偶吗？”

屏幕上有一个女人面朝他们坐着，身上穿着白色洋装。

是琉璃子，慎介低声呢喃。

28

一离开大楼，毒辣的艳阳就毫不客气地晒烤着慎介。他举起手，试图用手掌遮蔽金针般刺眼的光线，朝地铁站迈开步伐。早高峰时段开始了。柏油路上的尘埃黏附在他略微冒汗的皮肤上。

小冢仍留在那间屋子里，他说想多调查一些事。慎介连一秒都不想多待，于是先行逃走了。小冢问他打算去哪儿，他的答案是“回家”。毕竟也没有其他地方可去。

“你可别到处乱跑！晚一点儿我会再跟你联络。”小冢对穿着鞋子准备离开房间的慎介说。

话说回来，岸中玲二在那诡异的房间里做什么？虽然已经确认他是在制作以亡妻为蓝本的人偶，不过娃娃一号究竟是什么？根据笔记本上的记录，岸中打算制作出与人类极为相似、可以称之为人造人的作品，而且似乎真的完工了。然而这种事真的可能发生吗？保存在计算机内的照片再次出现在慎介的眼前。娃娃一号的照片和娃娃 1 或娃娃 2 不同，不管怎么看，前者拍出来的照片都像是真人，只不过脸庞过于完美，与人形模特儿有些相像。

那正是琉璃子。所以，琉璃子是岸中玲二制作出来的人偶？慎介心想，怎么可能会有这种蠢事？她绝对是人类，又不是在演科幻电影，怎么可能会有和人类一样可以行动、说话甚至拥有七情六欲的人偶？但她的真实身份到底是什么？小冢说，岸中美菜绘既没有双胞胎姐妹，也没有长得与她神似的亲戚。

慎介想起岸中玲二笔记本上的内容，最后那句话在他脑海里挥之不去——

> “别再从我身边离开了。”我说。
>
> 我不会离开的，她说。

岸中玲二到底在跟谁说话？

感觉上次回家已经是上个世纪的事了。慎介推开门，一股霉味扑鼻而来。他伸手拉开窗帘，将窗户全部打开，想让空气流通，尽快带走刺鼻的霉味。因阳光反射，看得见满屋灰尘在廉价的玻璃桌面上飞舞。

慎介打开成美的梳妆台抽屉，里面放着一把塑料把手的螺丝起子。他拿起螺丝起子走向浴室。一块简陋的、布满灰尘的镜子安装在墙上，四个角落以塑料螺丝钉固定。

他将螺丝起子插入螺丝钉的沟槽，朝反方向旋转，轻而易举地旋松螺丝钉。显然，这些螺丝钉多次被拧上又松开过。

慎介将四颗螺丝钉取走，小心翼翼地拆下镜子。镜子后方有个大洞，墙壁被挖空，形成一个边长约三十厘米的正方形。

慎介想起来了。

这里藏了钱，数额巨大的钱，应该是三千万日元，是用报纸包着藏起来的。把钱藏在这里的事，慎介没告诉过任何人，包括成美……慎介突然感到一阵晕眩。他手扶着镜子，双膝跪地，紧接着感到一阵剧烈的头痛，甚至引发想要呕吐的感觉。

海量的记忆拼图一片片地拼凑起来，在慎介的脑海里逐渐成形。原本模糊不清的记忆逐渐有了清晰的轮廓，杂乱的记忆重新排序，欠缺的部分被填补。然而遗憾的是，他的记忆还是不够完整，缺了最关键的部分。

晕眩与恶心感消退后，慎介觉得稍微轻松了，于是缓缓站起身，把镜子放回原处，重新旋上螺丝钉。

慎介认为必须找出成美，她应该是带着那三千万日元逃走了。

他记不太清楚今天的日期，但应该是星期四。慎介在午后拨了电话给千都子。

“你去哪里了？昨天和前天不请假就没来上班，我很担心呢！”千都子的语气显得不悦，原因应该不只是担心。

“抱歉，我有急事。”

他心想，总不能说自己被谜一般的女人软禁。即使说了，她也不会相信吧！

“到底是什么急事？至少打个电话嘛！”

“朋友遇上意外死了。他没有亲人，从守灵到准备丧礼都非得由我来办不可，一忙起来，不小心忘记请假。”

千都子在电话另一端叹了口气。

“你这么说，我没办法再说什么了。下次记得要先联络哦！”

“嗯，我知道。真的很抱歉。”

“你今晚来上班吧？”

“这个，我不太确定，或许没办法过去。能暂时让我休息一下吗？”

“咦，要这样吗？”

真是麻烦，千都子发牢骚了。

“抱歉，这几天忙得没法休息。”

“真没办法。”

慎介告诉千都子，他明天会去店里上班。然后挂断电话。

直到傍晚，小冢都没有跟慎介联络。慎介试着拨打他的手机，却打不通。他忽然兴起了某个念头，于是出门拦下一辆出租车，告诉司机：“请到日本桥的环球塔。”

慎介抵达摩天大楼，走进门厅，看到左侧柜台有一个身穿灰色制服的男人。慎介一走近，男人便抬起头。

“有什么事吗？”男人问，头发上有整齐的梳痕。

“我是送快递的，这里的4015室住着冈部先生吧？”

“冈部？不，不是哦。”男人的目光落到慎介手上，“四十层整层归上原先生所有，没听说过租给姓冈部的人。”

“上原先生？”

“帝都建设的社长。”男人刚说到一半，就露出后悔的表情，多半是意识到自己太多嘴。

“说到帝都建设……”

“总之4015室没有叫冈部的人。”男人冷淡地说。

纠缠不休地追问或许会惹人怀疑，慎介草草道谢，便快速离开。他担心在那里待太久会被琉璃子发现。

离开大楼之后，他重新琢磨起来。想到帝都建设，他便联想到一件事，那就是木内春彦在那家公司任职。

为什么琉璃子可以自由地使用那间房子？为什么岸中在那里制作

人偶？慎介在前往地铁站的途中停下脚步，拿出手机，站在原地打电话给冈部义幸。他料到冈部大概会很不耐烦，没想到对方的语气比他预期的更尖刻。

“又是你？又有什么事？”

“想请你替我介绍你那位在水镜工作的朋友。”

“又要打听木内？”

“可以这么说吧！”

“他知道的事，之前不是都告诉你了？再跟他见面没意义。”

“有没有意义，不问问看是不会知道的。”

“真拿你没办法。”冈部又长吁了一口气，“既然你那么想打探木内的事，刚好有个符合你要求的男人，不妨去套套那家伙的话，怎么样？”

“是怎样的男人？”

“木内不是来过我们店里吗？还记得那时候跟他一起来的男人吗？”

“戴着眼镜、看起来像业务员的男人？”

“是。那男人很喜欢我们的店，隔天又带了某家酒店的小姐过来。”

“没和木内一起？”

“只有他和那个酒店小姐。当时他留下了名片，名片就在我手边。”

“他叫什么名字？”

“坚本干男。坚树①的坚，本来的本，树干的干，男人的男。他任职于一家叫脑银的计算机软件公司。”

“他和木内是什么关系？”

冈部小声笑了出来。

“你自己去问吧。”

“好吧！告诉我他的联络方式。”

“名片上印了他公司的电话和手机号码，电子邮箱也印在上面。你想知道哪个？”

“手机号码。”

“好！不能说是我告诉你的哦！”

---

① 此处原文为“樫树”，人名原文为“樫本干男”。因中文没有“樫”字，因此本书通译为“坚”。“樫”的日语发音为“kasha”，意为“栎”。

“我知道！”

慎介拿出家里的钥匙，用那把钥匙将冈部告知的十一个数字划在旁边的铁栏杆上。挂断电话后，他把那些数字记录在手机的通讯录里。

接着他立刻拨打电话。铃响了五次，对方接了。

“喂。”坚本干男的声音略微高亢。

慎介为自己的突然打扰向他稍表歉意，客套地寒暄几句，作了自我介绍。当然是隐藏自己的本名，报的是小冢的名字。

“我有些事想请教您。”

“什么事？”心存戒备，这是理所当然的。

“想请教您有关木内先生的事。”

“木内？他的什么事？”坚本只称呼木内的姓，表示他们熟稔，不只是工作伙伴。

“能在外面跟您碰个面吗？”慎介尽可能有礼貌地询问，“百忙之中打扰您，实在非常抱歉。等您工作结束之后也可以。”

“我不知道什么时候能忙完。”

“那么我稍后再打来。一小时后可以吗？”

“嗯……请等一下。”

坚本或许是去确认工作清单，慎介等了三分钟左右。

“好，七点左右，我可以抽出时间。那个时候可以吗？”

“可以。在哪里碰面呢？”

“我们公司前有一间叫做和的咖啡馆。”

“和？我知道了，那么七点见。”

挂断电话，他立刻打电话给冈部。

“又怎么了？”冈部的语气微愠。

“你刚刚说叫脑银公司？给我坚本公司的地址。”

29

脑银公司位于神田小川町一栋小型商务大楼的三楼和四楼。隔着喧嚣嘈杂的马路，坐落于公司对面的和咖啡馆是一间雅致的小店。慎介于六点五十分抵达店里，点了一杯巴西咖啡。

过了约莫十五分钟，慎介正啜饮着咖啡，一个面熟的男人走进店里。他就是前几天和木内一起去天狼星的男人，穿着灰色西装。

“坚本先生。”慎介叫他。

坚本一脸讶异地走近慎介，目光像扫描仪般快速地打量着慎介。慎介以为他记得曾在天狼星见过自己，但坚本的眼神像是第一次见面。

“小冢先生吗？”

“是。在您百忙中打扰，真是不好意思。”

坚本坐在慎介对面，向服务生点了杯哥伦比亚咖啡。

“其实我的身份是这个。”慎介递给他一张名片，是小冢的。坚本拿在手上，目瞪口呆，说不出话来。

“你是刑警……”

“抱歉。”慎介迅速拿回坚本手上的名片，“不好意思，我不能随便给人留名片。”

“啊，是。”坚本的表情顿时变得僵硬，甚至有些惨白。

“您和木内春彦先生很要好吧？二位是什么关系？”慎介立刻开始了问话，这是为了让坚本没有任何时间怀疑。

“我和他念同一所大学，××大学的资讯工程系。”

“原来如此。二位常常见面吗？”

“算不上常常……一个月大概一次，大多数是他突然约我喝酒。”

“然后由木内先生……结账？”

慎介的话完全出乎坚本的意料，并且慎介故意露出一丝冷笑，好整以暇地等待着坚本被惊吓到的反应。

坚本点的咖啡送过来了，他没加糖和奶就端起喝了一口。慎介注意到他握着咖啡杯的手略微地颤抖着。

“木内先生是在帝都建设工作吧？”慎介看到坚本点头，便继续问下去，“他在公司做什么？”

“我不太清楚。那家伙几乎不谈公司的事。”

“据我们调查，木内先生不按时上班，却过着优渥的生活。我想，该不会是其中有什么不为人知的秘密吧？”

“我真的不清楚……我跟他……真的只是偶尔……见个面喝杯酒的交情……”一道汗水流淌过坚本的太阳穴，直接滑落到下巴。

“坚本先生，”慎介压低声音说，“如果对方是用不正当的钱招待你，接受招待的人也会被追究责任哦。”

慎介觉得自己这句话听起来一点都不真实，却对坚本产生了有效的恫吓，只见他顿时铁青了脸。

“请你相信我，我真的什么都不知道！那家伙……自从那件意外发生后就完全变了个人，对我都不肯说实话。”

“意外是指之前的车祸？”

“嗯。”

“你说他变了个人，怎么变了？”

“该怎么说呢？他以前是个开朗的男人，可是发生车祸以后，他的话就变少了，换句话说，就是个性变得很阴沉。不过毕竟是死亡车祸，他会这样当然也是没办法。”坚本刚闭上嘴，又像是想到了重要的事，急忙补充：“大概也跟解除婚约有关吧！”

“解除婚约？”慎介对这句话有了反应，“怎么回事？”

坚本眨了眨眼看着慎介，表情在说：“原来你不知道啊！”也因为觉得自己多嘴而面露懊悔之色。

慎介回想起木内居住的大楼管理员所说的话——听说原本是新婚夫妻要入住，最后却只有木内一个人住了进去。

“这表示当时木内先生有了结婚对象？”

坚本对慎介的回答是点点头：“是的。”

“是怎样的女性？知道名字吗？”

“我不知道名字，不过、那个、呃……”为什么坚本踌躇不定？而且似乎稍微感到狼狈。为了让自己冷静下来，他又喝了口咖啡，再对着慎介压低嗓门说：“听说是……社长的千金。”

“社长是……”慎介吃惊地问。

“帝都建设的社长。”坚本说，“听说木内在公司内部的网球大赛中胜出，结识了前来观赛的社长千金，二人因此亲近了起来。”

“真厉害……”

不就是小白脸吗？慎介差点脱口而出，但他硬是把话吞了回去，因为这不是刑警该说的话。

“所以他和社长千金的婚事泡汤了？”

“嗯，木内没告诉我详情，但我猜那场车祸是主要原因。”

“所以说，社长不想让女儿跟卷入死亡车祸的男人结婚？”

“我想不仅如此，说不定社长千金也不想跟这种男人结婚。”

“可是这样一来，社长应该不会希望木内继续待在公司里吧？”

“即便如此，社长也无法逼他辞职，只好丢一个闲差给他！不过这些纯属我个人的猜测！”坚本说。

慎介点了点头，其实他并没有全盘接受这样的说法。

他盯着自己的空咖啡杯良久，然后抬起头：“坚本先生知道环球塔这栋大楼吗？”

“最近在日本桥建造的……”

“是，木内先生曾经提过关于那栋大楼的任何事吗？”

“任何事是指？”

“打个比方，有没有认识的人住在那里？”

“不知道。”坚本偏着头，“他没提过这种事。”

“是吗？”

“不好意思，”坚本看着手表，“还有其他问题吗？我是在上班时间溜出来的。”

“真的非常抱歉。那么，我问最后一个问题：您和木内先生聊过车祸的事情吗？”

坚本摇了摇头。

“几乎没有。我不好意思开口，他也刻意回避这个话题。”

“原来如此。”慎介心想这是一定的，“你知不知道还有谁和木内先生的关系比较亲密？”

“还有谁呢？自从发生那场车祸，他和大家都变得疏远了，只跟我偶尔联络一下。”坚本的头转来转去地思索了半晌，像是想起什么似的，轻轻地拍掌，“啊！对了！那里的家伙或许现在还和他来往。”

“那里是指？”

“木内爱好航游，他应该和伙伴们共同拥有一艘船。他们聚会的地点应该在惠比寿。”

“店名叫什么？”

“叫什么呢？我只去过一次……”坚本轻轻地敲着自己的头，“我记起来了，好像叫海鸥。”

“海鸥……那是一家怎样的店？”

“嗯，算是所谓的鸡尾酒吧，是一家有明亮感的店。店长也是共同的船主之一。”

慎介点了点头，心想果然不虚此行，心里有些窃喜。

30

今天的我简直像一名真正的刑警——慎介在日比谷换乘地铁前往惠比寿的途中这样想着。然而即便从坚本的口中套出了些什么，也仍然看不清真相。每条线索纠缠在一起，好像打结的毛线团，让人束手无策。

还有成美的事……不，应该说是三千万的事，究竟是怎么回事？慎介一想到这件事就头痛。他从惠比寿站出来，往南走。他打电话确认过海鸥酒吧的位置，电话号码是在黄页里找到的。

经过保龄球场，往前约走二十米，就抵达了目的地。这家店的大门比路面高一个台阶，入口处铺设了石阶。店内的空间不怎么大，只有三张小桌子和吧台。吧台的座位似乎不到十个，目前有七个人背对慎介并排坐在吧台前，每个人看起来都像是熟客。只有一张桌子满座，另外两张空着，小小的烛光摇曳着。

慎介选了最靠近吧台的桌子坐下。椅子是高脚椅，坐下与站立时高度差不多。他的视线落在墙壁上，只见墙上挂了许多照片，都是游艇航行在蓝色的大海上。貌似老板的男人坐在吧台后方，蓄着风格粗犷、修剪整齐的胡须，长发简单地扎成一束垂在脑后，脸、脖子、衬衫袖子卷起露出的手臂，全都像巧克力般黝黑发亮。

负责替慎介点餐的并不是吧台后的那个男人，而是身穿蓝色T恤、大约二十岁的女孩，晒得和老板一样黑。但慎介看得出来，她的完美肤色带有人工痕迹，想必是在美容院用日晒机晒出来的。

“给我金比特。”

女孩只简单地答了声“是”，便打算转身走开。

老板在吧台后佯装仔细聆听客人讲话，事实上，他一定在偷偷地用眼角余光观察着第一次来的客人，注意听他点了什么。如果做不到这些，就称不上行家。

“啊，等等。”慎介叫住正要离开的女孩，“你知道一位叫木内的常客吗？”

“菊地先生[①]？”

“不，是木内先生。”

“木内先生……我不知道。”女孩子偏着头。

“没关系，不知道就算了。”

女孩子说声“不好意思”便离开了。慎介并不认为毫无收获，因为他说出“木内”二字时，意识到吧台后方的老板瞬间朝他瞥了过来。

慎介直觉来对了地方。老板亲自把金比特送过来。

“看起来很好喝呢！”

慎介说，老板微微一笑。慎介趁老板的笑容消失前轻啜第一口，强烈的苦味很顺口，从舌尖温和地扩散至整个口腔，酒香满溢至鼻腔。

“真棒。”他说。

“谢谢。”

“木内先生他……”慎介问，“都喝些什么？”

老板脸上的笑容仍未消失，却带了些疑惑，猜想着这个客人到底是什么人。

“你是木内先生的朋友？”老板问道。

“与其说是朋友，不如算是客人！”

“客人？”

“我在麻布的酒吧工作。”慎介拿出茗荷的名片，“以前他常去。”

“啊，原来如此。”从老板的表情来看，他显然松了口气，大概是因

① 译注：菊地（きくち）的日文发音与木内（きうち）接近。

为知道对方只是同行，于是放下了原本的戒心。

“我从木内先生那里听说这家店，他叫我一定要来看看。”

“那么请多多指教了。”老板显得有点害羞。

“木内先生最近常来吗？”

“没有，”老板摇了摇头，“我最近没见到他。”

“这样啊！他从什么时候开始不来了？”

“嗯，什么时候啊？”老板露出思考的神情，不知道他是真的在思考口中呢喃的问题还是在思考该不该透露，毕竟似乎涉及客人的隐私，身为专业调酒师，不应该草率地谈论客人的私事。

因此，慎介试着套近乎：“至于我们的店，自从那次车祸事件发生之后，他就再也没来过了。”

老板得知慎介也知道车祸的事，戒心似乎松懈了下来：“我们这里也是，差不多在那之后，就没再看过他了。”他点了点头说。

“听说你们共同拥有一艘游艇？”

“没错，车祸刚发生那阵子，我跟他还联络过，但他或许不想再出海航游了，跟我说不约他也没关系。这也是人之常情，他应该受到很大的打击吧！”

“是啊！”慎介又喝了一口鸡尾酒，“听说婚事也泡汤了。”

“嗯！”老板点了点头。慎介心想，他果然知道这件事。

老板细长的眉毛垂成八字形：“那件事真让人遗憾，以前他们俩常常一起来。”

“他和未婚妻两个人吗？”

“嗯。”

“我记得未婚妻是……上原小姐。”

“对！是上原绿小姐，你也觉得她很漂亮吧？”

“不，我没见过，好像是帝都建设的社长千金？”

“是。大家还一起闹他，说他是个小白脸呢！她是一个很喜欢花的女孩，每次到这里来，几乎都送花给我。附近刚好有一家花店。”

吧台客人在喊老板过去，于是他向慎介说了句“请慢用”，就回到吧台去了。

慎介举起盛着金比特的酒杯，让光线透过。

上原绿……吗?

看起来，在这里的收获只有这个，还不知道是不是绿色的“绿”。车祸事件发生之后，木内与老熟人几乎断了来往。

慎介在脑海中一件一件详细地过滤坚本和老板说过的话，其中有一件事令他耿耿于怀。

前几天，木内曾清楚地对慎介说：“根本就没什么犯罪感啊!”然而坚本和老板都说他受到了相当大的打击。那么哪一个才是他的真心话?

鸡尾酒杯空了，慎介本想再点一杯，却又觉得待下去也是枉然。

此时，打工的女孩走过来，手里拿着一样东西。

“老板说请你看看这个。”她说着，放在桌上，那是一本相簿。

慎介望向吧台。

“那是最后一次与木内先生他们出海航游时拍的照片。”老板说。

以蓝色大海为背景，男人们在游艇甲板上摆出姿势，每个人的脸都和老板一样黝黑。木内也在其中。他的皮肤晒得很黑、很均匀，白色短裤下的腿虽然纤细，肌肉线条却很明显，怎么看都是大海之子。

这样的照片有好几张，其中一张是木内搂着某位女性的肩膀。

“和木内先生在一起的女性是……”

“是上原绿小姐。”老板说道。

慎介又看了一眼照片，上原绿穿着浅鲑红色T恤，圆润的脸庞给人健康的印象。应该涂了防晒乳，但似乎没怎么化妆，也没有社长千金的贵气。

慎介合上相簿，把相簿送去吧台：“谢谢。”

“这些照片本来想加印给他，却给不出去了。”老板露出苦笑。

慎介结完一杯金比特的账，从店里走了出去。他边走边按手机，打算联络小冢，可是电话依然打不通。

究竟发生了什么事情——他发着牢骚把手机放回口袋。

慎介在前往车站的路上不经意地抬起头，赫然发现附近有一家花店。花店当然是关着的，但招牌映入了他的眼帘。

慎介停下脚步。让他停下脚步的是招牌上的店名。

过了数秒，他的脑海中突然浮现某个想法，于是转过身往回奔。

他冲进海鸥时，打工的女孩子吓了一大跳：“啊，有什么东西忘记带走吗？”

“刚才的照片……”慎介对吧台内的老板说，“刚才的照片，请让我再看一次！”

31

慎介抵达日本桥滨町时已过十一点。这附近办公大楼林立，入夜后一片漆黑。有五条车道的清洲桥道在夜里的光景与白天截然不同，四周显得空空荡荡的，只有亮着“空车”的出租车频繁地经过。

慎介站在人行道上，仰望花园广场大楼。在一片漆黑中，只有这栋建筑物依然灯火通明。慎介祈祷着窗内亮灯的房间里有一间是木内春彦的房间。是 505 室吧？慎介往前踏出一步，心想，只能找木内问问了。木内到底知道些什么，他无从得知。但可以肯定的是，对方必定知道些什么。

慎介正打算溜进大楼，却从自动玻璃门看见电梯门开启了，乘电梯下来的人正是木内。慎介立刻离开大楼，冲到马路对面，躲在路边的厢型车阴影里窥视。木内披着黑色上衣，单手插在裤袋里，朝清洲桥道走了过去。慎介瞬间恍然大悟，原来木内打算搭乘出租车。他小心翼翼地不让木内发现，飞快地冲到马路上。很快就有空的出租车出现，他立刻举手拦下那辆车。

“不好意思，请等一下再开车。”

慎介说完，戴着眼镜的中年司机露出讶异的表情。

木内来到清洲桥道，正如慎介所猜测的那样举起手轻挥，接着，一辆白色出租车停在他面前。

“请跟在那辆出租车的后面。”慎介说。

“咦？”司机明显表示困扰，“前面的人知道你在后面跟着他？”

“不，偷偷地跟在后面就好。”

司机咋舌。

“如果要这么做，请你拦别的车好了。”

前面的车子发动了，慎介这边的司机却死也不肯开车。慎介探出身子，抓住了司机的胸口：“别啰嗦，快点给我开车！我会给你该给的小费！”

声音并不恐怖，却似乎起了效果。司机一声不吭地挂档、踩离合，车子急速前进。前方的车辆移到右侧车道，那是右转弯的专用车道，看来似乎打算拐入新大桥道。慎介搭乘的出租车也随即切换到同一条车道。那是新大桥道前往茅场町的方向。此刻，慎介的脑海中闪过一个猜测。

“追车果然困难。”司机满腹牢骚，“除了红绿灯，其他的车子还会加塞。”

没关系的，慎介喃喃自语，他知道了木内的目的地。

前方的出租车从新大桥道往右转，正如慎介所预料的。

“可以了，司机先生，跟踪游戏结束！”

“咦，就这样？”

“嗯！开到那边就可以了。”慎介指着前方。

高耸入云的环球塔就在眼前。出租车开进了英国庭园风的小区，木内搭乘的出租车就停在前方稍远处，或许他已经发现被人尾随。

慎介搭乘的出租车跟着前方的车子，也停在大楼门口上下车处。木内付完车钱先下了车，向后面的车子投以诧异的目光。慎介也从出租车上下了车。木内的脸色瞬间阴郁起来，下一秒便背过脸。

“前几天多谢了。”慎介边走近边说。

“你在跟踪我？”

“一开始算是吧，不过……”慎介点了点头，“到了中途，我就猜到你的目的地是这里。”

木内露出狐疑的表情，皱起眉头，左手依然插在裤袋里。慎介指着他的左手说，“你那只手里握着的是 4015 室的钥匙吗？”

木内闻言，瞠目结舌，脸颊的肌肉微微抽搐。

“我会知道 4015 室的事，你应该感到不可思议吧！她没跟你说？”

“我完全不知道你在说什么！”

“那么我们一起去吧，到 4015 室去。你正要去那里吧？”

“我是为了工作才来这里，没有闲工夫陪你玩。你到大马路上拦辆出租车回家去吧！没有本大楼住户的同意，你绝对进不去。”

木内说完便打开玻璃门进入。慎介一脸理所当然，大摇大摆地跟在他身后。木内停下脚步转过身来，一脸不耐烦。

“你不要跟过来！我要叫管理员了！”

“随你便！叫警察也可以。不，说不定警方已经开始搜查了。”

慎介的话令木内瞪大了眼睛。

“你这话是什么意思？”

“你知道西麻布警局一名叫小冢的刑警吧？他应该去过你家好几次，那名刑警已经进入了 4015 室。”

“你究竟在说什么？为什么刑警会擅自进入别人家？”

“为了救我。”

“救你？”

“我直到昨天深夜都被软禁在 4015 室，是小冢刑警救我出去的。”

“你的幻想症太严重了吧？那你说说看，是谁把你软禁在那里的？”

“你希望我说出来？”

“我不想听，也没工夫陪你鬼扯。”木内朝自动门的控制面板走过去。慎介对着他的背影，好整以暇地说：“是上原绿小姐，你的未婚妻。”木内正要将钥匙插入钥匙孔，手停了下来，面色铁青地转身面向慎介。

“你在说什么莫名其妙的鬼话？”

“那你告诉我，上原绿小姐在哪里？”

“你为什么要问关于她的事？她和你有什么关系？”

“我不是说了吗？我被她软禁起来了！软禁在这栋大楼的 4015 室！”

“胡说八道！她为什么要软禁你？”这句话几乎是从木内紧咬的牙根中硬挤出来的，只见他表情复杂，怒视慎介，努力克制着自己的情绪。

“你知道岸中玲二做了些什么事情吗？娃娃一号不是人偶，而是你的未婚妻上原绿小姐！”

木内瞪着慎介逼近，微微摇了摇头。

“为了你自己好，我才好心劝你。不要随便说出那个名字，否则你会追悔莫及！”

“她现在人在哪里？在什么地方？在做什么事？”

“都和你无关。”

“她在 4015 室吧？”慎介瞪着木内的双眼追问，“对吧？”

“从这里滚出去！”木内说，“不要再和我扯上关系。”

“是她自己来和我扯上关系的，我不可能放任不管，还是你希望我把事情闹大？”

木内紧咬嘴唇，眼神里充满憎恨。

“那个时候，要是没有发生那场车祸就好了……”

“你说什么？”

“没……”木内别过脸，盯着另一个方向看了一阵子，又看着慎介，“我明白了！既然你都这么说了，我就来当你的向导吧！正如你所说，我的确要去 4015 室。”他向慎介出示钥匙。

二人在电梯里面对面地站着。木内毫不掩饰地打量着慎介，慎介也直视着他。“她自称琉璃子。”慎介开口说，“她用这个名字接近我，是一个不可思议的女人。与其说她是人类，不如说更像是人偶！真的是这样。”

木内做了个深呼吸，接下来的眨眼动作，慎介理解为他在催促自己继续讲下去。

“他为什么自称琉璃子，你应该心中有数吧？”

木内没回答，盯着楼层显示板一言不发，已经过了二十层。

“我去过海鸥了。”慎介接着说，“我在那里看到你和上原绿小姐的合照。当时看到她的脸还没有什么感觉，也完全没有产生联想。可是当我前往车站时，在路上看到花店的招牌，才恍然大悟。”

电梯过了三十层。

慎介继续说：“琉璃屋……是那家花店的店名，听说绿小姐时常去那家花店买花。”

虽然女人可借助妆容改变相貌，但上原绿是彻彻底底地大变身。慎介心想，要是自己没看见那家花店的招牌，恐怕这辈子都不会发现上原绿和琉璃子是同一个人。他想确认上原绿到底是不是琉璃子，于是仔细端详照片，总算发现好几个可疑之处。

不论是脸蛋大小或身材胖瘦，都完全不一样，因此可以想象她拼命地减过肥，而且脸部五官应该动过手术。上原绿变成岸中美菜绘，这件事已经毋庸置疑，问题在于她的动机到底是什么。

“为什么？”慎介询问，“为什么她要变成岸中美菜绘？”

“我和她一年多前解除婚约，”木内神情落寞地说，“之后就再没见过。所以她现在人在哪里、做什么事，我完全不清楚。”

“木内先生，别再说谎了！”

“信不信随你。”

木内话音方落，电梯悄然停下。木内按住“开”的按钮，抬了抬下巴，像是表示“你先请”。

慎介站在曾经来过的走廊上，回想了一下，自己今早才从这里逃出去。在数间并排的住户中，慎介站在写着“4015”的门前。过了一会儿，木内也走了过来。

“我有一个条件，希望你看了房间之后，什么事都不要过问，直接回去吧！”

“我没办法答应，这个房间里满是我非问不可的问题。”

“那么我就让你问，但只限于关于这个房间里的物品。除此之外，我一概不回答。可以吧？”

“可以。”

说话间，木内已经把锁打开。

门一开，慎介从外面窥探屋内，顿时倒抽一口凉气。

“怎么可能……有这种蠢事？”

房间完全被清空了，不论是桌子、椅子，连窗帘都消失无踪。慎介快步走上前，将岸中玲二曾经使用过的房间的房门打开，果然，所有的东西都不见了。

“什么时候清空的？”慎介问。

“我应该说过我不予回应。我只回答与房内物品有关的问题，但这个房间里什么都没有。”

慎介看着岸中那个房间的门，门锁上有被破坏的痕迹。那是他与小家两个人干的，也是唯一能证明他直到今早都在这里的痕迹。

“快，我们到外面去吧！你已经看过了，应该满意了吧？”

“她在哪儿？”

木内没回答慎介的问题："出去!"他又说了一次。

慎介无可奈何地离开，木内"咔嚓"一声把门锁上。

"你不要再到这里来了!"木内压低嗓门说，朝电梯方向走去。

32

慎介看了一眼手表，又过去了一天。他走出环球塔，站在人行道上，等着出租车经过。

木内春彦已经不见踪影。他比慎介早一步离开大楼，时机刚好地拦到了一辆空出租车。

慎介掏出香烟，用一次性打火机点了火，深深吸入一口。尼古丁沿着鼻腔蹿到脑髓深处，神经瞬间麻痹后，苏醒过来，感觉仿佛变得敏锐了，渴求更多的尼古丁。

接下来该怎么办?

慎介一边吞云吐雾，一边思索。木内说不要再和他扯上关系了，应该老实地照着他说的话去做吗?不是不能假装什么也没发生、继续过原本的生活，这么一来就不会有困扰，也不会失去任何东西。就这样回家好好休息，从明天开始，又可以过着平凡的日常生活，顶多留下满腹疑问罢了。琉璃子的脸突然浮现在他的脑海里。慎介完全无法理解她的想法。她为什么要变成岸中美菜绘?软禁慎介的理由又是什么?她有什么打算?目前人在哪里?

感觉拥抱她的身体似乎是很久以前的事了，但那种感觉确实存在于记忆里，如今回想起来却又缺乏真实感，甚至产生"这一切不过是一场噩梦"的感觉。

还有岸中玲二做出来的那些人偶……

慎介光是想到人偶的脸就背脊发寒，她们显然想诉说什么。

路上总算遇见一辆出租车，车上的灯号显示"空车"。慎介松了一口气，招了招手。

"去哪儿?"戴着眼镜的司机问道。

往门前仲町，慎介原本想这么说，可他的目光正好落到驾驶座旁，发现座位与手刹之间夹了一本书，大概是司机等待客人时用来打发时间的。那本书的书名引起了慎介的注意：《在家享受鸡尾酒》。难道这位司机喜欢喝酒？说不定睡前品尝自己调的鸡尾酒是他每天的乐趣。

见到“鸡尾酒”这几个字，慎介的脑中掠过一个念头。他告诉司机：“请去四谷。”

司机以冷淡的声音说了声“是”，转动方向盘。

慎介背靠在椅背上，江岛的家就在四谷。

他从出租车下车时，已经将近凌晨两点，是天狼星打烊的时间。慎介在附近的便利店买了三明治和罐装咖啡，站在店门口吃起来。沿着这家便利店旁的路走进去就是江岛家，江岛与妻子和女儿三个人在称得上豪宅的西式宅邸内共同生活。他的妻子教茶道，听说女儿今年刚入读女子大学。慎介一边吃，一边瞪着眼前来来往往的车辆，心想，江岛应该会开着自己的车子回家吧？他不常绕去其他地方，所以他的奔驰车在两点半左右应该会出现。

慎介走到他家门口，正好看见江岛倒车入库。慎介站在稍远处看他倒车。江岛的开车技术不太好，明明是自己常停的车库，却还是来回打了两次方向盘。引擎声停止，车头灯熄灭，车门打开之后，江岛从车内下来。慎介等江岛从车库走出来之后，朝向他走了过去。

“江岛先生。”

原本抬头挺胸走路的江岛闻声停了下来，全身肌肉紧绷，起了戒心。虽然背对街灯，但他似乎立刻意识到叫他的人是谁。

“是慎介吗？”

慎介站在街灯下。

江岛满怀戒心的表情未改：“怎么了，都这个时候了？”

“我在等你，有件事无论如何都想问。”

“有事想问？”江岛皱起眉头，“你竟然躲在这里等我，事情应该很急吧？”

“算是。”慎介答。

江岛点了点头，目不转睛地盯着慎介的脸，一副窥伺慎介内心想法的模样。“那就到我家里来说吧！”

“我不希望给你的太太和女儿造成困扰，在这里说就可以了。”

“是站着就能说完的话吗?”

“事情正巧与站在路边说话有关。”

“什么?”

“站在路边说话。”慎介重复一次，“前几天，你和木内春彦站在路边说过话吧？在天狼星附近。”

“木内？你在说什么呀？该不会是你弄错了吧?”

“我亲眼看到了。”慎介笑出声，他知道自己的笑脸很僵，“那绝对是木内春彦，跟那家伙讲话的人就是江岛先生，请不要再骗我了。”

始终面带笑容的江岛，表情瞬间变得严肃，眼神散发冷酷的光芒。

“我那时说，希望江岛先生告诉我另一个肇事者的名字，你说你不认识那个男人吧？因此才说你会问问汤口律师，在那之后也告诉我木内这个名字。其实你本来就认识木内吧?”

“认识又怎样？对你来说会很困惑吗?”

“为什么对我说谎?”

“这件事我说过好几遍了，希望你能快点从过去那个意外中走出来，重新振作，不希望你被无法改变的事束缚。只是这样而已。”

“你和木内春彦以前就认识吗?”

“认识。”

“是怎样认识的?”

“没什么特别的，是因为那场车祸才认识的。或许你已经忘了，肇事的人虽然是你，车主却是我，保险理赔手续全都得由我来办。也就是说，在处理过程中，与另一个肇事者碰了面。”

“你那天晚上和那家伙聊了什么?”

“单纯寒暄而已，没想到在那里和他碰面，所以问他现在过得怎么样。只是这种程度的对话。就像你刚刚说的，站在路边聊天而已。”

“可是在我看来，你们像是在讲不可告人之事。”

“我们不是很久没见面的好朋友，只是单纯寒暄，表情看上去不可能很开心吧？所以你觉得是那样喽!”

江岛的声音里带着点急躁，慎介明白他不想让人察觉他的心情。但是听完他的说明，还是无法接受。那天晚上，江岛与木内交谈的神色让他无法相信两个人只是单纯寒暄。

“你要说的只有这些？”

“江岛先生，”慎介舔了舔嘴唇，接着说，“你知道帝都建设吗？”

“帝都建设？啊，我听过名字而已。”从江岛的表情看不出他的内心是否动摇。

“社长千金呢？”

“社长的女儿？不知道。”江岛露出苦笑，偏着头说，“我也不知道社长的姓名。”

“姓上原，社长千金的名字是绿。”

“完全没听过。”江岛肯定地说，“这又怎样？和你我有关吗？”

“她是木内春彦的前未婚妻。你真的不知道？”

“木内先生的未婚妻？嗯，不知道。刚刚我也说过了，我们是因为当时的车祸才认识的，至于他的私生活，我并不清楚。”

慎介陷入沉默。江岛噗哧一笑：“欸，慎介！该结束了！你真的想太多了！你到底要背负着过去到何时啊？比起这些事，应该有其他更重要的事吧？你的鸡尾酒学得怎样了？”

“我现在该做的事就是让那些原本无法接受的事变得能够接受。”

江岛哑然失笑，无奈地摇了摇头。

“那你倒是说说看，我和木内先生有什么企图？做这种事情有什么好处？你冷静一点，我送你回家去。等你冷静下来之后再和我见面，然后我们慢慢谈。”

“我很冷静。”

“你说的话跟醉酒的人说的一样，那些家伙总说没醉……”江岛回到车库，打开奔驰车的车门。

“不用了，我自己会回去。”

“没关系，不用客气。”江岛进入车内，发动引擎，车头灯刺眼的光线让慎介的脸皱起来。

奔驰车从车库开了出来，停在慎介正前方。慎介无可奈何，伸手要开副驾驶座的车门，江岛从玻璃窗的另一侧指着后座。慎介见状，便打开后座车门坐了进去。

“前几天我老婆打翻果汁，座位脏了。”

“你太太也会开车？”

“不常开，只有跟朋友打高尔夫的时候会开。太久没开，提心吊胆的，怕自己会出车祸，还好只是弄脏了座位。”江岛滔滔不绝，恢复了原本自在的模样。

慎介舒服地靠在椅背上跷起了脚，想着不知有多久没像这样搭乘江岛的车了。当他还在天狼星工作时，曾经多次搭江岛的车回家。慎介从斜后方望向江岛的脸，产生了一种奇妙的感觉。既视感再次出现了。他觉得眼前的场景似曾相识，像现在这样从后座看着江岛。然而，这应该是不可能的，虽然以前多次搭过他的车，但自己每次都坐在副驾驶座上。

他透过挡风玻璃望着入夜的街道，对向来车的车头灯陆续从侧方流逝。慎介专注地凝视着窗外景物，意识逐渐模糊，像被催眠。

催眠——

想到这个词汇的时候，为什么会想起琉璃子的眼睛？在那栋摩天大楼的房间里被她凝视的时候，身体动弹不得。那就是催眠吗？

“喂，慎介，以前我跟你说过这种话吧？一年内因交通事故死亡的人数有多少之类的，你还记得吗？”江岛问他。

“你说了什么？”慎介答。

“每年大约有一万人死亡，如果是总人口数是一亿人，等于一万人之中就有一个人死亡。平均每四十秒发生一起交通事故，从比例来算，每五十分钟就有一个人死亡，而且这还是平均值，因人与车子接触的频率而异。讲得极端一点，每天晚上慢跑的人遇到交通事故的概率远比刚生下来的婴儿要高。当然，也会因居住的地区而有所不同。以往交通事故高发的第一名是北海道，第二名是爱知县，东京当然排在前几名。住在这些地方的居民，如果很多人同时外出，或许每二十秒或三十秒就会有一个人死亡。”

“毕竟车辆太多了！”慎介说。他心想，自己没有资格说得好像事不关己，但也不晓得该怎么回应。

“事故的被害人当然会不满，可是啊，慎介，这就好像掷骰子，偶尔会掷出不好的点数。目前日本大概有七千万人有驾照，加上摩托车，大概有八千万辆车。这么多车子在日本各地的道路上行驶，在这种状况下，当然会发生意外事故啊！就像在洗脸盆里放入几十颗弹珠，不彼此碰撞才怪。所以车子相撞是当然的，有人开车撞人，就会有人被车撞。慎介，你的情况，只是刚好成了撞人那一方。如此而已。”

“被害人及其家属没办法接受呀！”

“我只不过是客观地陈述事实罢了。要是每年都有一万个人中一亿元的彩票，全日本就会大乱。交通事故却不是这样。根本不稀奇。”

慎介没有回应。虽然江岛是为了快点让他忘记车祸才说这番话，但他认为毫无意义，因为他自己根本没什么印象了。

江岛突然大幅转动方向盘，慎介的身体因离心力而倒向一边，用右手抓住座椅上的扶手，试图稳住身体。

就在此时，他感觉手掌不知碰到了什么东西，有种被扎了一下的疼痛感。他把那个物体用手指夹起。那是长一厘米、宽五毫米、不明物体的碎片，厚度还不到一毫米吧！材质似乎是塑料。吸引慎介目光的是它的颜色，略带紫色的银色。他觉得自己好像在哪里见过这个颜色，并不是很久以前。到底是在哪里？

当那块碎片在他手上滚来滚去时，他突然想起那是什么。

是指甲——

正确来说是甲片，那女人也装了同样的东西。

是成美，没错！慎介清楚地回想起成美往甲片涂上各种颜色的样子，这种略点紫色的银色是她最喜欢的颜色。

成美曾经搭过这辆车？什么时候？为什么？

江岛和成美虽然不是不认识，但毕竟是因为慎介才认识的，慎介无法想象成美会在他不知情的情况下和江岛见面。

你和成美见过面吗？他正打算这么问，车子突然再次急转弯，慎介手掌上的指甲在这一瞬间掉落了。

慎介慌张地弯下腰，在座椅下探寻，光线昏暗，找起来很困难。

“你在做什么？”江岛察觉后座有动静，于是往后一瞥，问道。

“不，没什么。”慎介说话的同时继续寻找指甲，身体完全从座椅上滑落。不久，他发现甲片掉在前方座位的下面。

他伸手捡了起来，正打算重新坐好……

一个声音忽然在他耳畔响起。

是女人的惨叫声。

33

由于记忆过于突然地重现，充满戏剧性且印象鲜明，让慎介产生了刚刚听到女人惨叫的错觉。

慎介想起自己曾在相同的情形下听到那个声音。换句话说，当时他坐在车后座，而且并不是正常地坐着，而是像方才那样从座位上滑落下来。为什么会这样？

因为紧急刹车——

车子突然紧急刹车，他的身体往前甩了出去。

轮胎的摩擦声、辗到东西的声音……全都在慎介的鼓膜中重现，当时的景象也清楚地浮现在脑海里。

对了，那时候也……慎介吞了口口水，却仍感到口干舌燥。他想起来了，当时自己也是坐在车后座，从后座目睹了事发经过。

他浑身起了鸡皮疙瘩，汗水缓缓渗出，呼吸变得紊乱，心跳开始加速，体温微微上升。周围的景色转为熟悉的风景，车子行驶在熟悉的道路上，慎介却有一种身处异次元的错觉，甚至觉得自己并非处于现实中。

江岛减慢车速。慎介住的大楼就在眼前，奔驰车悄然停下来。

“好了，到喽！我们下次再慢慢聊吧！可以的话，白天比较适当，那样慎介也会比较冷静。”江岛滔滔不绝地说着，后视镜中映出的双眼带着别具深意的笑意望着慎介。

慎介依然坐在椅子上没动，各种思绪在他脑中奔腾，形成强烈的漩涡。

“你怎么了？”江岛讶异地问，“不下车？”

“江岛先生……”慎介盯着江岛的后脑勺，“成美怎么了？”

从后座看过去，江岛听到这句话似乎毫无反应。慎介有那么一秒还以为江岛没听见自己说的话，但这是不可能的。

江岛放在右膝上的手指动了起来，食指像是无意识地轻敲着膝盖。

突然，江岛的动作停了下来，将身体略微向后转，只不过慎介仍旧无法看到他的表情。

“成美……小姐，是指你的女朋友成美小姐吗？”

“是。”

“刚刚那句话是什么意思？你怎么问我她怎么了？”

“成美最近搭过这辆车吧？”

“我听不懂你在说什么。她为什么搭这辆车？她这么跟你说的？”

“成美不在家，失踪很久了。”

“真的吗？我不知道这件事。”

“江岛先生……”慎介的嗓门稍微抬高，“你想骗我是没用的。成美跟江岛先生见过面了吧？她是来跟你做交易的，不是吗？”

“你的头脑是不是有问题，我为什么要——”

江岛话讲到一半，慎介就把左手伸了出去，掌心放着刚捡到的那片甲片。“这是成美的甲片吧！掉在椅子上了。”

江岛正想拿走那片甲片，慎介抢在他前面把左手缩了回去。

“这是重要的证据，不能给你。”

“我完全没有印象。”江岛说，“成美小姐从没坐过这辆车。那甲片是我老婆或女儿的东西吧，她们好像也会去美甲沙龙之类的地方。”

“这样的话，就只好请警方调查指纹了，那么一切就会真相大白了。”慎介说完，拿出手帕铺在腿上，将指甲放上去，小心翼翼地包好，“明天我会联络警方。我想刑警大概立刻就会到江岛先生那里去。如果你有什么想说的，就请在那时候说吧！”

慎介说完，打开车门，佯装要离开。

“等一下！”江岛说，“你那种说法简直就像我对成美小姐做了什么。”

“难道不是吗？”

“我为什么要那么做？”

“我刚刚不是说过了？成美提出交易了吧？”

“什么交易？”

“当然是封口费！关于之前的车祸。”

听到慎介说出这句话的瞬间，江岛的耳根动了一下。慎介全身戒备着，二人之间的气氛顿时变得凝重起来。

呼——江岛长吁了一口气，微微点点头，然后肢体动作逐渐加大。

“原来如此。”江岛停下了动作，“你想起车祸时的情形了？”

“刚刚想起。”

“全部吗？”

“是，全部。”

“这样啊，你终于想起来了！”江岛从上衣口袋拿出烟盒，抽出一根烟叼着，用登喜路打火机点火。烟草燃烧的声音此时分外清晰，车内弥漫着一片白雾。

“成美那家伙来找江岛先生了吧？”

“不知道，我不记得这件事，没办法肯定地告诉你，还是你期待我会在这个时候告白？”江岛一口接一口地吸着烟。

“成美向你开价多少？一千万还是两千万？那家伙从住所离开的时候把之前的三千万拿走了，如果想要凑足五千万，她大概会向你开出两千万的天价吧！”

江岛没有回答，仍默默地抽着香烟。或许慎介没有猜中。

“江岛先生，我们重新做个交易吧！事情简直像回到起点，一切重新来过。尽管如此，你即使把成美拿走的三千万还给我，也无法解决了。你对成美做了些什么吧？如果连这件事也要我不泄漏，封口费应该加倍吧？不过你放心，不管怎样，我不会要求加倍的封口费，只要五千万就可以成交，如何？”

江岛仿佛没把慎介的话听进去，仍以同样的节奏吸着香烟，他的眼神盯着挡风玻璃前方。

“你不满意吗？”慎介问，“可是我觉得这交易很划算啊！对你来说，五千万又不算巨款，况且之前的三千万你都给了。如果谈不拢，那么很遗憾，我明天早上立刻跟警方联络……不，已经过了凌晨零点，正确来说，应该是今天早上才对。”

“如何？”慎介对着江岛的背影又说。

江岛拉出烟灰缸，捻熄手上的烟头。

“好吧！”他说，“明天，不对，是今天。今天下午我会再跟你联络，这样总行了吧？”

“你的意思是，那个时候会把钱准备好？”

“是。”

“我明白了。我等你电话。”慎介再次打开门，下车前又回头问，“江岛先生，你应该不会骗我吧？”

江岛低声笑道：“我向来不做对自己没好处的事。”

“听你这么说，我就放心了。”

慎介走出车子，关上车门，奔驰车的引擎声随即响起，疾驰而去。慎介目送江岛的车，直到完全看不见车尾灯。慎介一边看，一边回想当晚车祸的发生过程。

那天晚上，由佳在天狼星喝到打烊。慎介从吧台后方暗中观察着她的情况，但他不记得由佳到底喝光了几杯马丁尼。

由佳不久就趴在了吧台上。来天狼星喝酒的客人大多都知道怎么喝酒，也清楚自己的酒量，但她有时就是会像这样乱喝一通。

收拾完店里，大半工作人员都回家了，她依然一动也不动。过没多久，只剩下慎介和江岛二人还在店里。

“没办法，只好送她回家了！”江岛叹着气说。

“你知道她住哪儿吗？”

“嗯，知道。”

江岛要慎介去开车。慎介接过车钥匙，把车子开到大楼前面，然后回到店里。可是江岛被由佳抱住的画面猛然跃入他的眼帘。

由佳一边哭泣一边喊着“你这个骗子！”“不要抛弃我！”之类的话，任谁看到这幅场景与对白都能立刻猜出内情，也能了解她为何独自来天狼星。

江岛被慎介目击到丑态，脸上露出不悦的表情，但一时找不到借口，只好说：“不好意思，帮我扶她上车。”

二人辛苦地让由佳坐上副驾驶座，慎介把车钥匙递给江岛。

“那么，请小心开车喽！”

可是江岛说：“一起走吧！她家和慎介家是同一个方向，我顺道送你回去。”

“这样好吗？”这个问句包含“这样不会打扰到你们？”的意思。

“没问题！”江岛板着脸点了点头。

“那我就不客气了。”

慎介坐进奔驰车的后座，此时他认定自己会先下车。

然而江岛先前往由佳住的大楼。慎介不知所措地看着江岛驾车的样子，由佳坐着睡着了，头不停地摇来晃去。抵达由佳家的时候，她已经清醒许多，但走起路来还是踉踉跄跄的。

“我送她到房间去，马上回来，你等我一下。”江岛对慎介说。

“我知道了。”慎介回答。

江岛虽说马上回来，但从离开到回来花了十五分钟以上。坐在驾驶座上的慎介有些不耐烦。

“让你久等了。”

“不会。”

“有一些麻烦事要处理。”

“了解。”

江岛下车前还系得好好的领带松开了，但慎介什么都没多说。

“由佳呢，我只照顾过她一小段时间，后来因为发生了一些事，所以分手了。现在应该算是好朋友。但女人就是很难搞啊！本来开开心心地来喝酒，结果忽然回想起往事，像小鬼一样闹起脾气来了。真是麻烦透顶！”

慎介总算明白为何江岛开口说要送自己回家，他是料到如果只有他跟由佳两个人，由佳一定会死缠烂打地要江岛留宿。

“这件事情别说出去哦！”江岛竖起食指放在嘴唇上。

“嗯，当然。”慎介说。

江岛咋了咋舌，从副驾驶座捡起了一个东西。

“那家伙……真拿她没办法。”

“什么东西？”

“手机！她掉在这里了。”

“啊，要还给她！你快去吧！”

江岛叹了一口气。

“不好意思，能请你拿给她吗？如果是我去，又会麻烦了。”

慎介忍住为难。虽然觉得很麻烦，但江岛说得没错，他也不想待在车子里苦等。

他说了声“我知道了”，把手机接了过去。走进大楼，前往由佳的房间，虽然觉得她说不定已经睡了，但按了门铃立刻就有了回应。门锁解开后，他推开门，看见由佳穿着衬衣站在门后。

“果然如此。”她噘着嘴说。

“什么？”

“手机啊！”

“是啊！你发现不见喽！”慎介将手机递给她。

“不是这样的，我是说，我早猜到他会叫你送过来。”

这句话让慎介顿时明白，由佳是故意把手机留在车上。

“你去跟那个人说，一个玩得很开心却没办法把玩具收拾好的小孩，是没有资格玩玩具的。”

慎介微微一笑，道了声“晚安”便离开了房间。

他一回到车上，江岛就对他投以担心的目光：“如何？”

“没事，还给她了。”

慎介坐进车后座，因为坐在江岛旁边会让他尴尬。

“这样啊，辛苦你了。”江岛发动引擎。

“她好像是故意的。”

“什么？”

“故意把手机留在车上。”

“哦。”

江岛发动了引擎，开车的方式很粗暴。

慎介坐在后座，漫不经心地望向窗外。江岛抄了捷径，那是一条几乎没什么车的道路，红绿灯的数量也很少，车速已经逼近时速表的极限，显示出驾驶者的烦躁。前方有人骑着自行车。

天空飘着细雨，潮湿的路面微微反射着路灯的黄色光晕。江岛又掏出一根烟叼着，他没用车上的点烟器，而是拿出在店里用的登喜路打火机点火。第一次没有点着，第二次也没有，正当江岛打算点第三次时，他的视线离开前方几秒，集中在打火机上，连后座的慎介都盯着他的手看。

就在那一瞬间，某个物体进入慎介的视线，对江岛来说大概也一样，他发出一声惊叫。一阵冲击力传来，不过是非常轻微的冲击，甚至让人感觉比踩到空罐的冲击力还小。江岛当然意识到自己撞上了那个物体，立刻踩刹车，轮胎摩擦路面，发出了刺耳的声响。紧急刹车的反作用力让慎介从座椅上滑落，不过他已经清楚地目睹了前方的景象。

糟糕了，慎介心想。如果他没看错，他们的奔驰车撞到一名骑自行车的女性。然而随后发生了更具冲击力的事情，耳边传来物体激烈碰撞的声音。慎介从车窗向外看，不由得瞪大了双眼。

一辆红色车猛地撞上一旁的建筑物。不仅如此，有一个人被夹在墙壁与车子之间，那个人气力全失，一动也不动。慎介立刻判断那个人已经死了。

江岛下车走近红色车，慎介此时才注意到那是一辆法拉利，不过没看到驾驶座上的人。

慎介环顾四周，周围尽是些好像仓库的建筑物，看不到任何民宅。除了他们，没有其他人知道这里发生车祸。

接下来，慎介仔细地观察奔驰车的位置。车子大幅冲入对向车道，看来那辆红色法拉利闪避不及，加上天雨路滑，紧急刹车的结果就是方向盘失控，整辆车失速，撞上一旁的建筑物。

江岛走回来，但他没有坐上驾驶座，而是打开后座车门。他眉头紧揪，坐到慎介身旁。

“很糟啊！”他发出呻吟。

“那个人……没救了吧？”

“大概吧！”

“那辆车的驾驶员呢？”

“他好像没事，还活着。”

“打电话报警比较好吧？不，应该先叫救护车！”慎介在口袋内翻找，掏出了手机，按完“119”，准备按通话键。

“等一下！”江岛出声阻止他。

“怎么了？”慎介问。

江岛没有立刻回答，陷入了沉思。过了十几秒，他直视慎介的眼睛。“慎介，跟我做个交易吧？”

“什么？”这句话出乎慎介的意料，他霎时搞不清江岛的意思，“你说交易是什么意思？”

“没时间了，我就简单说。就当这辆车是你驾驶的，你从天狼星开这辆车送由佳回她住的大楼，而我没有坐这辆车。”

“咦，可是那样，我不就——”

“当然我有谢礼给你。”江岛露出豁出去的眼神，“我给你一千万现金。你有了这笔钱，开一间自己的店就不再是梦想了吧！”

慎介专注地回看对方的脸：“江岛先生，你是认真的吗？”

“希望你快点决定，等会儿如果有人经过，事情就很难瞒过去了。”

“等一下，就算身上有再多的钱，但是被关进监狱，人生就毁了！”

“不会，你应该很清楚车祸的经过吧！确实是我们这辆车先撞人，但导致惨剧的关键是那辆车，你不会真的被判刑。”

“可是导致那辆车失控的原因是我们开到对向车道上了啊！”

“话虽这么说，但也没办法说百分之百是我们不对。你安心吧，我认识很厉害的律师，你只要忍受一些麻烦的流程就好了。这样你就能赚一千万，条件不赖吧！”

江岛双眼布满血丝，一副被逼入绝境的样子。慎介面对眼前的状况，反而不可思议地逐渐冷静下来。

慎介心中萌生了一个念头，这不正是千载难逢的好机会吗——

他看着江岛，伸出五根手指头。

“什么意思？”

“五千万，这个价就成交。”

江岛脸部扭曲：“你是认真的吗？”

“认真的，一千万不划算。”

“我付不起五千万。”

“那你最多能付多少？”

“这样浪费时间，对彼此都没好处吧！”

“所以我也很急啊！请快点回答，你最多能出多少？”

江岛瞪视慎介，眼神里流露着憎恶：“三千万。”

“好！”慎介点了点头，“如果你事后赖账，我就向警方全盘托出！”

“我知道。”

“由佳小姐那边怎么办？我如果告诉警察今晚来过这里，警方应该会再去跟她确认吧！”

“我会事先跟她对好口径，警察在早上之前应该还不会行动。”

“那就好。”

就在他们结束交谈，达成协议之后，终于有一辆车接近。是一辆小货车，经过慎介他们的车，在大约二十米前停下来，似乎注意到发生了车祸。

“慎介，拜托了。”

“三千万哦！”慎介说完，跨过前座椅背，挪到驾驶座上，然后打开门走出去。

一个男人从小货车上走了出来，是个穿工作服的矮小中年男子。

“喂，你还好吧？”男人问道。

慎介举起手，表示自己没事。

“需要叫警察或救护车吗？”

“我们自己会叫。”慎介大声回答。

“有人受伤了？最好快点处理。”

看来是个爱多管闲事的男人，这让慎介感到很麻烦。若想骗过警察，目击者就要越少越好。

“真的不要紧，伤势不太严重。”慎介对男人说，不想那男子接近车祸现场。一旦对方发现了尸体，这类型的男人一定管闲事到底。

“有电话吗？”身穿工作服的男人问道，边问边走了过来。

“嗯，有。”慎介拿出手机给他。

此时，法拉利的车门开了，走出一名看上去惊魂未定的男子，身上似乎没受什么重伤。

小货车的驾驶员看到法拉利的驾驶员，总算接受了慎介的说法：“确实不太严重。”说完，转身回到了小货车上。

慎介走近那辆法拉利，下车的男子看起来跟自己差不多，上身是深咖啡色衬衫。男人瞥了慎介一眼，一言不发地从上衣口袋掏出手机。

“你受伤了吗？”慎介问。

男人没有回答，反问慎介：“你报警了吗？”

“还没。”

“那你报警吧！”男子说完，按下手机的号码键。

“你打电话给谁？”

“我有自己需要联络的人。”男人粗鲁地说。

此时，被法拉利碾压的人体映入慎介的眼帘。那人长发垂落，看不见脸，却能清楚地看到那人的口中不断流出黏稠的液体，弄脏了法拉利的引擎盖。慎介抑制住想要呕吐的冲动，拿起手机，按下“110”的数字键。等待接通电话的同时，他朝奔驰车看去。后座上的江岛已经消失得不见人影。

以上就是车祸的真相——

34

慎介回到家，第一件事就是躺到床上，然后伸展四肢，深呼吸。

五千万……

还不错，他想，只要有了这些钱，想做什么事都可以。虽然接二连三地发生奇怪的事情，但也多亏如此，从三千万变成了五千万。

我的运气真好，实在太走运了——这是慎介的真情实感。那起车祸是他的命运交叉点，如果当时退缩了，今天就不会这么幸运。果然在一决胜负的时候就应该毅然决然放手一搏。

承办车祸案件的警官对慎介的供述毫不怀疑，因为这起车祸几乎没有疑点，况且根本没人会想到居然有人替别人的死亡撞车顶罪。

关于车祸赔偿金，江岛的朋友汤口律师全都谈好了，慎介没什么事好做。令他意外的是，与另一名肇事者的协商没产生争执，顺利地完成了。因为慎介是肇始的一方，他本以为对方会趁机狮子大开口，实际上却不是如此。汤口律师说，对方似乎希望尽快解决这件事。除此之外，刑事法庭的审讯也顺利了结，不出江岛的预料，法官没有判慎介有期徒刑。

随后，慎介立刻从江岛那里拿到三千万，把钱藏在浴室的镜子后面。虽然他对成美和盘托出整件事，却没说出藏钱的所在。

“要是你现在就把钱用光，一定会被怀疑哦！再等一两年，等大家把这件事淡忘了再去用那笔钱开店吧！”她这么说。

成美并没有追问慎介把钱放在了哪里，不过她似乎对三千万这个金额不太满意。

“对方是天狼星的老板啊！别说五千万，搞不好连一亿都拿得出来。江岛先生一定有不能成为肇事方的秘密，你错失良机！”

她老是问慎介，要不要试着和江岛重新交涉？每次慎介都劝她：“欲望太多，一定没好事！”

过了一阵子，慎介知道成美的推测是正确的。江岛过去曾有类似案底，有前科的肇事者很有可能不会被判缓刑，甚至会加重刑罚。江岛担心的就是这个。慎介从床上坐起，凝视成美的梳妆台，仿佛看见镜中映出她的脸。慎介总是这样看着她化妆。

成美真是个愚蠢的女人，他心想，老老实实地等着不就好了？时机一到，二人就能一起享用那三千万了。结果成美这个女人居然想把三千万据为己有，莫非她想用这笔钱和其他野男人开始新生活？所以当慎介被岸中玲二攻击而丧失记忆时，她觉得正是天大的好机会：既然慎介已经忘记有三千万这件事，那么把钱偷走就无须担心慎介会来讨要了；就算慎介以后恢复记忆，想起这笔钱时，她早已消失在世界的另一端。

慎介心想，成美趁自己住院时搜遍了整个屋子，确信钱就藏在这屋子的某个地方。即使在自己出院之后，她仍秘密地搜索，最后总算找到洗手台的镜子后面。

如果只是把三千万据为己有，没有什么问题，只要随便找个理由和慎介分手，就不会惹人怀疑，然后开始新生活。可是她贪婪地想要更多钱，于是和江岛见面，索要更多封口费。

很明显，江岛没有同意这笔交易。

慎介从口袋里掏出手帕，掀开，望着包在里面的指甲，眼前浮现成美小心翼翼修整指甲的神态。他发觉口水变得苦涩，于是咽下那口口水。慎介了解江岛这个男人，他并不是一个宽宏大量的人，否则绝不可能爬到今天的地位。那个男人深不见底的狡猾和冷酷，慎介早就见识过好几回。小女孩向他索要额外的封口费，他可不会乖乖地拿钱出来。

“真蠢！”慎介脱口说出。

他对成美的感情称不上真正的爱情，不过就好像穿过的旧衬衫，还有一丝不舍。一旦清楚地知道已然失去，胸口仍会涌上一股感伤。慎介起身打开壁橱，里面有一只大旅行袋，是成美从夏威夷买回来的名牌货。他把旅行袋拿出来，放在地板上。

他迅速环视室内，先走向木制衣橱，打开橱门。挂在里面的几乎都是成美的衣服，他的衣服寥寥可数。他选了几件看起来功能性强且较新的放进旅行袋。

他不知道江岛会不会爽快地拿出五千万。一个不小心，自己就会步成美的后尘。和老谋深算的人打交道，出奇制胜才是成功的关键。天一亮，他就会离开这里。

江岛应该会打到慎介的手机上，只要他搞不清楚慎介的所在，即便意图不轨也无从下手。慎介必须达成这笔交易。若想顺利地拿到钱，隐蔽行踪是必要的。

五千万元。

一想到这个金额，慎介就雀跃不已。只要有了这笔钱，要做成一两件大事不成问题。慎介把日常用品塞进旅行袋，想起了自己十八岁初来东京时的情形：宛如储物柜般狭窄的一居室，每天都以打工度日。梦想就这样一点一滴地消失无踪。

这是挽回一切的机会，就像扑克牌重新洗牌，况且这次自己的手上还拿到一排A。拼了！他口中念念有词。

玄关的门铃此时响了起来。正准备将盥洗用具放进旅行袋的慎介停下手上的动作。究竟是谁？都这个时候了。

慎介站起来，尽量不发出任何声响，缓缓靠近玄关。门铃又响了一次，对方似乎站在门前。

江岛吗？脑中浮现这个念头。但他不可能这么快就准备好了钱，慎介否定了这个猜测。无论有何企图，江岛独自来访绝对没好处。如果想杀人，应该会出其不意。慎介走近门扉，眼睛靠近门上的窥孔，一声不吭。

他透过窥孔看外面。一看到站在外面的人，他的心跳旋即加快，差点惊叫出声。是琉璃子！那双诱人眼眸正定睛注视着窥孔镜片，似乎早料到慎介会窥伺。慎介全身僵硬，无法动弹，呆立当场。他不知道该怎么办。为什么？为什么这个女人会到这里来？

琉璃子再次按下门铃。门铃声好像剜着慎介的心，他的背脊上似乎有冷风袭来，寒毛直竖。慎介心想，绝对不能开门。他全身上下警铃大作，打定主意绝不让那个女人进来。可是下一个瞬间，出现了令人震惊的事。门后的女人有了动静。他刚这么想，就听见有东西插进钥匙孔的声音。

慎介眼睁睁地看着门锁"咔嚓"一声被打开了。

35

慎介一脸茫然地望着旋转的门把，这才意识到自己被困在那栋摩天大楼里的时候，琉璃子复制了自己寓所的钥匙。这个女人到底为什么要把我逼到这个地步？慎介一边疑惑，一边思考对策，霎时，周遭的所有事物仿佛都与现实脱离。

他看到门打开后才回过神来，被拦堵的危机感一下子涌入了胸腔。他向后退，在房间中央摆出防备的姿态。虽然对自己的力气不是特别有自信，但他自认为比常人更习惯应对暴力，只要严阵以待，即使琉璃子携带了武器，自己应该也能轻而易举地把她撂倒。然而问题是，现在的他对琉璃子异常恐惧，心跳飞速，快要喘不过气来。

琉璃子进来了。她穿着黑色针织衫和长及脚踝的黑色裙子。

"为什么……"慎介说，"为什么你会来这里？"

琉璃子默然无语地凝视着慎介，露出意味深长的微笑，就这样走了进来。她的身体即使在走路的时候动作幅度也不大，脚藏在裙子内虽然是主要原因，但她简直像是以滑行的方式朝他逼近。

"你不要过来！"慎介瞪视着她，双手往前伸。

琉璃子的嘴唇略微动了一下，似乎在说些什么。

"咦？"慎介问。

"……我说过了吧？"她又说了一次，声音细如蚊蝇。

"你说什么？"

“我之前说过了吧？你没办法离开我的身边，命运是无法违抗的。”她以一贯低如横笛般的嗓音说道。曾经让慎介神魂颠倒的声音，如今却让他浑身起了鸡皮疙瘩。

“开什么玩笑？叫你别过来了！”

他像是要将绳子丢出去般地猛力挥动手臂，拼命想往后退，可是双脚无法顺利地挪动，突然一个踉跄跌坐在地。

他想迅速站起来，但双脚完全无法使力，全身的肌肉似乎也不受控制。琉璃子站在他面前，他仰望着她，和她四目相对。

他的下半身在这个瞬间彻底麻痹，连试图挺起上半身都变得困难，只好狼狈地躺下。好不容易可以移动手臂，但即使奋力按压地板，背部仍像被黏着剂黏在地板上，无法抬起。

琉璃子的双脚跨在慎介大腿的两侧，慢条斯理地蹲下来，接着将他的衬衫纽扣缓缓解开，舔他裸露出来的胸腹。

“住手！”慎介大吼，不知从哪里生出的力量使他用力抓住琉璃子的双肩，试图挣脱她。她的唇离开慎介的身体，凝视着他的脸，眼神像在审视猎物。她身体弓起的样子令人联想到猫。

琉璃子的手放到慎介的裤子扣环上，解开扣环，拉下拉链，然后脱下他的内裤。慎介完全没有勃起，瘫软着。琉璃子的眼中射出精光，犹如蛇吐信般地吐出舌头，犹如猛兽贪求着猎物，抬眼看向慎介。她以最性感的动作刺激着男人最敏感的部位。

她疯了——慎介心想。虽然有这样的想法，下半身却完全被令人窒息的快感支配。在宛如被五花大绑、无法动弹的状况下，仅被给予快感。这种被支配的异样感反而增强了快感，慎介瞬间勃起了。琉璃子的动作让快感爆发，她的头大幅摆动，头发甩到脑后。接着，她俯视慎介，长裙下的腰部一点一点往前移动。

她沉下腰部。慎介的身体不断颤抖，自己也不清楚这究竟是激情还是恐惧。琉璃子缓缓地上下摆动腰部，脸上浮现出征服男人的喜悦，鲜红的舌头在她口中忽隐忽现。

“停下！”慎介呻吟着大喊，想要摇晃身体，却无法使力。

“为什么要停？”女人问，“射在我的身体里，我一定会怀孕。我要你的孩子。”

“别说蠢话了。停下！”

“如果你想停下来……”琉璃子抓住慎介的双手，举起来，环在自己的脖子上，“那就杀了我。除此之外，你无路可逃。”

“别这样！”

“那就两个人一起下地狱吧！”

琉璃子说完，狂笑起来。诡异的笑声仿佛是猫从喉咙里发出的。

慎介被浪潮般的快感席卷，不被这种异常状况影响，没有瘫软的迹象，疼痛感逐渐增强。

快不行了，慎介心想。他知道自己快要射了。

慎介用双手抓住琉璃子的脖子，稍微使了点儿力，指望能恫吓琉璃子。不料她脸上浮现欢喜之色。

“是啊，杀了我，就和那时候一样。”

“那时候……”

“是你杀了我。都是因为你，我才会像黏土制品那样被压扁、溃烂。你那时候杀了我啊！快想起来啊！”

不对，不是我……慎介正想大叫。

这时，电话铃声响起。是手机，手机在慎介的裤袋里响起。

琉璃子吓了一大跳，停下动作。支配着慎介身体的咒缚在这一瞬间解开了，他全身肌肉的力量也复苏了。

他使尽全身的力气，把跨在他身上的女人一下子推开，然后迅速起身冲向玄关，夺门而出，再把门关上，用背部顶住门，把衣服穿好。手机铃声仍继续响着，可他无暇管电话，后背刚离开门板就急忙从一旁的阶梯口奔下楼。

下到一楼，他从后门冲到外面。琉璃子似乎没有追过来。尽管如此，他仍不断奔跑着，直到离开大楼约三个街区才放慢脚步。旁边有一间仓库，好像是木材公司的，前方停了两辆卡车。他躲进仓库。

慎介调整呼吸，朝大楼方向窥探，没看见琉璃子。

他无意识地深深吸了口气，此刻他才感觉到肺部有疼痛感。最近他几乎没做什么运动，好几年没这样全力奔跑了。

他把手伸向胸前的衬衫口袋，掏出香烟与一次性打火机。香烟只剩下一根，他叼着香烟点了火，猛吸一口，这加剧了胸口的疼痛。

手机铃声停止了，慎介借路灯光线凝神细看屏幕，上面显示着来电号码，是陌生号码。他认为多半是江岛打来的。他想不出除了江岛还有谁会在这种时候打电话过来。

他直接按下回拨键，响到第三声，电话接通了。

“喂!”传来男人的声音，不是江岛。慎介觉得耳熟，却无法立即想到究竟是谁。“你好，我是……雨村。”慎介试探地问道。

“啊，你终于接了！我刚刚打过你的电话。”

慎介一听到这句话，猛然想起声音的主人。

“是木内先生?”

“不好意思，这种时候打电话给你。你睡了吗?”

“没有，我醒着。怎么了? 你不是叫我不要再跟你扯上关系吗?”

“你不是也说不想再和我有牵扯吗? 不过，状况变了，我只好改变主意。”木内的语气中有一种紧迫感，慎介直觉与琉璃子有关。

“是她的事吗?”慎介问。看来他猜中了，因为木内沉默半晌才压低声音问:“难道你那边出什么事了?”

“是啊!”慎介说，“就在刚才，她进入了我的房间。”

木内在电话的另一端喃喃自语，然后咋舌。

“她现在还在那里吗?”

“我现在是一个人，在外面。”慎介接着说，“我是逃出来的。”

“她在哪儿?”

“不知道，搞不好还在我的房间里。”

木内再次陷入沉默，可能是震惊得说不出话，也可能正想着如何善后。“你在哪儿?”木内问，“在大楼附近吗?”

“距离大楼一百米左右，躲在卡车缝隙间，好让她找不到我。”

“这样，”木内稍微思考了一下，“你住的大楼是在门前仲町?”

“你知道得真清楚。”

“我记得沿着葛西桥道应该有一间家庭餐厅。”

“有，我就在那附近。”

“那么你能在那里等我吗？我马上过去。”

“你打算向我说实话了吗？”

“有这个打算。”

“好，可以。你大概多久能到？”

“不知道，但我会尽快赶过去。”

“我明白了，你快点过来！”

“知道了。”木内说完，挂断电话，慎介将木内的电话号码储存在手机里，然后把手机放回裤兜。

36

墙壁上的时钟指向早上四点四十分。店里除了慎介，还有其他三位客人。其中一人坐在吧台，边看报纸边喝咖啡。另外二人则坐在最里面的桌子旁用餐，不知在窃窃私语些什么。三位全是男性。

慎介点了维也纳香肠、薯条和啤酒，他慢慢地将这些东西吃下肚，眺望着葛西桥道上的来往车辆。他的整个脑袋被琉璃子的事占满了。

她大概是回到环球塔的住所后发现慎介逃走了。然而琉璃子，不，是上原绿，她的目的究竟是什么？慎介知道她想替岸中美菜绘复仇，但不知道她想用什么方式报仇。如果要杀死慎介，之前有过好几次机会，而且她有一种不可思议的力量，能让对方无法动弹，凭借这股力量，她数次令慎介陷入动弹不得的窘状。刚刚也是如此——但她没有夺去自己的性命，为什么？

话说回来，她为什么要变成岸中美菜绘？她为什么要变成男友木内春彦肇事致死的女人？她以为这样就能拯救男友？慎介立刻否定了这个想法，因为站在木内的立场，女友变成被自己杀死的女人，这种局面只有“地狱”一词可以形容。

上原绿与岸中美菜绘之间究竟有什么关联？慎介尽可能抽丝剥茧地回想之前发生过的所有事，从最初的一点一滴，连琐碎的小事也不放过，全都重新检视一遍。他认为一定能在某个细节上找出端倪。

与琉璃子相遇、和她做爱、发现岸中美菜绘的幽灵……缺乏真实感的事一桩桩地在他的脑海中重现。他心想，自己的精神状态是不是依然正常？说不定已经疯了，看到的一切全是幻觉。但毋庸置疑，有好几项证据显示自己没疯。

杯子里的啤酒只剩下几厘米高，慎介打算一口喝光。但举杯到嘴边时，他的手停了下来，因为他突然想起一件事。

他和木内春彦初次在天狼星见面时的情景。

木内不经意间说出的一句话突然刺激着慎介的脑细胞。那时他无心地说出一句话，对现在的慎介而言却意义重大。

“难道……”他喃喃自语，坐在吧台的客人稍稍转过头来。

怎么可能？他在心中低喃，不可能会有这种事情发生。

然而在他心中萌生的疑惑瞬间膨胀，他认为除此之外没有其他答案。慎介瞥了一眼手表，迫切地想证实自己的想法，想直接冲去质问木内。从木内住的日本桥滨町到这里，如果开车快一点，不到十分钟。木内也说他会尽快赶过来。算算时间，他老早应该出现了。

过了一会儿，慎介开始猜想其他的可能性，抓起放在桌上的账单站了起来。结账后走出餐厅，他朝自己住的大楼急奔而去。

太大意了，慎介边走边后悔。木内打电话给他是别有目的，因为上原绿不见了，他到处找人，想到上原绿或许会去慎介那里。

木内叫慎介在家庭餐厅跟他会合，并不是真的有事要谈，只是要慎介从大楼离开。简言之，是调虎离山。而他居然傻傻地被木内耍弄。慎介一抵达大楼就看到一辆外国进口车停在门口，车旁站立着三名男子，其中一名就是木内春彦。

慎介笔直地朝他走近，另外两个人先注意到他，最后木内也朝他看过来，脸上的表情不知是尴尬还是拘谨。慎介停下脚步，和木内保持约两米远。

“这是怎么一回事，木内先生？”慎介说，“你究竟是什么意思？”

木内背过脸，用手掌搓揉着下巴。另外二人直盯着慎介。

“请你好好解释一下！”慎介又说。

“等一下就会解释！”木内粗暴地说，“现在最要紧的是先找到她。”

木内果然是来找她的。

“没找到吗？”

“嗯。”

“去我房间看过了吗？”

“你又没锁门！”

这是当然的，反正就算锁了门，你也会破门吧！

“天一亮，她就会消失。”慎介稍微抬头，天边露出鱼肚白，“她总是这样。”

“是这样吗？”木内说。

“我有话跟你说，很重要。”

木内听到慎介这句话，总算和他对视。慎介笔直地回视。他认为只要自己这么做，木内就能了解自己想说什么。

“木内先生……”旁边一个男人出声了，似乎在请木内做决定。

木内向那名男子点了点头：“你们先回社长那里去吧！”

男人们对他鞠了躬，便坐进车内。低沉的引擎声响起，车子扬长而去。目送车尾灯消失后，慎介看着木内。

“社长是指她的父亲吗？”

木内大概认为没有回答的必要，直接无视这个问题，只说了句“拦辆出租车吧”，迈步走了出去。二人来到马路上，旋即有辆空车经过。木内举手拦下出租车，坐进车内，指示司机“往滨町站”。

“去你住的大楼？”

“可能她已经回去了。”

“所以她平常都待在你的住所？”

木内没回答，径自望着窗外。天完全亮了，马路上喧嚣起来。

出租车抵达滨町公园旁，木内告诉司机，到这里就可以了。由于是单行道，没办法开到大楼的正前方。

慎介先行下车，木内付完车钱也随之下车。

木内默默无语地向前走，慎介尾随其后。

他们渐渐接近花园广场。木内边走边把手伸进裤兜，掏出钥匙。

“木内先生，能问你一个问题吗？”慎介在木内身后问。

“等一下再问。”

“很简单的问题，你只要回答是或不是就好。”慎介接着说，“你也是替人顶罪吧？”

木内停下脚步，转身盯着慎介，眼中散发认真的光芒。

“你的记忆恢复了？”

“几个小时前恢复的，可是……”慎介摇了摇头，“我原本不知道你也是替人顶罪，但思来想去，只有这个可能。在天狼星碰面时，你跟我说：‘可就是没有犯罪感啊，你应该也这么觉得吧？’我仔细推敲这句话的意思，觉得只剩下这个答案。”

“原来如此。”木内点点头，合掌搓了搓脸，前后左右扭转脖子，隐约听见关节“喀喀”作响。

“我的推理没错吧？”慎介问。

“没错。”木内回答，“你说的没错，我也是替人顶罪。”

37

花园广场的银色电梯内壁反射着微弱的光，慎介凝视着那道光，和木内上了五楼。木内住在505室。

木内打开房门，叫慎介稍等一下，独自走进去。过了两三分钟，门再度开启，木内从里面探出头。

“可以了，进来吧！”

“她呢？”

“不在。”

慎介踏入室内，一道走廊笔直地往前延伸，尽头处有一扇玻璃门，光线昏暗，看不清玻璃后方的情况。

木内进入玄关，打开了左侧房间的门。

“空间有点小，请忍耐一下，能招待客人的房间只有这一间。”

这个房间稍微整理过了，里面有书架和小书桌，角落里摆着音响和电视。

“那里是？”慎介指着走廊尽头处的门。

木内皱起眉，目不转睛地望着慎介。

“你想看？”

“如果可以的话。”慎介回答。

木内有些犹豫，但最后叹了口气，点了点头：“真没办法。”

他打开走廊尽头处的门，走进去打开灯。

“好了，进来吧！”

慎介闻言，跟着走进去，看到室内的景象，一时语塞。

简直就像是剧场后台，挂了很多衣服的移动式衣架杂乱地摆着。桌上有化妆品，墙上并排挂着好几面全身镜。

“怎么回事？”过了好一阵子，慎介才终于开口。

“这里是她变身的房间。”木内回答，“变身为岸中美菜绘的房间。”

“在这里……”

慎介伸手触摸挂在衣架上的一件洋装，他记得自己见过这件衣服，那是她第一次出现在茗荷时穿的衣服。

他看向木内。

“那时候开法拉利的人是她？”

“没错。”木内拉过一张餐椅坐下。

“我跑去车子那边时，没看到她。”

“因为她在车祸后逃走了！”木内跷起脚，“虽是如此，她没逃多远。老实说，她就躲在旁边的仓库边上，一直躲在那里。”

“你之所以替她顶罪，是出于爱？因为不希望女友留下案底吗？”

“都有，不过还有更重要的隐情。以当时的状况，如果是我开车，应该能获缓刑。但如果换成是她，恐怕得不到缓刑。”

“她曾是重大车祸的肇事者？”

“不。”木内摇摇头说，“那一天，我们是离开海鸥后回家。”

“酒驾？”

“算是，”木内挠了挠鼻翼，“在店里时，我们说好回去的时候由我开车，所以我一滴酒没沾。然而到了要回家的时候，她却坚持自己开车。她说只不过喝了点儿小酒，怎么可能会醉？实际上她的酒量很好，确实看不出来喝醉了。我想应该没关系，就把车钥匙给了她。这个决定是错的，我当时根本不该让她开车。”

慎介却在心里暗忖：木内应该很难强硬，尽管二人是恋人，但上原绿是高高在上的社长千金，想必大多数时候都是由她掌控主导权！

“她对自己的开车技术很有自信，似乎很讨厌被别人认为她喝了点儿酒就开不了车，于是开得很快。这种时候，一个不小心就会导致不可收拾的后果，我能做的只有脚踏实地，默默地在旁边守护她。”

“还不是发生了车祸？”

“话先说在前头，怎么说都是由你们负主要责任。”木内说，“那种关键时刻闯进对向车道，即使我们的车速不快也躲不开。”

“又不是我开车。”

“我知道！”木内说着，点了点头。

二人沉默片刻，陷入各自的思绪。

慎介先开口：“是你说要替她顶罪？”

“当然，绿当时陷入恐慌，完全没有思考能力。”

“你是出于对她的爱才替她顶罪？还是有自己的盘算？”

“盘算？”

“哎呀，当然是想做人情嘛！对她如此，对她家也是如此。”

木内耸了耸肩：“老实说，我不知道。总之我想到的是不能就这样把她交给警方，说是出自于对她的爱或许比较帅气，但我想原因应该不只是这个。但我不认为自己在那一瞬间有所盘算，勉强去找原因，应该是出于自己的习性。”

“习性？”

“因为受雇于人。”

“原来如此。”慎介点了点头，觉得能够理解。

“只有一个幸运点，那就是另一个肇事者是你们。”

慎介不懂他的意思，歪着头。

木内接着说：“发生车祸后，那个人就立刻就来到我们的车子边上，是那个叫江岛的人。”

“我记得是这样，没错。”

当时江岛前去查看红色法拉利的背影在慎介的脑海中再次浮现。

“那个人来的时候，绿还坐在驾驶座上。那个人探头进来问我们有没有事，我在那一瞬间下定决心，决定替她顶罪。”

“你对江岛那么说了？”

“我对他说——拜托你把开车的人当成我，因为有隐情。那个人虽然感到诧异，却只说不要对他造成不利就可以了。我说的走运就是这一点。如果对方是个顽固的人，这种交易就做不成了。”

“就是因为你对他说了这种话，江岛先生才会想找人替他顶罪。”

“似乎如此，我也是后来才知道的。”

慎介现在总算了解为什么在那么棘手的状况下，车祸相关责任的协商却意外地顺利，原来是因为双方各有隐情。

“我在车祸发生后走过去时，你正在打电话。打给谁？”慎介问。

“打给社长，告诉他事情的经过，拜托他立刻把绿带走。”

“她的父亲应该会为你的忠诚感动到哭泣吧！”

“谁知道？当时他应该认为那种小事是理所当然的，毕竟他要把心爱的独生女下嫁给平凡的上班族啊！”

“当时？难道之后出现了变数？”

“算是变数吧！”木内点头，“我万万想不到她居然会被缠住。”

“缠住？”

“对……”木内凝视着慎介的眼睛，静静地说，“被岸中美菜绘附身。”

38

“你在开玩笑吧？”慎介的脸颊有些抽搐。

“当然，我只是打个比方。可是后来发生了许多怪事，只能用这个词汇解释——或者说正在不断发生，以现在进行时来表达比较恰当。”

“我不懂你的意思。”

“这样啊！”木内从椅子上站了起来，面朝挂在衣架上的洋装，触摸袖子，“我想问你，你对车祸经过还记得多少？”

“要说多少，倒不如说全都记得。虽然曾经忘记，但现在几乎全都想起来了。”

“车祸那一瞬间的情形呢？”

“记得。当时以为是不是撞到了什么，接着就传来很大的声响。当我注意到你们的时候，车子已经撞上了墙壁。”

“如果你仔细看过，应该记得墙壁与车子之间夹着一个人吧？”

“是的。”

“我就说吧！”木内吁了一口气，“你们看到的顶多是这样。”

“你想说什么？”

“我们……”木内重新看向慎介，“看到的景象和你们截然不同，或许应该说是被迫看到！毕竟最后夺走岸中美菜绘性命的是我们的车。”

“你一直记得当时的情形？”

“做梦都会梦到。”木内微微一笑，但那抹笑容一闪即逝，“我直到现在都能清楚地回想起当时车子碾过女性身体时的感觉，明明只是一瞬间发生的事，感觉却像是慢动作回放，感觉她的身体被一点一点地碾过，一个活生生的人逐渐变成一具尸体。如果可以，我想尽可能地全部忘记。然而我大概这辈子都忘不了！”

慎介感觉自己的背脊发凉，也觉得口干舌燥，想喝水。

“尤其感觉到，好像有东西烙印在自己的视网膜上，挥之不去。你觉得那会是什么？”

不知道，慎介以摇头代替回答。

“是眼睛。”木内回答。

“眼睛？”

“对，就是眼睛。”木内用手指着自己的眼睛，“岸中美菜绘临死前的眼睛。直到她断气前，她的瞳孔都绽放着执拗的光芒，那是执着于生却又不得不走向死的悔恨之光、对杀人凶手的憎恨之光。我这辈子都未曾见过这么可怕的眼睛。”

慎介听木内说话的时候回想起自己看见过那双眼睛。他心想，大概就是那双眼睛，琉璃子偶尔显露出深不见底的那双眼睛。岸中玲二制作的那些人偶全都拥有可怕的眼睛。

“你不觉得很不公平吗？在那场车祸中，我们和你们被定的罪几乎一样重，可你们没有实际体验到那种致人死亡的感觉，只有我们眼睁睁地看到被害人死去。”

慎介没有回嘴，只是沉默地站着。

“可是我的情况还算好，岸中美菜绘的眼睛并没有朝我看。她瞪视的人是绿。绿的身体感受到自己开车撞到了女性的身体，又和那名女性四目相对，直到她死前最后一刻。”

慎介紧紧握拳，以全身的力量紧握着，因为如果不这么做，他的身体就会不停地颤抖。他想象绿的心境，感到惊悚无比，更别提真正经历过那一切的当事人。

“那双眼睛夺走了绿的一切，也可以说把她的心杀死了。车祸发生后，绿等同废人，人虽然活着，但其实死了。或许是被那双眼睛中强烈的憎恶与愤怒的力量影响了吧！”

“医生也无能为力？”

“她的父亲一定试过所有的办法，都失败了。最后得到一个普通至极的答案，要她待在安静的地方疗养。尽管如此，也不能把她丢在我们照顾不到的地方，所以选中了……”

“环球塔。”

木内点了点头。

“就是这么回事，那栋摩天大楼的房间就成了她的疗养所。”

“那里成了监禁她的牢笼。”

“确实有监禁的考虑，因为她有时会有暴力之举。不论何时何地，她都觉得岸中美菜绘在盯着自己。当她无法忍受内心的恐怖与压力时，就会发作。”

慎介回想起那房子里的各种构造：自动锁门系统、堵上的窗户……全都是为了她才这么设计。

“然而不管过去多久，绿的状况都没有好转。此时有人提出了建议，认为绿大概是因为致人死亡，苦于良心的谴责，或许可以试着以某种形式悼念死者。绿的父亲接受了这个提议，命令我安排供养。”

“怎么供养？”

“一开始很普通。我和岸中玲二联络，跟他交涉，问他是否能让我前往佛坛上香。对他来说，我是可恨的杀人犯，所以他的态度很强硬，一口回绝了。于是我一再地拜托他，说希望让我的未婚妻代我去上香，难道也不行吗？”

“岸中的回答是？”

“当然没有立刻同意。总之，他很不喜欢和我们接触。不过那也是无可厚非的。经过数次的斡旋，他终于愿意让绿去上一次香。”

“所以你就让她去上香了？独自一个人去岸中那里？”

“我内心感到不安，无法言喻的不安……她见到岸中美菜绘的照片会不会陷入恐慌？岸中玲二会不会脱口说出多余的话？然而这似乎是拯救她的唯一方法，当时如果有其他可能的方法，不论是什么方法，我们都要试试看。”

“那么，结果呢？”

“应该说超乎想象吧！”

木内走进厨房，打开冰箱，拿出看起来像是装着咖啡粉的罐子。慎介心想，这台大型冰箱应该是为了他与绿的新婚生活而买的。

“喝咖啡吗？”木内问。

“嗯，好。”

木内把水加入咖啡机，装上滤纸，倒入咖啡粉。

“绿很喜欢喝咖啡，因此我们本来想买可以泡出正宗咖啡的咖啡机。可是那个事件发生后，她完全不喝咖啡了，所以只买了这种简单的咖啡机凑合用。”

“那个事件是指？”

“从她变为岸中美菜绘开始。”木内把刘海拨了上去，一只手揉捏着脖子后方，脸上透出疲惫之色，“岸中美菜绘好像不喜欢喝咖啡，只喝低咖啡因的红茶之类的饮料，尤其喜欢加入大量鲜奶的肉桂茶，所以绿也变得喜欢喝那个。”

“你好像跳过了一些事。”

“啊，对哦！刚刚说到哪儿了？”

“她一个人去上香。效果似乎很好？”

“几乎可以说好过头了。当我看到从岸中的住处回来的绿，怀疑自己是不是眼花，因为她的脸上居然露出微笑，不是那种疯狂的笑，而是看起来真的很幸福的那种笑。我已经很久没见过她露出那种表情了，心想究竟发生了什么事，于是试着问她。她这么回答：‘没什么呀，能遇到美菜绘小姐真好。’我不认为她真的见到了岸中美菜绘，大概是因为她在佛龛面前拈香祭拜，才会产生那种感觉，只能这么解释。”接着，木内看着慎介问，“这么想不是理所当然吗？”

“是很理所当然。”慎介回答。

“大错特错。”木内说。

39

“之后，绿频繁地出入岸中家。于是我开始在意她究竟去岸中家做什么。可是如果真的要阻止，又觉得很犹豫，因为在其他人的眼中，绿正在逐渐恢复朝气与活力。因此她的父亲命令我姑且顺着她，我也只能服从命令。”

木内的目光移向咖啡机，凝视着在咖啡壶内渐渐累积的黑色液体，慎介也跟着他一起盯着瞧。咖啡机冒出蒸腾的热汽。

“绿持续两个月出入岸中家之后，我才知道他们之间的秘密。有一天，搬家公司突然搬来大量行李，送到她房间里。当然，是绿委托的。后来我进入她的房间，那些东西虽然尽可能整齐地摆放着，但是我看到那些东西的时候有多么震惊，你应该很清楚。”

慎介无法立刻理解木内的意思，不过，当他联想到那栋摩天大楼的其中一个房间时，答案霎时浮现在脑海中。

“是人偶吗……”慎介低声呢喃。

木内缓缓点头。

“正如你之前看到的，与岸中美菜绘神似的人形模特儿排成了一大排。除此之外，为了能让岸中继续制作人偶，她还把各种设备与工具运了过来。”

“她这么做有什么理由？”

“我问过绿。我问她，你打算做什么？她的回答是——让美菜绘小姐复活啊！我听到这个答案的瞬间就明白了真相。绿真的在岸中家遇见了岸中美菜绘，她看到的是岸中制作的美菜绘人偶，觉得自己的灵魂可以借此得到救赎。”

“不能让她放弃吗？”

“我曾试着让她放弃，把所有人偶全收走，结果她像疯了似的乱发脾气，让我束手无策。即使知道是我，她也毫不在意地拿刀砍过来。”

“刀？”

木内卷起右手的袖子给慎介看：“这是被她砍的伤痕。”

他的手臂上有一条大约缝了五厘米长的伤疤，疤痕看起来还很新。

“她的父亲……上原社长有没有做出什么决定？”

“他并没有做出决定，还是老话一句：姑且观察一下她的状况。社长认为，绿终究会对人偶感到厌倦。”

“可是她没有厌倦？”

“没有厌倦。其实对我们来说，真正的问题就从那个时候开始的。”

木内从餐具柜里拿出两只马克杯，仔细地把咖啡壶中的咖啡倒成两杯。他问慎介要不要牛奶或砂糖，慎介回答都不要。

“换句话说，”木内将其中一只马克杯递给慎介，“她变身了。”

“变身为岸中美菜绘？”

“不，起初是逐渐改变，所以我没有察觉，以为顶多改变了妆容而已。慢慢地，她的体态也产生明显的变化。绿原本有点圆润，然而不到一个月，她的体重掉了十多公斤。”

“可是，光靠化妆和减肥没办法那么像吧？”

“你说得没错。她在某一天失踪了，完全失去联络。过了好几个星期又突然回来了，完全变了一张脸。”

娃娃一号完成了？慎介在心中自言自语。

“老实说，我在那个时候决定放弃。”

“放弃？放弃什么？”

“放弃让绿恢复原状。我决定当她已经死了，她父亲也放手不管了。上原家不可能把脑子出问题、长相完全不同的女儿当作家人，但还是必须保有对她的监护权，也要照顾她平时的生活起居。”

“于是你担当这个重任！她父亲给了你上班族无法比拟的优渥条件。”

“如果你羡慕，我随时可以跟你交换。”木内啜了口咖啡，长吁了一口气，“要一直照料内心与外表都改变的前未婚妻，我想应该没有其他工作比这个更痛苦吧！”

“她为什么会想变成岸中美菜绘？因为岸中玲二无法制作出完美无缺的人偶？”慎介问道，他回想起岸中玲二留下的笔记内容。

“我起初也这么想。可直到最近，我才觉得应该不是这个原因。”

“那又是为什么？”

木内听到慎介的提问，先慢条斯理地啜饮了一口咖啡，似乎在整理思绪。过了一会儿，他才开口问：“当你看到她的眼睛，有什么感觉？”

“我每次看到她的眼睛都很有感觉。”慎介老实回答，“从第一次见面就是这样。我一看到她的眼睛就觉得整个人被吸进去了。”

“我也是，而且我曾经见过那双眼睛。”木内将马克杯放在厨房的水槽旁，“那是岸中美菜绘的眼睛，她临死前的眼睛。我认为，即使绿在各方面都完美无瑕地变身成岸中美菜绘，那双眼睛都绝不可能重现。”

“你的意思是岸中美菜绘的灵魂寄居在上原绿的身体里，所以用附身这个比喻？”慎介不禁想笑，但木内脸上严肃的神情，加上诡异的氛围，让他只是微微动了下脸颊。

“我并不想把这件事说成灵异现象，但我觉得用这种说法比较恰当。虽然灵魂没有附身，但思想转移到了绿的身上。”

“思想？”

“催眠术。”木内说，“我在想，绿是不是中了某种催眠术。”

“是谁催眠她？”慎介提问的同时，心里七上八下。虽然他嘴上这么问，其实早已有了答案。

“当然是岸中美菜绘催眠她。她临死前的眼神所散发出的光芒恐怕已经注入了可怕的力量。”

40

怎么可能！慎介暗自低呼，会有这种事吗？

然而回头一想，如果说是催眠术，也不是完全不可能。他被琉璃子的那双眼睛盯视时，身体无法自由动弹，这种情况亲身体验了好几次。

被岸中美菜绘催眠的上原绿或许也在无意中获得了这种能力。

“因为催眠术，绿认定自己就是岸中美菜绘，或许也因为这么说服自己能令她的心获得救赎。渐渐地，连想法都变得跟岸中美菜绘一样，行为举止也越来越相似。”

“岸中玲二对这样的她有什么反应？”慎介提出疑问。

木内叹了一口气。

“刚刚你也说过吧？岸中试图制作出神似妻子的完美人偶，却陷入了僵局。如果她在这种情况下出现，情况会怎样？”

慎介回想起岸中玲二笔记的最后一页，上面写的内容如下：

“欢迎回家。”我说。

我回来了，她回答。我听到了她的声音。

“不要再离开我了。”我说。

我不会离开的，她说。

木内再次拿起马克杯，啜饮了一口咖啡，嘴角泛起笑容。那是虚无的冷笑。

“人偶设计师与人偶之间会萌生怎样的爱，我无法想象。可是，他们有好一段时间处于蜜月状态，这一点我能肯定。因为我一直暗中观察着她，所以很确定。”

“他们的蜜月为什么没有持续下去？”

“虽然不清楚细节，不过大致说来，应该是人偶设计师先清醒了。”

“清醒？”

“他发觉自己眼前的人不是妻子，也不是和妻子相似的人偶，而是杀死妻子的外人。当然，我虽然这么说，并不代表他已经知道车祸的真相，或许他依然以为杀死妻子的凶手是我。但我不敢多想。绿已经这么像岸中美菜绘了，可是对岸中玲二本人来说，她依然是幻想出来的人偶娃娃一号。幻想终究是幻想，梦就是梦，总有一天会清醒。”

“醒来后怎样了？”

“你也知道，他重新体认到失去妻子的事实，发觉自己居然爱上杀死自己妻子的人。受到这个打击后，心中的悲伤与对自己的嫌恶感袭卷了他。不久，他下定决心要随自己的妻子而去，但是在那之前，他有一件重要的事必须处理。”

“报仇吗？”

“是的。”木内喝光咖啡，放下马克杯。

慎介忽然想起自己手上也拿着杯子。他的目光落在杯中，望着黑色的液体缓缓摇晃。他回想起岸中玲二去店里时的灰暗表情。

“她应该继承了岸中玲二的遗志吧？岸中杀我没成功，所以她现在要送我下地狱吗？”

“从整个事情的经过看来，是这样。”木内说着点了点头。

慎介把马克杯拿近唇边，喝下变得有些凉的咖啡。咖啡已经走味，只剩苦味在口中扩散。

“可是，我还是不能接受。”慎介说。

“什么？”

“如果她想杀了我，应该随时办得到呀！可是我仍然活得好好的，这又是为什么？为什么她没有杀我？”

关于这个问题，木内思考了片刻，最后只是摇摇头。

“我不知道，或许她有自己的考虑。”

“考虑是指？”

“复仇的方式，或许她觉得只是了结你的性命还不够。”

听了木内的回答，慎介耸了耸肩。

“究竟有什么方法比杀了对方更好、更干脆呢？”

“我能解释的只有这些。当务之急是先找到她，把她彻底隔离。”

慎介虽然认为绿或许会被送进精神病院，但没有继续追问。他把剩下半杯多的咖啡放到桌子上。

“你还有一件事还没有解释。”

“什么事？”

“小冢刑警，你们把他怎么了？”

木内像是在忍受疼痛似的紧皱眉头，搓揉起下巴。

“你问我这个问题做什么？我想这件事应该和你无关。”

“我可以稍微推理一下吗？”

“请。如果有东西可以推理的话。”木内露出诧异的表情回答。

“当我被软禁在那栋摩天大楼里的时候，小冢刑警来救我。我立刻逃了出去，小冢刑警说他想调查一下，所以留在现场。之后，我拨了好几次电话给他，却无法联络上。你觉得我会认为他发生了什么事？”

慎介观察着木内的反应。木内背靠着厨房的料理台，环抱起双臂，像是催促慎介继续说下去，抬了抬下巴。

“我在意的是，那间房子被整理得相当干净。为什么在慌乱之中要特地这么做？我对这件事耿耿于怀。”

“那么你的推理呢？”木内问。

“我从那间屋子逃出来之后，她回到那里去了吧？”

“如果是这样，又如何？”

“于是她撞见了小冢刑警。对她而言，那间房子是神圣领域，我不认为她会轻易放过破坏她神圣领域的男人。”

“你是在暗示她对那名刑警做了什么吗？”木内张开双手，“纤细瘦弱的她杀了身强力壮的刑警吗？”

“如果我不认识她，就不会有这种想法。可是我知道她拥有不可思议的力量。刚刚你也说过吧？她随时都可以把我杀了。”

慎介紧盯着木内。木内对上了他的视线，脸上的笑容瞬间消失。

然而，木内摇了摇头。

“与其说这是你的推理，不如说是你的想象吧！我已经仔细地听你说完了，但关于这一点，我无可奉告，因为我对别人的想象不予置评。”

“警方会行动的。”

“应该会行动吧，可是与我们无关。”

“还真是自信满满！搞不好会有刑警找到这里来。”

“天晓得会怎样呢？”木内歪着头说，“那也要他们找到线索才能指引他们来这里。唯一称得上线索的只有你这个证人。”

“你是想说，只要我从这个世界上消失就可以高枕无忧了？”慎介全身戒备着。

“怎么可能！”木内挥挥手，“我相信你。我相信你绝对不会把我们的事情透露出去，包括绿的事情。”

“你对我的评价还真高！”

“即便说出真相，对你也没有任何好处，反倒会失去已经得手的东西，你又没那么蠢。”

原来如此，慎介明白了。木内知道慎介向江岛索要顶罪的酬劳，但他应该还不知道那笔钱被成美拿走了，还因此从三千万变成五千万。

“我想你应该了解了前因后果。”木内说，“现在你和我在同一条船上。这样一来，你应该很清楚应该先做什么了吧？”

“找到琉璃子。”

“是的。”木内点了点头。

41

慎介离开花园广场大楼，先去了咖啡馆，接着看了场电影打发时间。但是电影情节无法进入他的脑子，毕竟木内说的话让他太过震惊，不断地想着那些事，思考了好一阵子，直到累得在电影院里打瞌睡。

接下来该怎么办？慎介离开电影院时思考着。

手表显示现在是早上十一点三十分，他其实想回自己住的大楼继续整理行李，可是数小时前的恐惧感仍未消失。

琉璃子到底去了哪里？

慎介思索她潜伏在自己住所内的可能性，没有自信能从对方不可思议的力量下逃脱。尽管如此，也不能一直不回家。到底该怎么办？

此时，手机铃声响起。

“喂。”

“慎介吗？是我。”

“啊！”他马上听出是江岛的声音。

“关于之前的交易，”江岛在电话的另一端说，“我把钱准备好了。”

“不愧是江岛先生。这么大一笔钱，这么快就准备好了。”

“别说笑了！就算是我，也不是轻易地筹到的，还是一笔用途不明的钱。”都这个时候了，江岛仍谈笑风生，“那么，我该把钱送去哪里？

我个人觉得，最好选一个不引人注目的地方。”

“我也这么觉得。”

“那么，就来我说的这个地方吧？”

江岛说的地方，是位于银座中心的咖啡馆。

“不是要去一个不引人注目的地方吗？”

“是不引人注意呀！难道你觉得有人在监视我们？”江岛低声笑出来，“时间由你决定。”

“那就一点钟吧！”

“我知道了。”

慎介挂断电话，做了个深呼吸，心想，关键时刻终于到了。

他比预定的早十五分钟左右抵达咖啡馆。在这家能够俯瞰晴海道的咖啡馆里有许多上班族模样的男人，两个男人约在这里见面，确实不引人注目。江岛在大约五分钟后出现了，穿着朴素的夹克，手上没拿东西。

“来得真早！”

“因为我闲嘛！”

服务生走过来。慎介已经在喝柠檬茶了，于是江岛点了咖啡。慎介发觉他尽量低着头。

“你是空手来的？”慎介试探地问。

江岛嘴角微扬，把手伸进夹克内袋，掏出一只茶色的信封。

“你可以打开看看。”

慎介把信封拿在手中，里面放着一把钥匙。

“我把东西放在新桥站的地下储物柜里。”

“我得确认一下。”

“你之后可以慢慢数。”江岛叼着烟，点上火。他的态度依然好整以暇，没有丝毫慌乱。

咖啡送来了，江岛加入少许牛奶后喝了一口，接着露齿而笑。

“这个时间在银座喝咖啡，不记得是多久以前的事了。之后也要好好珍惜呐！”

“江岛先生，”慎介将储物柜的钥匙塞进口袋，“你之前说过的万分之一概率的事，是你的真心话吗？”

“万分之一？”

“就是交通事故致死的概率，你不是对我说过吗？”

“哦，那件事啊……”江岛把烟灰弹在烟灰缸里，“怎么了？”

“江岛先生说，发生车祸和掷骰子一样，被害人只是恰巧掷出不好的点数。当时你说那些话，是不是用来安慰自以为是肇事者的我？还是你真的那么认为？”

江岛露出不可思议的表情，似乎听不懂慎介的意图。

“我当然真的那么认为，不对吗？”

“你没想到过被车撞死的岸中美菜绘吗？”

“想过又能怎样？能拯救谁？”

“可是被害人会一直怨恨肇事者呀。”

即使死后也会。慎介没把这句话说出口。

“所以才要付钱啊，”江岛的口气变得有点粗鲁，“我已经支付了丰厚的赔偿金给被害人家属，也像这样把钱拿给冒充肇事者的你。老实说，我才是被害人吧！”

“可是被害人要的不一定是钱啊！”

“那我要给对方什么才行？诚意吗？如果对方只要诚意就可以，无论要多少，我都会展现给对方看！如果对方只要我低头认错，那么要我鞠躬认错几百次都可以。可是，被害人家属能因此变得幸福吗？最后要的还不是钱？所以省去所有无用的麻烦，直接就事论事不是很好？你难道不这么认为？”

慎介没办法回答，只能沉默。

江岛站起身。

“交易到此结束。我先声明，你最好不要得寸进尺，我又不是你的摇钱树。要是再来逼我，我可不敢保证你的人身安全！”

“我明白，结束了。”

江岛点了点头，拿起账单，迈步离去。

慎介离开咖啡馆，前往新桥站，他好久不曾在白天的银座行走了。他没有即将拿到五千万的真实感，反倒因为听了江岛刚刚说的话，胸口的郁闷久久不散。

完全恢复记忆的慎介已经能够回想起自己被宣判时的情景：两年徒刑，缓刑三年——

当他聆听宣判时，有两个想法油然而生。第一个想法是：太好了！律师虽事前说绝对会获判缓刑，但万一判决并非如律师预测……慎介想起电影中的牢狱生活，不免有些胆战心惊。

另一个想法则完全相反。

判得还真轻啊！他这么想。

慎介有一位女性友人在涉谷的饰品店打工。有一次，她因缺零用钱，便擅自拿走店内价值约十万元的货品，便宜转卖给朋友，然后向店长声称店里遭窃。不幸的是，她的行迹最后败露了，饰品店控告她。她被判刑一年零两个月，缓刑三年。换句话说，对她的判决与对慎介的判决其实没有太大差别。

虽说是替江岛顶罪，但慎介是被控告杀了一个人，获得的量刑却与偷窃十万元饰品相当。

尽管慎介觉得自己得救了，却觉得被害人遗属终究无法接受这样的判决。可是对所有的交通事故来说，相同的情况只会一再重演。就像江岛说的，肇事者只会认为“自己只是运气不好罢了！”一年中，有一万人因交通事故而死，这就表示应该有和这个数字相当的肇事者，他们或许会因为量刑轻微而松了一口气，完全忘掉自己引发的灾祸。于是，肇事者的遗忘导致被害人受到二次伤害。

慎介赫然想起那天晚上岸中玲二来到茗荷时的情形。当时的他问了一个问题：万一发生不愉快的事，怎样才能忘了那些事？

尽量保持愉快的心情和乐观的想法——慎介如此回答。

“例如？”

“例如说……想象自己拥有一家店之类的。”

“哦，这样啊。那是你的梦想啊。”

“算是吧。”

莫非岸中玲二在那一瞬间就决定报仇？或许他一开始还有点迷惘，所以去肇事者工作的酒吧试探，然而肇事者看起来好像完全忘记原本的烦心事，还说尽量保持愉快的心情与想法——当时的他是以怎样的心情聆听那些话？

岸中一定是想表达“被害人一辈子都无法释怀”的心情。他断断续续地说话的模样在慎介的脑海里重现。“其实我有一件想忘掉的事。”客人说。因为对方突然改用非常严肃的口吻说话，慎介不禁停下手边的活儿看着他。客人也抬头注视着慎介。“其实我有一件想忘掉的事……不！那件事我想忘也绝对忘不了，但我想让自己解脱。我思索着这件事，在街上恍惚地走着，看到了这家店的招牌。这家店叫茗荷，对吧？”

大概连茗荷这个店名都令他作呕吧！

慎介抵达新桥站，按照号码寻找江岛放钱的储物柜，终于在饮料自动贩卖机旁找到。

慎介把钥匙插进锁孔旋转，打开柜门时，心跳不由得加快。

储物柜中放着一只黑色皮质提包。他拿出提包四下张望，寻找最近的洗手间。找到洗手间，他进入了隔间，把门锁上，拉拉链的手微微颤抖。好几捆钞票散乱地塞在提包里，散发出纸币特有的味道。慎介拿起其中一捆大致确认了一下，其实他压根不认为江岛会无聊到放假钞进去。一共有五十捆钞票。慎介下意识地挥了一记右拳。

下午两点半，慎介回到居住的大楼前。他将装钱的提包再次寄放在储物柜中，钥匙则好好地放在口袋里。

慎介心想，最好在天色转暗之前就把行李整理好。他有一种预感：入夜后，琉璃子又会来到这里。

他搭电梯上楼，站在自家门前，战战兢兢地旋转门把，试着拉了拉门。大门果然跟今早一样没有上锁。

慎介把门打开，探头张望里面的情形。光线昏暗，他看不太清楚。当他又向前走一步时，感觉到背后有动静。

糟了！他这么想的时候已经太迟了。

伴随着一阵剧烈的冲击，头上的疼痛让他很快失去了意识。

42

慎介的喉咙感到烧灼般的疼痛，有液体流进气管，使他呛到。但他无法顺利地把液体咳出来，不知什么东西塞在他嘴里。他想拿出来，手脚却无法移动，完全动弹不得。

慎介睁开了眼睛，看见天花板，是他自己家里的天花板。

“你果然醒了！不过这也是当然的，毕竟我给你吃了提神的药。”声音从旁边传来。慎介把头转过去看，后脑勺像是要爆裂般地肿痛。他记得自己被袭击，昏了过去。

江岛坐在旁边。慎介发觉自己躺在地板上，手脚被绑住，不是用绳子，以触觉判断，应该是封箱胶带。

他无法发出声音，因为口中被塞了类似粗管子之类的物体。“你看起来好像不知道自己的嘴里被塞了什么。不是稀奇物，是家家户户都有的吸尘器管子呀！”江岛开心地说道。

慎介扭着身体挣扎，试图用舌头把管子顶出去。

“哎呀，你能不能不要挣扎？如果一直挣扎，我只好快点把事情办了。”江岛说完，从旁边拿起一个东西，是龙舌的酒瓶。他把瓶子抵在管口，将瓶身缓缓倾斜。龙舌兰流进慎介口中。他虽然不想喝进去，但只要持续呼吸就非喝不可，因为他的鼻子也被不明物体塞住了。

“我虽不想这么浪费我的爱酒，但实在没办法。为了不被警方怀疑，就得使些手段。”江岛边说边使酒流进管子。慎介拼命挣扎，但胶带丝毫没有松开。

慎介又一次被严重地呛到，感到胸口窒息。浓烈的酒精灼伤了脆弱的气管壁，鼻子与眼睛深处都疼痛起来，泪水扑簌落下。

“你越抵抗，就越痛苦，最好给我老实一点，反正都要死了！”江岛的声音高亢起来。

慎介调整呼吸，死命瞪视江岛，目光中充满了憎恶。

“怎样？你好像想说什么？据我的推测，你应该不知道自己会怎么死吧？其实不是很困难，只是让别人以为你喝了太多酒，醉醺醺地注射了这玩意。”江岛手上拿着一次性针筒，里头装着透明液体，“这是一种安眠药，只要酒精摄取得足够多，再把这玩意一口气注射进去，要不了多久，你就会休克致死。而且从外观上看，貌似酒精中毒引起的休克死亡，大家应该都会认为你是被女人抛弃的调酒师，酗酒猝死。但你还得再多喝些。”

江岛继续让龙舌兰流进管子。慎介感觉食道和胃变得灼热，呼吸加速，心脏狂跳。酒精在他体内急速产生作用。

“我真的完全不懂你在想什么，为什么不能接受三千万？那些钱对你来说已经是一笔巨款了。还是说你觉得既然我一下子就能拿出三千万，那么多拿出两千万也没什么大不了？我确实不是拿不出那笔钱，可是你们俩都忘记了最关键的一条，那就是买卖就是买卖。你替我背负车祸的刑责，报酬是三千万，在这一点上，双方都没有胁迫或恐吓，这就是所谓的买卖。买卖需要信赖关系，一旦以三千万成交，那么不论对方找出什么理由抬价，都无法信赖了。你懂吗？”

龙舌兰流进气管，慎介再次被严重呛到。每次被呛到，他的身体都会如痉挛般跃起，浑身发热。慎介感觉自己的意识开始涣散。

“噢，差不多了！”江岛的双眼闪闪发光。

慎介拼命挣扎，身体却无法像之前那样使力，感觉天旋地转、恶心想吐、头痛耳鸣。

“你别太激动，没事的，不会太痛苦，做个梦就到那个世界去了！”

正当江岛准备注射时，某个物体在慎介的视野一隅动了起来。

43

壁橱的门开了，一道黑色的影子爬了出来。慎介立即知道那道人影的真正身份。

琉璃子缓缓起身，头发蓬乱，脸色苍白。

“搞什么鬼啊！这女人……刚刚躲在什么地方？”江岛听到声音转过身去。看见女人站在那里，他瞪大了双眼。

“是……你吗？”琉璃子说。

“什么？”

“是你吧？是你杀了我，是你开车从后面撞上当时骑自行车的我吧？”

“你在说什么？脑袋坏掉了？”江岛频频挥手，做出驱赶苍蝇的动作，身体却一点点地往后缩，流露出对琉璃子的明显恐惧。

“不能饶恕。”她一边低喃，一边靠近江岛，“绝对不能饶恕。”

江岛捡起龙舌兰的瓶子，朝琉璃子扔了过去。瓶子击中琉璃子的脸，但她的表情丝毫未变，依旧缓缓地朝江岛逼近。

“不要过来！”江岛高声怒吼。

琉璃子的额头流出了血，瓶子打到她时割破了她的额头。暗红色的血从她的太阳穴流到脸颊，又流到下颚。

“不要接近我！”江岛竭尽全力朝琉璃子冲撞过去，她的身体被撞飞到窗边。琉璃子好一阵子没有动，只听到江岛紊乱的呼吸声。不久，她又慢慢地站起来，然后像是想到了什么，解开窗锁，打开窗户。就在江岛和慎介盯着她看的时候，琉璃子来到阳台上，接着面朝房间，背靠栏杆站立。

“杀了我！”琉璃子尖叫，“这一次不要再忘记你曾经杀了我，不要再忘记你杀死的女人的脸和她的眼！”

她的眼直勾勾地攫住江岛，用那双曾经多次操控慎介心神的眼眸。江岛朝她走去。慎介不知道江岛究竟是靠自身的意志前进还是被琉璃子发出的某种力量操控。

江岛来到了阳台上，站在琉璃子面前，双手放在她的脖子上。

琉璃子没有抵抗，仍旧凝视着他。江岛忽然发出叫声，近似野兽的咆哮，他的双臂随之一鼓作气地把她举了起来。

慎介看见江岛双手的大拇指嵌入琉璃子纤细的脖子。眼前的景象只维持了数秒钟，琉璃子的身体立刻消失在栏杆的另一侧，下方传来物体撞击地面的闷响。慎介想确认琉璃子怎么了，但是身体无法动弹，意识也逐渐涣散。

江岛背对着慎介，呆立当场。尽管下方有人发出尖叫，随后传来一大群人急奔而至的声音，他却一动也不动。

慎介在逐渐模糊的意识中，听到警笛声越来越近。

终　章

叩！叩！

手指敲击桌子的声音响起，伴随着一声叹息，敲击声戛然停止，为这狭小的室内增添郁闷。

侦讯慎介的警官是名叫坂卷的警部补，眉间深深地刻着数条皱纹，给人以神经质的印象。乌黑的头发全部往后梳拢，露出的额头浮现一层薄薄的油光。

“难以置信啊！”坂卷环抱起双臂，看着慎介，“你的话太不合乎常理，每一个关键点都不可能在现实中发生。”

“我知道。”慎介回答，“过去好几天了，我觉得自己做了一场噩梦，却又是事实。自从那个事件发生后，死了好几个人，我也住院了。”

“身体状况如何？”

“已经没问题了！头痛了两天左右。”

“那就好。”坂卷的语调显然不太起劲，大概是因为脑子里塞满了其他的事。

今天是事件发生后的第四天，因为检查脑部需要时间，慎介直到昨天都躺在医院里。

江岛被逮捕了。慎介听说直到警察逮捕他之前，他都站在阳台上一动不动。警方要带走他的时候，他完全没有抵抗，就像梦游患者。

在医院接受侦讯的慎介把木内春彦供了出来，要刑警向木内询问详情。警察照他的话找到木内。当木内得知琉璃子也就是上原绿已经死亡，大概认为隐瞒已没有意义，便把所有的事全盘托出。

小冢刑警的尸体在轻井泽帝都建设休闲中心用地里找到，尸体被放在木箱里灌入水泥后密封。该公司的上原社长因为这件事被警方传唤，社长虽然承认委托木内春彦监视女儿，却坚称完全不知道尸体的事。木内供称弃尸是他一人所为。他说某天早上，绿双手沾满鲜血地来到他住的大楼。他因为很担心，所以去了环球塔，发现因胸口被刺而身亡的小冢刑警。

慎介心想，木内又在替人顶罪。之前是替绿顶下死亡车祸的罪，这次又帮了绿的父亲。慎介不知道木内做这些事究竟是单纯为了钱还是出于对绿的爱。

至于自己替江岛肇事车祸顶罪的部分，慎介也据实以告。装有五千万的提包被警方扣押。自己到底为什么替人顶罪呢？慎介好几次回想起来都自嘲地笑了出来。

至于成美的尸体，慎介则没有得知任何消息，至少没听说尸体被发现，毕竟他无从得知江岛的供述。“我真是搞不懂……”坂卷说，“你为什么对上原绿毫无抵抗力？虽然对她有戒心，却还是轻而易举地被她软禁，真让人难以相信。”

“所以，我不是说过好几次了吗？她的眼睛拥有不可思议的力量，只要被那双眼睛盯着，身体就无法随心所欲地行动。小冢刑警之所以被杀，我想大概也是因为那股力量吧！”

即使慎介解释得口沫横飞，坂卷仍是一副无法理解的表情。他手托着腮，歪着脖子思考。

“你说江岛杀了上原绿也是被那股力量操纵？”

“在我看起来是这样。”慎介照他回想的情况陈述。

“你说那双眼睛继承自岸中美菜绘？充满了岸中美菜绘的怨念？”

“木内先生说过，那是催眠术。”

“催眠术啊……”

“那可不是普通的眼睛！算了……就算我费尽唇舌，你也不会相信！”

但坂卷似乎不是随意地对他的话置若罔闻，而像是有所坚持。

“怎么了？”慎介问。

坂卷沉默不语。他似乎感到迷惘，过了一会儿，他看着慎介。

“其实就在你出院的时候，江岛也被送进医院。”

“医院？他哪里不舒服？”

坂卷向后方瞥了一眼。后方坐了一名负责记录的刑警，那名刑警看了坂卷一眼，随即低下头。

“江岛被逮捕的时候，精神状态一直很恍惚。当他突然像睡醒般恢复意识后，整个人陷入恐惧，老是说有女人的眼睛一直盯着他。”

“女人的眼睛？”

“好像是被他杀死的女人的眼睛。只要一睁开眼就会随时看到。他整个人沉浸在恐惧中，完全无法接受侦讯。于是我们决定先让他到精神科就医，可是……就在昨天深夜……”坂卷咽下口水。

“发生了什么事？”

“那家伙把自己的眼睛弄瞎了，两只眼睛都是，硬生生地用手指戳瞎了自己的双眼。当监视的人赶过去的时候，那家伙一边惨叫一边痛苦得翻来滚去。”

慎介全身冒冷汗，心脏狂跳。

“然后呢……”

“双目失明了……”坂卷说道。

慎介觉得全身的体温霎时消失。他四肢麻痹，身体开始颤抖，怎么也停不下来。

他的脑海里浮现以岸中美菜绘为蓝本的人形模特儿的脸。